KB042885

6
변변찮은 마술강사와 금기교전
Akashic records of bastard magic instructor

"선생님……
저, 저도……."
"우후후……
저도 참가시켜
주시겠어요?"
"어쩔 수 없네요."
테레사 레이디
글렌이 담당하는 반의
여학생. 유력 상인 가문에서
자라서 빈틈없는 성격이지만,
평소에는 나긋나긋한 반의
언니 같은 존재.
솔직하게
참가하고 싶다는
말을 못 꺼내는
시스티나.
"……으, 으으으~~!
읏~~! 후우~~~!"
루미아는
시스티나의 본심을
수화로 표현하며
글렌에게 연신
고개를 숙였다.
시스티나 피벨
고지식한 우등생.
유적조사에 흥미진진.
꿈에 그리던 천재일우의
기회지만─?

"너희들, 맨날 교실에만 틀어박혀 있는데……
정말 이대로 괜찮겠어?"
"특별히 이 유적조사에
너희들을 데려가 주마!"
글렌 레이더스
마술을 싫어하는 마술강사.
해고당하지 않으려고 자비로
유적을 조사하게 됐지만.
워낙에 빈털터리라 학생들을
이용하려고 한다.

비밀을 품은 청조하고
마음씨 고운 소녀.
시스티나의 친우이며
글렌의 신뢰도 매우 크다.
참고로 가슴 사이즈도
이 중에선 가장 크다.

"응……
기분 좋아."

"응……
따뜻해……."

리엘 레이포드

글렌의 전 동료. 루미아의
같은 반 친구이자 호위.
평소에는 감정을 겉으로
거의 드러내지 않지만
천연 온천에 무척 흥분 중.

"으~응……
역시 이 온천은
최고야."

세리카 아르포네아

『잿더미의 마녀』라는 별명을 가진 마술사. 글렌의 스승이자 길러준 부모이기도 하다. 이번 유적조사에서는 그녀 나름대로 생각하는 바가 있는 모양인데…….

철컥!
그 순간.
세계가― 정지했다.

“【나의 세계】――발동!”

Akashic records of bastard magic instructor

CONTENTS

015 — 서장 공허
021 — 제1장 강사인 내가 유적을 조사하러 가게 된 이유
077 — 제2장 폭풍의 침입자
129 — 제3장 별 하늘에 사색을
179 — 제4장 그녀의 집착, 이변
211 — 제5장 이야기 속의 마인
263 — 제6장 이름 없는 남루스
337 — 종장 그녀가 있을 곳
347 — 후기

변변찮은 마술강사와 금기교전 6

Akashic records of bastard magic instructor

히츠지 타로 지음
미시마 쿠로네 일러스트
최승원 옮김

교전은 만물의 예지를 관장하고, 창조하며, 장악한다.
그러하기에 그것은
인류를 파멸로 인도하게 되리라──.

『멜갈리우스의 천공성』 저자 : 롤랑 엘트리아

Akashic records of bastard magic instructor

Character

Main

시스티나 피벨

고지식한 우등생. 위대한 마술사였던 조부의 꿈을 자기 힘으로 이뤄내기 위해 흔들림 없는 정열을 바치는 소녀.

글렌 레이더스

마술을 싫어하는 마술강사. 만사에 무책임하고 의욕 제로. 마술사로서도 삼류라서 장점은 전혀 없는 셈. 그런 그의 진정한 모습은—?

루미아 틴젤

청초하고 마음씨 고운 소녀. 누구에게도 밝힐 수 없는 비밀을 가지고 있으며 친구인 시스티나와 함께 열심히 마술 공부에 매진하고 있다.

리엘 레이포드

글렌의 전 동료. 연금술로 고속 연성한 대검을 다룬다. 근접 전투에서 비교할 자가 없는 이색적인 마도사.

알베르트 프레이저

글렌의 전 동료. 제국 궁정 마도 사단 특무 분실 소속. 신기에 가까운 마술 저격이 특기인 굉장한 실력의 마도사.

엘레노아 샤레트

알리시아의 직속 시녀장 겸 비서관. 하지만 그 정체는 하늘의 지혜 연구회가 제국 정부로 보낸 밀정.

세리카 아르포네아

제국 마술 학원 교수. 글렌의 스승인 동시에 길러준 부모이기도 한 수수께끼가 많은 여성.

Academy

웬디 나블레스

글렌이 담당하는 반의 여학생. 지방 유력 명문 귀족 출신. 자부심이 강하고 권위적인 성격의 세상 물정 모르는 아가씨.

린 티티스

글렌이 담당하는 반의 여학생. 약간 내성 적이고 체격도 작아서 귀여운 동물처럼 보이는 소녀. 자신감이 없어서 고민이 많다.

기블 위즈덤

글렌이 담당하는 반의 남학생. 시스티나 다음가는 우등생이지만 결코 주변과 어울리려 하지 않는 냉소주의자.

카슈 윙거

글렌이 담당하는 반의 남학생. 덩치가 크고 튼실한 체격. 성격이 밝고 글렌에게 호의적이다.

세실 클레이튼

글렌이 담당하는 반의 남학생. 조용한 독서가. 집중력이 높아서 마술 저격에 재능이 있다.

할리 아스트레이

제국 마술 학원의 베테랑 강사. 마술 명문 아스트레이 가문 출신. 전통적인 마술사와는 거리가 먼 글렌에게 공격적이다.

마술

Magic

—

룬어라고 불리는 마술 언어로 구성한 마술식으로 수많은 초자연 현상을 일으키는
이 세계의 마술사에게 지극히 『당연한』 기술.
영창하는 주문의 구절과 마디 수,
템포, 술자의 정신상태에 따라 자유자재로 형태를 바꾸는 것이 특징.

교전

Bible

—

천공의 성을 주제로 삼은 지극히 아동 취향인 옛날이야기로 세계에 널리 퍼져있다.
그러나 그 소실된 원본(교전)에는
이 세계에 관한 중대한 진실이 적혀있다고 전해지며, 그 수수께끼를 좇는 자에게는
어째선지 불행이 닥친다고 한다—.

알자노 제국 마술학원

Arzano Imperial Magic Academy

—

약 4백 년 전, 당시의 여왕 알리시아 3세의 주도로 거액의 국비를 투입해서
설립한 국영 마술사 육성 전문학교.
오늘날 대륙에서 알자노 제국이 마도대국으로 명성을
떨치는 기반을 만든 학교이자, 늘 시대의 최첨단 마술을 배우는
최고봉의 교육 기관으로서 주변 국가에 널리 알려져 있다.
현재 제국의 고명한 마술사 대부분이 이 학원의 졸업생이다.

Keyword

서장 공허(세리카)

"《그대는 섭리의 원환으로 귀환하라》—."

여자는 재빨리 주문을 외쳤다. 그 자리에 거친 마력이 소용돌이치며 태동했다.

"—이하 주문은 생략! 날아가 버렷!"

흑마(黑魔) 개량형【익스팅션 레이】.

여자가 앞으로 내민 왼손바닥에서 압도적이고 막대한 빛의 충격파가 해방되었다.

온갖 물질을 근원소(오리진)(根源素) 레벨까지 분해, 소거하는 극광이 여자의 정면으로 이어진 통로 끝, 소실점을 노리며 질주했고—.

그 사이에 있던 적, 밀집대형을 짜고 몰려드는 지긋지긋한 대량의 수호자(가디언)— 근대의 마도 인형들을 단숨에 모조리 증발시켰다.

하지만 그 여자에게는 승리의 여운과 승자의 여유가 눈곱만큼도 없었다.

"……하아…… 하아…… 빌어, 먹을……!"

여자— 세리카 아르포네아는 괴로운 얼굴로 통로의 벽에

몸을 기댔다.

이곳은 알자노 제국 마술학원 지하에 있는 미궁의 지하 44층이었다.

잉크로 덧칠한 듯한 새카만 어둠 속에 걸린 등의 미약한 빛이 희끄무레하게 비추는 세리카의 모습은, 그저 비참하다는 한마디로 정리할 수 있었다.

온몸은 이미 크고 작은 상처투성이. 피에 젖은 옷은 너덜너덜. 쇠약해지고 지친 나머지 초연한 마성의 미모는 이제 어디서도 찾아볼 수 없었다.

"……아, 크윽…… 이번에는…… 성공……할 줄 알았는데……!"

알자노 제국 마술학원 지하 미궁의 탐색 조사.

이것이야말로 대륙 최고의 마술사인 세리카가 마술학원에 적을 둔 가장 큰 이유와 목적이었다.

그녀는 몇 년 전부터 이 지하 미궁의 공략에 심혈을 기울여왔다.

오랜 준비와 다양한 방법을 모색한 끝에 도전한 이번 탐색도— 여느 때와 다름없는 『실패』라는 두 글자의 비정한 현실로 변해서 세리카의 가녀린 두 어깨를 무겁게 짓눌렀다.

이번에도 전혀 방심하지 않았다.

지금 세리카의 품속에 있는 회중시계형 마도기와 허리에 찬 바스타드 소드— 이것들은 그녀가 진심이라는 더할 나

위 없는 증거였다. 세리카는 항상 자신이 마술사로서 쓸 수 있는 모든 것을 동원하여 이 미궁에 도전해왔다.

하지만, 그럼에도 이 지하 미궁을 정복하는 것은 너무나도 요원했다.

세리카는 인간의 규격을 벗어난 힘을 지닌 마술사였지만 이 지하 미궁은 그런 그녀조차 도저히 감당할 수 없는 지옥의 마경이었던 것이다. 미궁 내부의 온갖 구조와 장치가 마치 그녀의 도전을 비웃는 것만 같았다.

"썩을…… 아야야……."

세리카는 지긋지긋하다는 듯 욕설을 내뱉었다. 지금의 그녀는 자신의 상처조차 마술로 치료할 수 없었다. 소독용 약초를 대고 붕대를 둘둘 감아서 지혈하는 것이 고작이었다.

그녀의 몸은 이미 치료 한계에 도달해있었기 때문이다.

치료 한계란, 지극히 짧은 시간 사이에 법의 주문(힐러 스펠)으로 반복해서 육체 치료를 받을 경우, 일정 횟수를 넘어가면 효과가 거의 없어지고 심할 때는 육체가 파괴되기까지 하는 상태를 뜻한다. 반복적인 과잉 회복이 생체 조직 활동에 심각한 장애를 초래했기에 발생하는 현상이었다.

전장에서 싸우는 병사라면 누구나가 『치료사의 손을 붙잡은 사신(死神)』이라며 두려워하는 치료 한계…….

그런 까닭에 더는 얼버무릴 수 없는 죽음의 공포가 고개를 숙인 세리카의 마음을 좀먹고 있었다.

이젠 무리다. 철수해라. 그만 돌아가.

세리카의 냉정한 이성은 그렇게 고했다.

"……하하, 좋다! 원래 난 죽을 곳을 찾고 있었잖아!"

하지만 세리카는 처절하게 입가를 일그러트리며 고개를 들었다.

"쿨럭…… 사신(邪神)이라는 놈의 권속도…… 마도사로서의 싸움도…… 내 인생을 끝내주지 못했어! 오히려 좋은 기회로군!"

애당초 대체 무엇이 그녀를 그렇게까지 몰아붙이고 있는 것일까. 냉정한 판단을 방해하고 있는 것일까.

한계까지 몰린 상황에서도 세리카는 비틀거리는 걸음으로 앞으로 나아갔다.

죽음의 행진, 그저 개죽음일 뿐이라는 것을 자각하면서…….

—앞으로 나아가라.

—사명을 다하라.

그래도 머릿속 어딘가에서 들리는『내면의 목소리』가 시키는 대로…… 한 걸음, 또 한 걸음…… 뭔가에 씐 것처럼 비틀비틀 걸어갔다.

"……그래. 나는……! 앞으로 나아가야만…… 해! 그러지 않으면…… 난…… 이대로 계속……! 그러니까!"

—알았어. 그럼 부탁이니까…… 반드시 돌아와.

그 순간, 갑자기 세리카의 머릿속에 되살아 난 사랑스러운 누군가의 목소리.

『내면의 목소리』보다 훨씬 더 강하게 마음을 울리는 목소리.

"……?!"

자포자기했던 이성이 제자리로 돌아왔다.

그리고 과열됐던 사고가, 충동이 차갑게 식었다.

세리카를 지하 미궁의 심층으로 유도하는 지긋지긋한 『내면의 목소리』가 한순간 사라졌다.

그녀는 잠시 멍하니 그 자리에 서 있었다.

"……멍청하긴. 대체 난 무슨 소릴 한 거야……. 이래선 주객전도잖아……."

이윽고 입술을 떨며 등을 돌렸다.

"빌어먹을……."

힘없이 혼잣말을 중얼거리면서…… 왔던 길을 힘없는 걸음걸이로 되돌아갔다.

이번에도 실패— 그런 굴욕적이고 암울한 기분을 가슴에 품고서…….

……그리고 세리카는 끝까지 눈치채지 못했다.

『……세리카…….』

실의에 빠져서 떠나는 그녀의 등을 멀리서 물끄러미 바라보는 존재를—.

세리카가 지하 미궁에 있는 동안 몰래 그녀의 뒤를 쫓아다니며 그늘에서 지켜본 이형(異形)의 존재가 있었다는 사실을—.

세리카는…… **이번에도** 눈치채지 못했다.

제1장 강사인 내가 유적을 조사하러 가게 된 이유

나는…… 돌아왔다.

아늑하고, 평화롭고, 평범하고, 아주 살짝 지루한 일상으로…… 나는 다시 돌아왔다.

극적인 전개는 없지만 그것만으로도 숭고한 일상 세계.

나에게는 어울리지 않는다고 제멋대로 단정하고 토라져서 등을 돌렸던…….

그리고 어떤 제자의 손에 이끌려서 다시 돌아온 굉장히 눈부신 일상 세계…….

'난…… 여기 있어도…… 괜찮은 거구나…….'

이런 다정한 시간을 앞으로도 계속 누릴 수 있으리라.

이 따스한 세계에 이런 나의 존재를 허락해준 그녀에게, 내가 해줄 수 있는…… 보답해줄 수 있는 일은 없을까 하고—.

어울리지도 않게 멍하니 그런 생각을 한…… 순간—.

그 사건이 일어났다.

"글렌 군. ……자넨 모가지일세."

"예?"

갑작스럽게 날아온 릭 학원장의 무자비한 최후통첩.

"……예? 예에에에에에에에에에에에에에에에에에에?!"

알자노 제국 마술학원의 학원장실에 글렌의 절규가 울려 퍼졌다.

"자, 자, 잠깐만요! 그게 대체 무슨 말씀이십니까! 학원장님!"

동요를 한껏 드러낸 글렌은 학원장의 책상 위에 양손을 짚고 따졌다.

"전 해고당할 만한 일은…… 아마 하나도 안 했거든요?!"

"왜 거기서 말문이 막히는 겐가……. 뭐, 그건 차차 들어보기로 하고……."

릭 학원장은 인자한 할아버지 같은 얼굴로 말했다.

"하긴 내 말투가 조금 적절하지 못했던 것 같군. 정정하지."

"……정정?"

"음. 더 정확히 말하자면『이대로 있으면 자넨 모가지를 당할 걸세』에 가깝다네."

"그, 그게 대체 무슨……."

그 순간—.

"……참 나. 바보인 줄은 알았지만 설마 이 정도로 바보였을 줄은 몰랐다. 글렌."

벽에 등을 기대고 있는 세리카가 두 사람의 대화에 끼어들었다. 그 아름다운 얼굴이 딱딱하게 굳어 있고 관자놀이에 힘줄이 퍼렇게 솟아있는 걸 보아하니 아무래도 꽤 화가 난 모양이었다.

세리카는 얼마 전에 지하 미궁 탐색에서 입은 상처가 완전히 낫지 않은 상태였다. 요염한 육체 여기저기에 붕대가 감겨 있고, 고약을 바른 데다 삼각건으로 왼팔을 고정했다.

평소의 초연한 외모에서는 상상도 할 수 없는 너무나도 안쓰러운 모습.

"글렌…… 너, 마술 논문은 제출은 어떻게 된 거냐? 아앙? 이번 시즌 제출 기한은 이미 한참 전에 지났다고?"

하지만 안쓰러움과 연약함은 눈곱만큼도 느껴지지 않는, 무심결에 등골이 서늘해질 법한 박력을 미소와 말 구석구석에 가득 담고 글렌을 위협했다.

"……엥? 마술 논문?"

하지만 글렌은 어안이 벙벙한 얼굴로 눈을 깜빡거렸다.

"……뭐야 그게? 그거, 나도 써야 해?"

"《당연하지·이·멍청아》아아아아아아아아!"

그 순간 폭염이 용솟음쳤다.

세리카가 영창한 폭렬 주문이 글렌을 날려버린 것이다.

"넌 이 학교의 마술강사잖아?! 정기적으로 자신의 연구성과를 논문으로 정리해서 보고해야 할 의무가 있다고!"

세리카는 새카맣게 탄 글렌의 멱살을 잡고 악을 썼다.

"콜록콜록…… 그……그게 무슨 소리야? ……나, 난 처음 듣는데……."

"직무 규정서 정돈 읽어두라고! 이 바보천치야!"

게다가 축 늘어진 글렌의 머리를 좌우로 격렬하게 흔들어 댔다.

"그런데 그 반응을 보아하니 너…… 논문으로 쓸 만한 연구는 하나도 안 했지?"

"……윽."

"강사직의 고용 계약 갱신 조건은 정기적으로 연구 성과를 마술 논문으로 정리해서 제출하는 것……. 이건 명백한 마술학원의 규칙이야. 규칙의 허점을 찔러서 널 계약직으로 넣었을 때와는 사정이 달라. 아무리 나라도 감싸주는 건 무리라고. 대체 어쩔 건데?"

"세리카, 마침 좋은 생각이 났어. 이대로 다시 은둔형 외톨이 백수로 돌아가는 건……."

"기각이다! 바보야!"

세리카는 이제 와서 헛소리를 지껄이는 글렌을 인정사정없이 발로 걷어찼다.

"아야야…… 뭐, 농담은 이쯤하고……."

비틀비틀 일어난 글렌은 학원장의 정면으로 몸을 돌리고 그를 바라보았다.

"학원장님, 무슨 방법이 없을까요. 제가 이런 말을 할 자격은 없겠지만…… 전 조금만 더 강사로 있고 싶습니다. 적어도 그 녀석들이 졸업할 때까지는……."

"……어? 그, 글렌…… 너……?"

글렌이 진지한 표정으로 그렇게 말하자 세리카는 경악한 얼굴로 눈을 부릅떴다. 설마 그의 입에서 이런 말이 나올 줄은 꿈에도 몰랐던 모양이다.

"흠……."

보기 드물게 고분고분한 태도를 보이자 학원장도 진지한 표정으로 입을 다물었다.

"논문 제출 기한을 조금만 더 늘려주세요! 반드시 뭔가 써서 낼 테니…… 이렇게 부탁드립니다! 저에게 기회를 주세요!"

글렌은 필사적인 얼굴로 고개를 숙였다.

—하지만 속으로는…….

'뜨아아아아아아아아아아아! 해고는 안 돼애애애애애애!'

글렌은 보기 드물 정도로 당황하고 전전긍긍했다.

'지금 해고당하는 건 진심으로 곤란해! 최근 세리카가 없는 사이에 몰래 이 녀석 명의로 **그걸** 분할 결제했던 참인데! 그걸 완납하려면!'

그것이란 『복제 인형(카피 돌)』이라고 불리는 마도 인형이었다.

딱히 거창한 이유가 있는 건 아니었다. 자신과 똑같은 모습으로 변신시킨 『카피 돌』에게 강사 업무를 가르치고 가끔 대역으로 삼아서 일을 땡땡이치려는 한심스러운 속셈이 있었기 때문이다.

……성장한 것 같으면서도 전혀 성장한 구석이 없는 글렌이었다.

적어도 그 녀석들이 졸업할 때까지는…… 그런 말이 무의식적으로 튀어나온 걸로 봐선 다소 심경에 변화가 있었던 것 같지만…… 갱생은 아직 먼 모양이었다.

'젠장! 내 이름은 신용이 없으니까 세리카의 이름을 대신 댄 거랑 반품 불가를 조건으로 가격을 후려친 게 설마 이런 결과로 돌아올 줄이야! 아직 해고당할 수는 없어! 적어도 이걸 완납할 때까지는! 애당초 제멋대로 이런 물건을 산 걸 들켰다간 세리카한테 살해당할 거야!'

그런 고로—.

"부탁드립니다! 학원장님!"

—글렌은 바닥에 이마가 닿을 듯한 기세로 한층 더 깊이 고개를 숙였다.

"이제 와서 논문을 쓴다고 해도…… 글렌 군, 자네 논문으로 쓸 만한 주제는 있는 겐가? 문헌을 살짝 조사해서 쓴 적당한 수준의 논문으로는 당연히 심사를 통과할 수 없을 텐데?"

학원장은 난처한 얼굴로 대답했다.

"그, 그건……."

"우리 마술사의 마술 연구가 늦어지는 건 흔히 있는 일일세. 그래서 제출 기한 외에 유여 기간 비슷한 게 있고, 관례상 제법 여유 있게 주어지는 편이지. 허나 그것도 논문으로 쓸 만한 연구가 진행 중이라는 걸 증명한 다음일세. 과연 자네에게 그런 게 있는가?”

글렌은 벌레를 씹은 듯한 표정이 되었다. 확실히 지금까지 아무런 연구도 안 한 주제에 잔재주를 부린 문장으로 통과할 만큼 만만한 심사는 아닐 것이다.

‘역시 가망이 없는 건가? 그 녀석들에게 뭐라고 해야…….’

글렌이 완납할 가능성이 없는 빚보다 먼저 제자들에게 뭐라 형용할 수 없는 죄책감을 느끼고 있자—.

“하지만…… 뭐, 자네는 운이 좋아. 글렌 군.”

학원장이 씨익 웃으며 말을 계속했다.

“자네, 『타움의 천문(天文) 신전』은 알고 있나?”

“……예? 그거, 북쪽 가도에서 약간 벗어난 곳에 있는 고대유적……을 말씀하시는 건가요?”

학원장의 의도를 파악하지 못한 글렌은 고개를 갸웃거리면서 머릿속 한구석에 박혀 있던 지식을 끄집어냈다.

“음. 자네도 알다시피 탐색 위험도 F급, 유익한 마법 유산(아티팩트)도 출토되지 않은 데다 영맥(靈脈)(레이라인)도 지극히 평범. 마술적인 가치는 물론 역사적 가치도 낮아. 그런 벽지에서 발견되지만 않았어도 지금쯤 관광명소가 됐을 법한 유적이네만…….”

릭은 잠시 간격을 두고 본인도 살짝 의심스러운 표정을 지으며 입을 열었다.

"지금으로부터 몇 년 전, 어느 마술사의 조사로 그 『타움의 천문 신전』이 고대의 시공간 전이 의식장일지도 모른다는 가설이 부상했네만……."

"……예?! 저기, 그게 정말입니까?!"

글렌은 눈을 부릅뜨고 릭 학원장에게 되물었다.

"그거, 농담 아닌가요? 『타움의 천문 신전』이라면 이미 샅샅이 조사한 유적인데…… 게, 게다가 시공간 전이라니—."

시공간 전이 마술…… 마술을 조금이라도 아는 자라면 그냥 웃어넘길 법한 이야기였다.

시간과 공간이란 하나로 묶여서 미래로 향하는 개념. 이 두 가지는 떼려야 뗄 수 없는 표리일체의 개념이었다.

그런 까닭에 같은 공간에서 흐르는 시간을 가속하거나 지연시키고, 같은 시간상에서 다른 공간으로 도약하거나 왜곡시키는 정도라면(물론 엄청나게 어렵다) 마술로도 가능하지만 그 두 개념을 따로 분리해야만 성립하는 행위. 어느 시공간 지점에서 다른 시공간 지점으로 이동하는…… 이른바 시간 여행이라 불리는 개념은 마술 이론상 절대로 실현 불가능한 일이었다.

마술의 2대 원칙 중 하나인 『영점 수습의 법칙』 — 세상의 모든 법칙은 항상 가장 자연스럽고 안정적인 형태로 수습되므로 세계가 모순을 허락하지 않는다 — 에 저촉되기 때문이다.

"허나 단순한 농담으로 치부하기에는 그 설을 제창한 마술사가…… 너무나도 천재적이고 우수했던 게 문제였지."

학원장은 난감한 듯 쓴웃음을 짓고 한숨을 내뱉었다.

"자네 말대로 『타움의 천문 신전』은 옛날부터 샅샅이 조사했지만 결국 새로운 마술적인 발견은 찾을 수 없었고, 그러다 보니 다들 조사하길 꺼렸지. 애당초 다들 자신의 마술 연구에 바쁘다 보니 거기에 쓸 시간도 예산도 없는 걸세. 하지만 그 천재 마술사가 그런 설을 제창한 이상 계속 무시할 수도 없으니 한 번쯤 재조사를 해볼 필요가 있네."

그리고 학원장은 의미심장한 눈으로 글렌을 흘겨보았다.

"『타움의 천문 신전』…… 지금까지 계속 미뤄왔네만…… 슬슬 누군가가 나서서 조사해야 한다고 생각하지 않는가?"

"학원장님…… 그건…… 혹시……?"

글렌이 눈을 크게 뜨자 학원장은 힘차게 고개를 끄덕였다.

"글렌 군. 자네가 조사대를 이끌고 『타움의 천문 신전』을 다시 조사해주지 않겠나? 만에 하나라도 고대의 시공간 전이 마술을 찾는다면 그건 역사에 이름을 남길 세기의 대발견이 되겠지. 반대로 역시 아무것도 없었다는 결과 또한 어엿한 성과. 그 조사 결과를 논문으로 제출한다면 뭐…… 선임 강사나 교수들이 뭐라 투덜대긴 해도, 이번만큼은 어떻게 잘 넘길 수 있을 걸세. ……어떤가?"

글렌에게는 하늘에서 내려온 동아줄이나 다름없었다.

글렌은 상체를 불쑥 내밀고 감격한 듯 학원장의 손을 덥석 움켜잡았다.

그리고 상쾌한 얼굴로 힘차게 대답했다.

"……학원장님! 이 일은 제게 맡겨만 주십쇼!"

—하지만 속으로는…….

'끄아아아아아아아아아아! 귀찮아아아아아아아아아아아!'

머리를 부둥켜안으며 절규하고 싶은 심정이었다.

'유적 조사?! 집에 틀어박히고 싶은 나한테 그런 필드워크는 고문이라고요! 그런 귀찮은 거 말고 간단한 건 없슴까?!'

……역시 전혀 성장한 구석이 없는 글렌이었다.

'애당초 뭐가 시공간 전이☆ 마술이라는 거야! 너무 수상쩍어서 일확천금을 노려볼 생각조차 안 든다고! 고대의 숨겨진 재보 같은 거라면 또 모를까!'

그런 글렌의 속마음을 눈곱만큼도 모르는 학원장이 미안하다는 듯 입을 열었다.

"그리고 말하기 좀 그러네만…… 이번 조사에는 예산이 내려오지 않을걸세. 전부 글렌 군의 자비로 처리해야 하겠지. 이번 학기의 예산 신청 기한은 이미 지났고, 특례로 예산 신청을 통과해도 처리를 기다리는 사이에 논문의 제출 유여 신청 기한이 끝날 테니 말일세."

'뭐, 뭐라고요오오오오오오오오?! 자비?! 자아비이?!'

글렌은 속으로 눈꺼풀이 찢어지고 눈알이 튀어나올 정도로 눈을 부릅떴다.

"괜찮습니다! 계속 강사로 일할 수만 있다면 그쯤이야 별것 아니죠!"

동요를 간신히 억누르고 정열이 가득한 거짓 표정으로 이렇게 선언했다.

'크헉! 망했다! 학교에서 예산이 안 내려오는 유적 조사라니, 진심으로 망했어! 어, 어쩌지……? 이래서야 어차피 제대로 된 조사는 못 해! 그러지 않아도 맨날 감봉당하느라 지갑이 허전해 죽겠는데……!'

그런 슬플 정도로 여유 없는 현실이 글렌의 못된 꿍꿍이를 한층 더 가속시켰다.

'마, 맞아! 유적 조사원을 고용하지 않고 학생을 부려먹으면 인건비를 크게 절약할 수 있지 않을까?! 크크크……!'

완전히 인간쓰레기의 사고방식이었다.

'탐색 위험도 D급 이상의 유적이라면 학생을 못 데려가지만……! 그러나! 마침 운 좋게도 『타움의 천문 신전』은 F급! 최하 등급! 학교에서 가르치는 『유적 탐색 조사 실습』에서조차 안 쓰이는 허접 유적! 전~혀 문제없어!'

글렌은 낯짝에 조금도 동요를 드러내지 않은 정열이 가득한 표정으로 못된 꿍꿍이를 더욱더 가속시켰다.

'좋았어. 학생들을 적당히 구워삶아서 노예처럼 부려먹는

거야……. 해고당하지 않기 위해…… 월급을 위해!'

글렌이 그런 저질스러운 생각을 하며 속으로 웃은 순간—.

"글렌!"

진지한 얼굴의 세리카가 글렌 앞으로 바짝 다가왔다.

'컥! 세리카?! 서, 설마…… 내 속셈을 눈치챈 건가?!'

글렌이 핏기가 가시는 감촉과 떨림을 필사적으로 억누르고 있자—.

"……글렌…… 너……."

갑자기 세리카가 부드러운 미소를 짓더니 눈물을 글썽거렸다.

"자비를 털어서까지 마술강사로 남고 싶다니…… 다행이다. ……넌 정말로 변한 거구나. ……정말…… 다행이야……."

세리카는 손가락으로 눈물을 훔쳤다. 평소의 날카롭고 딱딱한 표정에서는 상상조차 할 수 없을 정도로 기뻐 보였고…… 뭔가에 구원받은 얼굴이었다.

"……어? 아, 으…… 응. ……뭐…… 어라?"

전혀 예상치 못한 반응에 글렌은 비지땀을 줄줄 흘리며 쩔쩔맬 수밖에 없었다.

"허허허…… 세리카 군은 여러모로 자네를 걱정했다네."

학원장도 인자한 표정으로 말했다.

"자세한 사정은 모르겠지만…… 글렌 군. 자네는 예전에 이런저런 괴로운 일을 겪느라…… 줄곧 미래에 희망을 품지 못했다고 들었네만. 세리카 군은 말일세. 늘 그런 자네를 걱정했다네. ……자네가 마술강사가 된 후에도.”

“하, 하, 학원장?!”

그러자 세리카는 얼굴을 새빨갛게 물들이고 당황하면서 화난 것처럼 뒤집어진 목소리로 항의했다.

“그, 그건, 글렌 앞에서는 말하지 않기로 했잖아! 치, 치사해! 반칙이다!”

“아차, 그랬었지. 미안하네. 나도 모르게 그만…….”

‘……양심이 엄청 아파…….’

양심이 쿡쿡 찔린 글렌은 뺨을 움찔거리면서 폭포수처럼 땀을 흘렸다.

“……흐음, 뭐, 그, 그러면…….”

일단 세리카에게 등을 돌리고 부랴부랴 도망치듯 걸어갔다.

“타, 『타움의 천문 신전』 재조사…… 확실히 수락했습니다! 저, 전 서둘러 준비에 착수할 테니…… 여기서 이만…….”

“글렌.”

학원장실에서 나가려는 순간 세리카가 부르자 글렌은 그 자리에 멈춰 섰다.

“……힘내.”

“그래. 맡겨둬.”

묘할 정도로 힘차게 대답한 글렌은 그대로 학원장실을 나갔다.

……불초 제자에게 있는 힘껏 격려를 보낸 후.

세리카는 한산한 복도를 걸으며 홀로 생각에 잠겼다.

“그렇군……. 인간은 변하기 마련이야…….”

세리카의 머릿속에 떠오른 것은 약 1년 전에 마음을 기댈 곳을 잃고 완전히 자포자기한 상태로 무기력해진 글렌의 모습이었다.

자신의 경솔한 부추김이, 자신이 가르친 마술이 글렌의 인생을 엉망으로 만들고 말았다……. 이제 글렌은 두 번 다시 재기할 수 없는 게 아닐까……. 평생 이러고 있는 게 아닐까…… 하는 불안감과 후회 때문에 세리카는 남몰래 눈물을 흘린 적도 있었다.

하지만 실제로는 어떤가.

확실히 시간이 걸리기는 했지만 글렌은 다시 일어섰다.

이번에도 어차피 변변찮은 꿍꿍이가 있는 것 같았지만…… 그래도 지금의 글렌은 1년 전과는 달랐다. 적어도 그 무렵의 『아무것도 없었던』 글렌과는 달랐다.

좋건 나쁘건 간에 현재를 살아가며 망설이면서도 미래를 향해 나아가고 있었다.

“훗……. 이제 와서 무슨…….”

세리카는 쓴웃음을 지었다. 인간이 늘 변화하는 존재라

는 것은 원하지도 않은 유구한 세월을 살아오면서 뼈저리게 실감하지 않았던가.

그렇다. 인간은 늘 변화하는 존재였다. 좋은 방향으로든 나쁜 방향으로든…….

때로는 실패하고, 때로는 멈춰 서고, 때로는 좌절하면서도 앞으로 나아가고 성장하면서 변화하는 존재.

꼴사납고, 어리석고, 우스꽝스러우면서도…… 숭고한 인간의 바람직한 모습.

인간의 그런 모습이— 세리카에게는 너무나도 눈부시고 부러웠다.

처음부터 인간으로서의 걸음이 멈춰버린 그녀에게는…….

그 순간—.

"……아…… 또냐……."

어떤 불안감이, 초조함이 세리카의 마음속에서 고개를 쳐들었다.

가슴이 조이는 것처럼 답답했고 웅웅거리는 이명이 들리는 동시에 심장이 비명을 질렀다. 마치 진창에 빠진 것처럼 발밑이 불안정해졌고 의식이 하얗게 물들기 시작했다.

"……망할……."

세리카는 벽에 한손을 짚고 몸을 기대며 짜증스럽게 머리카락을 쓸어 올린 후, 손으로 머리를 눌렀다.

가끔씩 그녀를 괴롭히는 이 불안감과 초조함은 세리카의

『병』이었다. 육체적인 질환이 아닌 정신적인 것이었고 원인도 알고 있었지만…… 어찌할 방도가 없었다.

그리고 이 『병』은 최근 들어서 더욱 악화되었다.

글렌이 마술강사로서 다시 앞으로 나아가기 시작한, 그 순간부터…….

"……."

세리카는 한동안 미칠 듯이 날뛰는 폭풍이 지나가는 것을 기다리는 것처럼 꼼짝달싹도 하지 않고 심호흡을 반복했다.

머지않아 마음이 완전히 가라앉은 것을 느끼고 고개를 들었다.

"……『타움의 천문 신전이라』……."

그리고 무슨 생각이 든 건지 나직하게 그런 말을 중얼거렸다.

그 중얼거림은 그 누구의 귀에도 닿지 않고 조용히 공기 속으로 흩어졌다.

다음날.

알자노 제국 마술학원 2학년 2반 교실.

여느 때와 다름없이 수업이 시작되기 전에 기운차게 떠드는 반 친구들.

"하아……."

하지만 시스티나는 힘없이 책상위에 엎드려서 성대한 한

숨을 내쉬었다. 질 좋은 은을 녹인 듯한 은발이 책상 위로 사르륵 흘러내려서 아름다운 강을 만들었다.

"시스티…… 너무 그렇게 풀 죽지 마. 반드시 또 기회가 있을 테니까……."

그런 시스티나를 옆자리의 루미아가 위로했다.

"응, 나도 알아. ……알지만…… 역시 우울하네……."

시스티나는 루미아의 말에 대답하며 분한 얼굴로 고개를 들었다. 명백히 평소와 같은 늠름한 패기가 없었다. ……까놓고 말하자면 엄청나게 풀이 죽어 있었다.

"루미아. ……시스티나, 왜 저래? 왠지 기운이 없어 보여."

바로 뒷자리의 리엘이 평소와 다름없는 졸린 듯한 무표정으로 물어보았다.

"응, 조금……."

뭐라고 대답해야 좋을지 망설이던 루미아는 결국 리엘에게 모호한 미소를 지었다.

시스티나는 그런 두 사람은 아랑곳하지도 않고 고시랑고시랑 투덜댔다.

"모처럼 이번 유적 조사에 참가하려고 열심히 논문을 썼는데…… 조금은 평가해주면 어디가 덧나? ……그 사람, 혹시 나 싫어하는 거 아냐? 애당초……."

"차, 참아……."

루미아는 쓴웃음을 지으며 짜증과 슬픔을 반씩 섞어서

투덜대는 시스티나를 계속 달랬다.

사실 시스티나가 풀이 죽는 것도 당연했다.

얼마 전에 이 학교의 마술교수인 포젤 르포이가 제국의 동부에서 새롭게 발견된 고대 유적을 조사하기 위해 학원 관계자 중에서 조사대 멤버를 모집했다.

지금은 죽고 없는 조부 레돌프 피벨의 뒤를 이어서 장래에 마도 고고학을 전공하려고 결심한 시스티나는, 당연히 유적 탐색 조사의 경험을 쌓기 위해 조사대 멤버에 참가 신청을 냈다.

하지만 결과는 탈락.

여자라느니, 너무 젊다느니, 아직 저학년이라느니, 마술사의 위계가 낮다느니, 건방지니 뭐니 하면서 트집을 잡고 조사원 심사에서 떨어트린 것이다. 모집 요강 중 하나였던 논문은 제대로 읽지도 않은 눈치였다.

"뭐야. 마술사한테 성별은 관계없잖아. 그보다 건방지다는 건 또 뭔데?"

시치미 떼는 포젤의 얼굴을 떠올리기만 해도 속에서 부글부글 화가 치밀었다.

"하아…… 이러니저러니 해도 이걸로 벌써 네 번째 탈락인가……. 역시 우울해……."

이번뿐만 아니라 마술학원에서 유적 조사원을 모집할 때마다 항상 응모했지만…… 심사를 통과한 적은 단 한 번도 없었다.

“하지만 시스티에게 부족한 부분이 있는 것도 사실이잖아? 마술사의 위계도 아직 제2계제(듀오데)인걸.”

루미아의 타당한 지적에 시스티나는 미간을 찡그리며 입을 굳게 다물었다.

“물론 시스티는 학년 수석의 우등생이고, 우리 학년에서 네 위계는 파격적인 수준이야. 나 같은 건 아직 제1계제(운데)에 불과한걸. 하지만 유적 조사원은 분명 관례상으로는 제3계제(트레데) 이상의 마술사만 될 수 있는 거였지?”

“……으…… 그건…… 그렇지만…….”

“게다가…… 이번에 발견된 유적의 예상 탐색 위험도는…… B++이라면서?”

탐색 위험도란 그 유적에 존재하는 함정이나 배치된 가디언과 마수, 주변 환경 등의 정보를 종합적으로 평가한 유적 탐색 난이도를 나타내는 등급이었다. S, A, B, C, D, E, F의 7등급을 세분화한 총 21단계로 나뉘어 있다.

그중에서도 B++급은 준비를 제대로 한 유적 탐사대에서도 가끔 사망자가 발생하는 수준의 위험도였다.

“그런 위험한 장소는 아직 이르지 않을까? 난 걱정이 돼서…….”

“……으으으…….”

마술사의 위계와 위험도를 화제로 꺼내면 반론할 여지가

없었다.

반드시 트레데 이상의 마술사여야만 한다는 규칙이 있는 건 아니지만 루미아의 말처럼 이미 관례로 정착되어 있었고, 위험도 또한 현재 자신의 역량을 냉정히 판단해본다면 아직 분수에 맞지 않았다.

아픈 데를 찔린 시스티나는 뾰로통한 얼굴로 뺨을 부풀렸다.

그런 어린애 같은 친우의 반응에 루미아는 자기도 모르게 웃으면서 말했다.

"괜찮아. 시스티는 노력하고 있는걸. 언젠가는 반드시 모두에게 인정받고 실력으로 유적 조사에 참가할 수 있을 거야."

"……고마워, 루미아……."

루미아의 격려에 시스티나가 아주 살짝 웃은 순간—.

"……훗. 좋은 아침이다! 제군!"

교실 앞문이 열리더니 글렌이 상쾌하게 등장했다. 늘 의욕 없는 그답지 않은 절도 있는 동작으로 교단에 섰다.

동시에 수업 개시를 알리는 종이 울렸다.

그러자 화기애애하게 떠들고 있던 학생들도 차츰 분위기를 다잡았다.

"……그런데 수업에 들어가기 전에…… 오늘은 너희들에게 한 가지 말하고 싶은 것이 있다."

그런 가운데 위풍당당하게 교단에 선 글렌이 학생들을 돌아보며 말했다.

왠지 평소와 다른 것 같은 인상을 받은 학생들이 대체 무슨 일인가 싶어서 글렌을 주목했다.

“너희들, 맨날 이렇게 교실에 틀어박혀서 교과서만 악착같이 붙들고, 거기 적혀 있는 지식만 파고들고 있는데……. 정말 이대로 괜찮은 거냐? 정말 그걸로 만족해?”

글렌이 그렇게 말을 꺼내자 학생들은 서로 얼굴을 마주보며 웅성거리기 시작했다.

“너희는 세계의 진리를 탐구하는 마술사잖아? 아, 그래. 확실히 책 속에도 세상은 존재해. 책을 읽고 지식을 쌓는 건 무척 중요한 일이지. 하지만 이 세상은 책속에 존재하는 세상보다 한없이 넓어! 그야말로 무한에 가까울 정도로! 이 세상이 얼마나 넓은지조차 모르는 주제에 뭐가 마술사라는 거냐! 뭐가 진리냐고!”

글렌은 팔을 휘두르면서 열변을 토했다.

“너희들은 좀 더 넓은 세상을 알아야 해! 시야를 넓혀야 해! 너희는 아직 젊어! 자신의 영역에만 틀어박혀 있지 마! 때로는 자신의 껍질을 깨부수고 바깥세상으로 뛰쳐나오라고! 그리고 그때까지 몰랐던 세상과 마주하고 견문을 넓혀서 더 나은 자신이 되는 거다! 미지의 신비가 바로 자신의 가까이에 존재한다는 사실을…… 이 세상이 얼마나 위대하고 불가사의한 곳인지 알아야만 해! 안 그래? 난…… 너희들에게 이 세상의 광대함과 위대함을 가르쳐주고 싶다. 세상의 진리를 좇는 마술사로서, 이 세상을 더 알아주길 바라. 너희들의 눈부신 영광으로 가득한, 희망 넘치는 마술사로서의 미래를 위해서라도!"

학생들은 글렌의 뜨거운 논조에 감화되어서 무심코 귀를 기울였다.

"……그런 고로 실은 이번에 내가 학교에서 유적 조사 의뢰를 받았는데, 이 세상의 마술 발전에 이 한 몸 바쳐서 이바지하려고 받아들였다만…… 이 조사에 특별히 너희들을 데려가 줄까 한다!"

당돌한 선언에 학생들이 술렁거리기 시작했다.

"함께 바깥세상으로 뛰쳐나가서 우리의 선조가 쌓아 올린 유적을 탐사하고, 그들의 위대함과 위업을 마주하는 것으로 마술사로서의 시야와 견문을 넓히고, 한층 더 높은 곳에 도달하기 위한 기회로 삼았으면 좋겠군."

글렌이 말한 내용은 어느 정도 진실에 기반을 둔 것이었다.

마술뿐만 아니라 이 세상의 모든 섭리와 지식에 통달해야 하는 것이 마술사.

그래서 마술사는 때로는『현자』라고 불리기도 했다.

그러다 보니 학생들은 아무런 반박도 못 하고 글렌의 말을 망연자실한 표정으로 받아들일 수밖에 없었다.

"이번에 내가 학교에서 의뢰를 받은 유적 조사 대상지는 그 유명한 『타움의 천문 신전』이다.”

그 순간—.

“타, 『타움의 천문 신전』이라구요?!”

갑자기 시스티나가 자리에서 벌떡 일어났다.

“응? ……하얀 고양이? 갑자기 왜 그래?”

“아…… 아, 아뇨. 아무것도 아니에요…….”

다른 학생들의 기이한 시선이 모이자 시스티나는 새빨개진 얼굴로 맥없이 다시 제자리에 앉았다.

“……흠? 뭐, 어쨌든. 나는 이 유적의 조사대원을 우리 반에서 모집할까 한다. 아쉽지만 너무 숫자가 많으면 내가 일일이 돌봐줄 수 없으니까 여덟 명까지. 이것만큼은 내 능력 부족을 한탄할 수밖에 없겠다만…….”

글렌의 말에 학생들이 한층 더 술렁거렸다.

“잘됐다! 시스티! 벌써 기회가 왔잖아!”

루미아는 마치 자기 일처럼 기뻐하며 옆자리의 시스티나에게 웃어 보였다.

“위험도도 낮으니까…… 유적 탐색 초심자인 시스티한테는 안성맞춤 아닐까?”

“……으, 응. 맞아. ……잘은 모르겠지만, 이건 기회야!”

어째선지 심하게 동요했던 시스티나의 눈동자에 강한 빛이 깃들었다.

“……자, 그럼 나야말로 적임자라고 생각하는 사람은 어서 손을 들어! 이런 기회는 좀처럼 없다고?! 빠른 사람이 임자다!"

선동하는 듯한 글렌의 말투에 시스티나가 반사적으로 손을 들 뻔한…… 순간—.

"……이거 참, 당신은 변함없이 웃기는 분이시군요. 선생님."

빈정거리는 미소를 지은 안경 소년이 자리에서 일어났다.

글렌이 담당하는 2반의 학생인 기블이었다.

"왜 하필이면 우리 반에서만 조사대원을 모집하시려는 거죠? 우리 같은 학사가 아니라 트레데 이상을 취득한 4학년이나 석사 이상에서 모집하는 편이 낫지 않습니까? 전 유적 조사대원은 트레데 이상의 마술사로 편성하는 것이 관례라고 알고 있습니다만?"

음습한 빈정거리는 말투였지만 사실 기블의 말은 정론이었다.

"그야~ 너…… 일단 한 사람 몫은 한다고 보는 트레데를 유적 조사에 동원하면 규정상 고용비를 지불해야하니까……가 아니라!"

명백하게 찔리는 부분이 있는 듯한 글렌이 쩔쩔매며 대답했다.

"……타, 『타움의 천문 신전』은 탐색 위험도 F급이잖아?! 모처럼 안전한 유적이니까 조금 전에도 말했듯 너희들의 견문을 넓혀주고 싶은 거야!"

누가 봐도 대충 얼버무리려는 듯한 분위기와 이유였다.

"그, 그래! 이건 이 마음씨 고운 글렌 선생님께서, 교사로서 사랑하는 너희들을 위해 개설한 『유적 탐색 조사 실습』……. 맞아! 특별 강의라고! 그냥 감사히 받아들여!"

글렌은 구차한 변명을 하더니 뻔뻔하게 웃어젖혔다.

"이거 참…… 아무래도 어제부터 돌기 시작한 그 소문이 사실이었나 보군요."

기블은 경멸하듯 코웃음을 치며 안경테를 손가락으로 밀어 올렸다.

"응? 그게 무슨 소문인데? 기블."

덩치 큰 남학생, 카슈가 기블에게 질문했다.

"마술 연구의 정기 보고 논문에는 전혀 손도 안 댄 우리 글렌 대선생님께서, 해고당하지 않으려고 유적 조사 의뢰를 받아들였다는…… 그런 소문이지."

기블은 느닷없이 정곡을 찔러댔다.

"해, 해고요?!"

그러자 안색이 새파랗게 질린 루미아가 벌떡 일어났다.

"지금 그 이야기가 사실인가요?! 선생님, 정말로 논문에 손도 안 대신 거예요?!"

당장에라도 눈물을 쏟을 듯한 얼굴이라 보는 사람의 마음이 아플 정도였다.

"아, 아하하하핫! 무, 무슨 말인지 난 전~혀 모르겠는걸!"

—아, 역시 안 쓴 거구나. 이대로 가다간 해고 확정이겠군.

이리저리 눈알을 굴리며 당황하는 글렌의 모습을 본 학생들은 너나 할 것 없이 기막혀하면서 그렇게 확신했다.

"참 나. 자기 잘못을 학생에게 전가하려고 들다니…… 그게 어디 강사가 할 짓입니까? 게다가 고작 인건비를 아끼겠다고 저희까지 부려먹으시려 하다니요."

기블의 모멸과 조롱으로 가득한 시선이 글렌을 차갑게 찔렀다.

"그, 그게 무슨 소리야! 기블 군! 하필이면 교사라는 성직자인 내가 그런 상종 못 할 비열한 짓을 할 것 같아?! 트러스트 미!"

글렌이 완전히 뒤집어진 목소리로 설득력이 전혀 없는 헛소리를 지껄였다.

갑작스러운 유적 조사원 모집의 뒷배경을 눈치챈 학생들은 너나 할 것 없이 서로 얼굴을 마주 보며 상담을 나누기 시작했다.

"아, 아무튼! 유적 탐색 조사라면 너희 학생들에게는 꽤 보기 드문 체험이잖아?! 마술사는 유적 탐색뿐만 아니라 의외로 야외 활동이 많아! 이렇게 야외로 나가는 경험을 쌓아둬서 손해 볼 건 없을 거라고! 안 그래? 그치?"

글렌은 필사적으로 악을 썼다.

"화, 확실히 유적 탐색 조사에는 원래 위험이 따르는 법.

마수의 습격, 거친 대자연의 경이, 예상조차 할 수 없는 고대의 함정과 가디언……. 탐색 중에 사망자가 발생하는 건 드문 일이 아니야. 그러니 결코 참가를 강요하진 않겠어!"

사망자.

그 단어가 언급되자 학생들이 일제히 숨을 삼켰다.

"하지만 이번에 가는 곳은 그 『타움의 천문 신전』……. 다시 말하겠지만 탐색 위험도는 F급. 완전히 초심자를 위한 유적이다! 그걸 고려해서 조사에 참가하고 싶은 녀석은…… 아니, 으아아아아아아아아아! 젠장!"

글렌이 갑자기 몸을 비틀면서 천장에 닿을 듯한 기세로 도약하더니—.

"제발! 이 불쌍하고 쓰레기 같은 저에게 힘을 빌려주십쇼! 이렇게 부탁드립니다!"

공중제비를 돌고 양손, 양발, 이마를 바닥에 대면서 착지.

고유 마술(오리지널)【문설트 점핑 오체투지】를 멋지게 발동했다.

그런 한심스러운 글렌의 모습에 모든 학생이 어이를 상실한…… 순간—.

"고개를 들어주세요. 선생님."

아무 망설임도 없이 루미아가 자리에서 일어났다.

"……그 유적 조사. 제가 돕게 해주세요."

가슴 언저리에서 손을 맞잡고 온화한 미소를 지으며 글렌을 똑바로 바라보았다.

그야말로 성녀의 자태. 후광이 비치는 신성함이 느껴질 정도였다.

"으……."

루미아의 그런 흔들림 없는 모습을 직면한 시스티나는 들다 만 손을 조용히 책상 위로 내렸다.

"……처, 천사……?"

글렌은 바닥에 넙죽 엎드린 자세로 루미아를 멍하니 올려다보았다.

"훗……. 너라면 그렇게 말할 줄 알았지. ……뭐, 알고 있었지만!"

이윽고 의기양양한 얼굴로 재빨리 일어나더니 참으로 뻔뻔스러운 태도를 보였다.

"예. 선생님께서 좋은 논문을 쓰실 수 있도록 저도 열심히 도와드릴게요! ……사실 아마추어인 제가 도움이 될 수 있을지 잘 모르겠지만요……."

"노, 논문? 무, 무슨 소리인지, 나는, 전~혀 모르겠는걸!"

글렌은 한차례 당황한 후 진지한 미소를 지으며 루미아를 바라보았다.

"……도움이 안 된다니, 그럴 리가! 네 장기인 힐러 스펠은 야외 활동의 필수 스킬이라고. 아니, 까놓고 말해 학생만으로 조사대를 꾸린다면 루미아, 넌 꼭 와줬으면 싶었어. 고맙다."

"선생님……."

글렌의 보기 드문 솔직한 발언에 루미아는 기쁜 듯 활짝 웃었다.

"잘은 모르겠지만…… 나도 갈래."

그리고 루미아의 뒤를 이어서 천천히 일어난 것은…… 작은 체구의 소녀 리엘이었다.

그녀는 여느 때와 다름없는 졸린 듯한 무표정이었고 아무런 감회도 없이 기계적인 말투로 그렇게 선언했다.

"그야 난 글렌의 검이니까. 나한테 맡겨. 글렌이랑 루미아는 내가 지켜줄게."

"너, 너 말이다……. 하긴, 아무렴 어때. 전위로서는 더할 나위 없는 전력이니까. 사실 이번 조사에서 굳이 네 힘은 필요 없을 것 같다만…… 뭐, 기대하마. 리엘."

"응."

루미아와 리엘이 나란히 참가 의사를 밝히자 역시 저 두 사람이라면 당연하다는 분위기가 감돌기 시작했다.

막상 루미아는 그런 분위기에 전혀 아랑곳하지도 않고 착석하더니 옆자리의 시스티나에게 살며시 귓속말을 건넸다.

"자, 시스티도 얼른."

"으, 응……. 알고는…… 있는데…… 으으으……."

"시스티?"

하지만 시스티나는 어째선지 언짢은 듯한, 분한 듯한 복잡한 표정으로 입을 다물었고 전혀 손을 들 낌새를 보이지 않았다.

그런 친우의 반응에 루미아는 의아한 듯 고개를 살짝 갸웃했다.

—이때 시스티나 피벨은 사실 어린애처럼 토라져 있었다.

글렌에게 여러모로 하고 싶은 말이 많았지만 그 이상으로 듣고 싶은 말도 있었다.

더 알기 쉽게 말하자면…… 질투가 난 것이다.

『루미아, 넌 꼭 와줬으면 싶었어.』

『뭐, 기대하마. 리엘.』

루미아와 리엘은 저 근성이 세 바퀴 반쯤 뒤틀린 강사의 입에서 이런 말까지 나오게 했다. 솔직하지 못한 글렌의 성격으로 미루어보건대 이건 두 사람에게 전폭적인 신뢰를 보내고 있다고 봐도 무방하리라.

루미아와 리엘의 능력을 고려하면 이상한 건 아니었다.

루미아의 힐러 스펠은 어지간한 프로 법의사 수준이라 시스티나도 당해낼 수 없을 정도였고, 현역 제국군 마도사인 리엘의 전투능력은 초 일류였다.

위험이 있을지도 모르는 야외 유적 탐색이라는 틀 안에서, 글렌이 2반 학생 중에 가장 먼저 두 사람을 의지하는 건 지극히 당연한 일이었다.

당연한 일이지만…… 시스티나의 마음속에서는 뭐라 형언

할 수 없는 감정이 소용돌이치고 있었다.

이 두 사람과 글렌 사이의 신뢰감이…… 왠지 분했다. 부러웠다.

'나, 나도…… 요전에 선생님과 함께 무시무시한 강적을 격퇴했었는데…….'

만약 자신이 유적 조사에 참가하고 싶다고 말한다면 과연 그는 어떤 식으로 반응할까?

아니, 아니다. 이런 식으로 대답할 게 틀림없으리라.

『엥~? 하얀 고양이, 너도 가겠다고? 아니, 넌 시끄러우니까 딱히 필요 없는데…… 어쩔 수 없지. 데려가 줄까. …… 참 나, 부디 발목만은 잡지 마라?』

위에서 내려다보는 듯한 글렌의 시선과 속이 뒤집힐 것 같은 목소리가 당연한 듯 머릿속에서 재생되었다.

실제로 이런 말을 듣게 된다면, 바로 직전에 루미아와 리엘에 대한 신뢰감을 보여준 후인 만큼 한층 더 분하게 느껴질 것이다.

'으그그…… 그래도 이 유적 조사에는 반드시 참가하고 싶은데…….'

시스티나는 조부 레돌프 피벨의 유지를 이어서 마도 고고학에 뜻을 두고 있었다.

언젠가 이 알자노 제국에 존재하는 수많은 고대 유적을 조사하고 다니면서 조부가 이루지 못했던 꿈…… 고대 문명사 최대의 수수께끼인 『멜갈리우스의 천공성』의 비밀을 조부를 대신해서 해명하는 것이 시스티나의 꿈이다. 그러기 위해 오늘날까지 계속 마술 단련을 게을리하지 않았다.

게다가 『타움의 천문 신전』은…… 어떤 사정 때문에 반드시 한 번쯤 찾아가고 싶었던 유적이었다.

그러므로 무슨 일이 있어도 이 기적 같은 기회를 놓치고 싶지 않은 것이 본심이었다.

본심이었지만…… 시스티나의 작은 자존심과 질투, 글렌에게는 솔직해지지 못하는 성격이 방해했다. 솔직하게 참가하고 싶다는 말을 꺼낼 수가 없게 되었다.

'……어쩌지. 참가는 하고 싶은데…… 루미아랑 리엘에 비해 차별 대우를 받는 건 왠지 싫고…….'

미간을 찡그리며 신음을 흘렸다.

"음~ 또 참가하고 싶은 사람은 없어?"

글렌은 교단 위에서 계속 참가 신청자를 모으고 있었다.

아주 잠시 시스티나를 힐끗 쳐다봤지만…… 머리를 싸매고 고민에 잠긴 그녀는 결국 그의 시선을 눈치채지 못했다.

'……맞아! 잘 생각해보니 유적 탐색 참가 경험은 실전 경험과 동등할 정도로 높은 평가를 받잖아! 그러니까 이걸 핑계로 **싫지만 어쩔 수 없이 참가해주는** 걸로 하면 돼! 은혜를 베풀어주는 것처럼!'

번뜩이는 명안을 떠올린 시스티나의 표정이 활짝 밝아졌다.

'이거라면 선생님이 뭐라 하건 일단 내 체면을 세울 수 있어! 좋아. 이 방법으로……'

시스티나가 참가를 표명하기 위해 손을 들려고 한 순간—.

"그럼 저도 참가해볼까요."

이번에도 그녀보다 먼저 누군가가 그렇게 말을 꺼냈다.

뜻밖에도 그 목소리의 주인은 기블이었다.

또 기회를 놓친 시스티나는 고개를 푹 숙이고 말았다.

"저는 선생님의 개인적인 사정 따위 요만큼도 관심 없습니다만, 그래도 야외 유적 조사에 참가했다는 경험은 실전 경험과 비슷한 수준의 경력으로 인정을 받으니까요. 장래의 진로를 선택할 때도 유리…… 아니, 애당초 F급 따윈 대단한 경력도 못 될 테지만…… 뭐, 참가해드리겠습니다."

'당했어!'

시스티나는 머리를 부둥켜안고 책상 위에 풀썩 엎드렸다.

모처럼 고안한 작전을 기블에게 새치기당하고 만 것이다.

"참 나, 넌 진짜 여전하구만……. 뭐, 상관없나. 다른 사람은?"

'어, 어쩌지? 어쩌지? 어쩜 좋아?!'

바로 기블과 같은 이유를 대면서 참가하겠다고 하는 건 부자연스럽지 않을까? 사실은 참가하고 싶은 주제에 기블의 의견에 편승해서 마지못해 참가하는 척한다고 생각하진 않을까? 차라리 다른 타당한 이유를 생각해보는 편이 낫지 않을까?

시스티나의 사고가 출구가 없는 미궁 속에 빠진 한편, 기블의 참가 표명을 계기로 학생들이 잇따라 손을 들기 시작했다.

"선생님! 저요! 저! 절 데려가 주세요! 전 유적 탐색 같은 모험을 동경했거든요! 야, 세실! 너도 같이 가자!"

"그래. 고대의 유적이라면 학자에 뜻을 둔 나도 관심이 있으니까. 선생님. 저랑 카슈도 참가해도 괜찮을까요?"

"야, 야. 우린 놀러 가는 게 아니라고? 뭐, 어쨌든 고맙다."

체격이 듬직한 카슈와 가녀린 인상의 독서 소년 세실이 참가를 표명했으니 이걸로 참가자는 다섯.

"아! ……저기요. 선생님…… 저, 저도……."

"우후후…… 저도 참가할게요. 선생님."

이어서 작은 동물 같은 분위기의 포니테일 안경 소녀 린과, 모델 저리 가라 할 몸매를 자랑하는 미소녀 테레사 레이디가 손을 들었다.

"테레사는 그렇다 쳐도…… 린, 너도? ……뜻밖인걸. 넌 타고난 인도어파인 줄 알았다만……."

"그, 그게…… 전…… 선생님이 하, 학교에 남아주셨으면 해서……. 저기…… 전 분명 도움이 안 되겠지만…… 잡일이라면 뭐든지 할 테니…… 부, 부탁드려요……."

"……그러냐. 고맙다, 린. 나도 부탁하마."

'……윽, 저런 식으로 솔직하게 말할 수 있는 애가 부러워!'

시스티나는 머리를 감싸 쥐고 신음을 흘렸다.

"그런데 선생님. 유적 조사에 필요한 물자는 저희 집, 레이디 상회에서 융통할 수 없을까요? ……예. 물론 **이익은 고려하지 않고 가장 싸게** 해드릴게요. 동행하는 저도 그편이 더 안심되고, 무엇보다 선생님을 위해서인걸요. ……후훗."

글렌은 성모 같은 미소로 제안하는 테레사를 게슴츠레한 눈으로 쳐다보았다.

"야, 테레사……. 너, 이번 유적 조사에 예산이 내려오지 않는다는 건 어떻게 알았냐?"

"……글쎄요? 무슨 말씀을 하시는지, 잘……."

"협력자의 파격적인 조건의 제안이라는 엄청나게 거절하기 어려운 상황……. 아니, 너. 그런 식으로 학교와의 연줄과 거래 실적을 만드는 게 목적이지? 어디까지나 상회의 미래를 위해서."

"어머나, 그게 무슨 말씀이신지?"

"과연 유력 상인 가문의 딸내미답구만. 장래가 두려운 녀석 같으니라고. ……뭐, 됐다. 도움이 되는 건 사실이니까."

'……윽, 저런 이유와 목적이 있는 애가 부러워!'

시스티나는 머리를 감싸 쥐고 신음을 흘렸다.

아무튼 린과 테레사의 참가로 일곱 명이 모였다. 정원까지 남은 건 단 한 명뿐.

'더는 체면을 따지고 있을 상황이 아니야!'

상황이 여기까지 오자 시스티나도 마침내 각오를 다졌다.

'저 인간에게 아무리 바보 취급당해도 상관없어! 다른 유적이라면 또 모르지만 『타움의 천문 신전』만은…… 이번 유적 조사만큼은 반드시 나도 가고 싶어!'

손에 힘을 꽉 준 뒤, 기합을 넣고 이번에야말로 유적 조사대에 참가를 표명하려고 시스티나가 손을 들려고 한…… 순간—.

"아~ 그러고 보니 마지막 한 명 말인데…… 사실 마음속으로 정해둔 사람이 있다."

"아……."

시스티나는 갑작스러운 글렌의 선언에 아연실색하며 굳어버렸다.

'……어? 벌써 끝난…… 거야?'

머릿속이 새하얗게 물든 상태로 멍하니 있자—.

"실은 말이지……. 그 마지막 한 명은 내가 고개를 숙여서라도 동행을 부탁하고 싶은 녀석이거든."

글렌이 그렇게 말하면서 시스티나 쪽을 돌아보았다.

'……어?'

심장이 크게 뛰었다.

"그게 누구냐면……."

글렌은 동요하는 시스티나 쪽으로 천천히 다가왔다.

그는 분명히 이렇게 말했다. 고개를 숙여서라도 동행을

부탁하고 싶은 사람이라고—.

'그, 그건…… 설마…….'

자신을 향해 걸어오는 글렌의 모습에 시스티나의 가슴이 콩닥콩닥 뛰었다.

'서, 선생님…… 역시 이러니저러니 해도, 저를…… .'

너무 기쁘고 감동한 나머지 가슴이 찡하게 아려왔다.

……그러나.

'……어, 어라?'

글렌은 아무렇지 않게 시스티나의 자리를 스쳐 지나갔다.

"웬디. 마지막은 너다. 아무쪼록 동행해주면 안 될까?"

시스티나의 다섯 자리 뒤에 있는 웬디에게 그렇게 말했다.

콰당!

시스티나는 힘이 빠진 나머지 책상 위에 이마를 찧고 말았다.

"왜 고귀한 제가 그런 시골 촌구석까지 가야 하는 거죠?"

하지만 웬디는 턱을 손으로 괴고 시선을 피했다. 노골적으로 싫은 태도였다.

"논문을 쓰기 위해 유적 안에 있는 비문을 다시 해독하고 싶어. 어쩌면 지금까지와는 다른 해석이 있을지도 몰라. 암호 해독 계열 마술에 관해서는 천재적인 네 힘이 필요해."

"……."

웬디는 나름대로 생각하는 바가 있는지 입을 다물었다.

"응? 응? 부탁 좀 하자. 절대로 위험한 꼴을 당하게 하진 않을 테니까. 아무 일도 없을 거라고 생각하지만, 만에 하나의 경우엔 내가 책임지고 널 지켜줄게. 이렇게 부탁한다!"

글렌은 그런 웬디에게 양손을 맞대고 꾸벅꾸벅 고개를 숙였다.

한동안 그런 글렌의 모습을 옆으로 흘겨보던 웬디는 이윽고 한숨을 한 번 내쉬었다.

"……하아……. 어쩔 수 없네요…… ."

마지 못한 기색으로 글렌에게 대답했다.

"때로는 견문을 넓히는 것도 민초의 위에 선 귀족의 책무, 때로는 붉은 피의 요구에 응하는 것도 푸른 피를 지닌 자의 의무……. 내키지는 않지만 저도 동행해 드리죠."

"좋았어! 땡큐, 웬디! 사랑한다!"

"징그러우니까 그만 하세요! 애당초 신사 분께서 그렇게 경망스럽게 여성에게 사랑한다는 말을 해선 안 돼요! 신사라는 건—."

웬디는 한껏 들뜬 글렌에게 신사의 마음가짐에 대해 설교하기 시작했다.

……한편.

"……."

시스티나의 시간은 완전히 멈춰 있었다.

"시스티, 어째서……? 그토록 유적 조사에 가고 싶어 했으면서…….”

“시스티나? ……응, 완전히 굳었네. ……이상해.”

루미아의 걱정스러운 목소리도, 리엘의 남 일처럼 말하는 목소리도 전혀 안 들렸다.

이 천재일우의 기회를 시시한 고집과 허영 때문에 놓치고 만 자신의 어리석음에 머릿속이 완전히 백지처럼 변해 버렸다.

다른 학생들도 의아한 얼굴로 루미아와 리엘이 참가하는데 왜 시스티나는 참가하지 않는 거냐며 당황하고 있었다.

“앗! 잠깐 기다리세요! 아직 제 이야기가 끝나지 않았다구요!”

“아, 뭐, 아무튼!”

은근슬쩍 웬디의 설교에서 달아난 글렌이 다시 교단 위에 섰다.

“이걸로 조사대 참가자는 결정! 다들, 협력해줘서 진심으로 고맙다! 자세한 일정이랑 준비에 관해서는 나중에 미팅에서 이야기하자!”

그 순간—.

“……응?”

마치 몽유병 환자 같은 걸음걸이로 시스티나가 글렌에게 다가왔다.

“뭐, 뭐야? 하얀 고양이…… 아하, 아직도 논문을 안 쓴 거냐고 설교할 셈이로군!”

글렌은 시스티나가 눈앞에 멈춰 서자 긴장하며 뒷걸음질 쳤다.

"아, 아니거든?! 그건 오해야! 하얀 고양이! 구, 굳이 따지자면 이 시대 탓……."

그러나—.

"……으으…… 아으…… 아으…… 아으……."

"……엥?"

"그게, 저기, 그게, 저기, 그게, 저기……."

시스티나는 눈물을 글썽거리며 입을 뻐끔거리기만 했다. 뭔가를 호소하는 표정이었지만…… 그녀의 입에서 구체적인 의미를 가진 말이 나오지는 않았다.

"……으, 으으으~! 읏~! 후우—!"

"아, 아니…… 얘가 진짜 왜 이래? 왠지 무서운데……."

시스티나는 화난 듯, 토라진 듯 신음을 흘렸다.

마치 적을 위협하는 고양이 같은 태도를 보이자 제아무리 글렌이라도 살짝 기겁했다.

뒤에서 쓴웃음을 지은 루미아가 시스티나의 본심을 수화(마술사의 필수 기능 중 하나)로 표현하더니 손을 맞대고 글렌에게 꾸벅꾸벅 고개를 숙였다.

"……아…… 그런 거였어? 아니, 난 혹시나……."

그제야 비로소 무슨 상황인지 눈치챈 글렌은 머리를 벅벅 긁으며 기가 막힌 듯하면서도 안도한 표정으로 한숨을 내쉬었다.

그리고 학생들 앞에서 당당히 선언했다.

"그런 고로, 조사대에 참가하는 학생들의 리더는 너에게 맡기마. 하얀 고양이."

"……예?"

그러자 시스티나는 어리둥절해 하며 눈을 크게 떴다.

그런 그녀의 반응에 글렌은 자못 당연하다는 듯 덧붙였다.

"그야 넌 데려가는 게 당연하잖아? 아니, 목에 줄을 채워서라도 끌고 갈 셈인데? 실은 처음부터 그럴 생각이었거든. ……응."

"어……어째서 저를요?"

"으, 으음~ 그야 난 역시 마도 고고학 그 자체에 관한 건 생초보인데…… 뭐랄까…… 상담역이랄까, 역시 전문가가 필요하잖아? 넌 고고학 마니아니까."

"저, 전문가요……? 제가……?"

"뭐, 아무튼 너만은 담당 강사 권한으로 강제 참가다. 네 의견 따윈 알 바 아냐. 거부했다간 학점은 꿈도 꾸지 마라? 크크크……."

글렌은 누가 봐도 악당처럼 웃었다.

"어…… 어쩜 이런 사람이 다 있지?!"

하지만 마치 유령처럼 생기가 없었던 시스티나의 눈에는 활력이 돌아왔다.

"학점을 방패로 삼아서 학생에게 동행을 강요하다니, 저질! 소, 솔직하게 부탁하면 어디 덧나요?!"

"미안하게 됐군. 내가 그런 고분고분한 성격이 아니라는 건 너도 잘 알잖아?"

"으으~ 어, 어쩔 수 없네요! 이번만이에요! 이번만! 이런 횡포가 계속 통할 거라고 생각하진 마세요! 애당초 이런 사태를 초래한 건 평소의 나태한 근무 태도가 원인—."

시스티나는 화난 듯이 큰 목소리로 평소처럼 설교를 시작했다.

하지만 누가 봐도 유적 조사에 참가할 수 있게 되어 기뻐서 어쩔 줄 모르는 분위기였다.

"""참 나, 진짜 성가신 애네……."""

그 순간, 글렌을 포함한 반 전원의 생각이 완벽히 일치했다.

그 후로 일주일간.

평소처럼 수업을 진행하는 와중에 유적 조사 계획의 입안, 스케줄 조정, 필요 물자 수배, 참가 학생들과의 미팅, 학생들에게 야외 활동을 할 때 필수인 서바이벌 기술의 지도…… 출발하기 전에 해야 할 일은 산더미처럼 많았다.

그리고 분주한 나날이 지나고…… 마침내 유적으로 출발하기 전날 밤.

페지테 남쪽 지역의 번화가, 복잡하게 뒤엉킨 뒷골목 깊숙한 곳에 몰래 숨어 있는 것처럼 자리 잡은 어두침침한 바의 안쪽 카운터 석에서— 글렌은 힘없이 엎드려 있었다.

"……뭐, 이걸로 어떻게든 되겠지."

오늘까지 이런저런 준비를 하느라 바빴지만 이제야 숨 돌릴 여유가 생긴 참이었다.

"그 녀석들이 아직도 긴장감이 없는 게 좀 신경 쓰이지만…… 뭐, 어쩔 수 없나. 만에 하나의 경우에는 내가 도와주면 될 테고."

애당초 이번에 글렌은 학생들에게 강하게 나설 수 있는 입장이 아니었다.

그 정도쯤은 해줘야 하는 게 당연하리라.

"자, 그럼……."

오늘 글렌이 일부러 이런 변두리 가게까지 온 건 딱히 술이 마시고 싶어서가 아니었다.

어떤 인물과 만나기 위해서였다.

하지만 기다리는 사람은 아직 오지 않았다. 약속 시각보다 한 시간이나 일찍 왔으니 당연하다면 당연하겠지만—.

"……좀 일찍 왔나……."

평소의 그였다면 아슬아슬한 시각에 도착했을 테지만, 오늘은 이 근처에 개인적인 용건이 있다 보니 이렇게 되고 말았다.

"한가하네……. 뭔가 시간을 때울 만한 게 없을까……."

글렌은 발밑에 둔 자신의 가방 속을 뒤적거렸다.

그러자 마침 두꺼운 종이 다발이 손에 닿았다.

"……응? 이건……."

짐이 엉망으로 뒤섞인 가방 속에서 그것을 억지로 끄집어 냈다.

한편의 마술 논문.

표제는 『고찰 : 타움의 천문 신전의 시공간 전이 마술에 관해서』였다.

"아, 이게 학원장님이 말했던 그건가……. 이 논문 때문에 타움의 천문 신전을 다시 조사해야만 한다는……."

며칠 전에 학교의 부속 도서관에서 강사의 열람 권한을 사용해 그 논문의 사본을 빌린 것을 지금까지 완전히 망각하고 있었다.

"그러고 보니 준비 때문에 바빠서 아직 제대로 읽어본 적이 없었지……."

성실하고 잔소리가 심한 백발의 누군가가 봤다간 대번에 교사로서의 마음가짐이 부족하다며 설교를 시작했을 것이다.

"……뭐, 시간 때우기는 되겠군."

글렌은 하품을 하면서 종이 다발을 넘기기 시작했다.

논문의 서두는 딱히 이렇다 할 특징이 없는 평범한 내용이었다. 과거에 많은 조사대가 몇 번이나 다녀온 『타움의 천문 신전』의 조사 결과, 유적과 관련이 있는 여러 곳의 문헌

조사 결과, 각종 비문의 해석 등을 간결하게 정리했을 뿐이었다.

'그건 그렇고 이 유적은 진짜 아무것도 없구만…….'

글렌은 게슴츠레한 눈으로 논문을 대충 훑었다.

유적 내부에 있는 수많은 비문에서 고대사에 관한 귀중한 정보들은 얻을 수 있었지만, 마도 고고학의 핵심인 『고대 마술 연구』에 도움이 될 만한 아티팩트는 출토되지 않은 듯했다. 유적 내부의 맵핑도 완벽했다. 숨겨진 방도 전부 발견했다. 이 유적을 다시 조사하고 탐색할 여지는 어디에도 없었다.

'이 정도까지 아무것도 없으니 오히려 읽는 사람이 더 조마조마한걸. ……쓸 게 없어서 참 난감했겠구만.'

글렌은 자기도 모르게 하품이 나왔다.

하지만 저자의 독자적인 연구와 견해 파트로 넘어간 순간, 논조가 극적으로 변화했다.

누구나가 무의미하고 무가치한 유적이라고 단정했던 『타움의 천문 신전』.

그러나 저자는 이렇게 주장했다.

무가치하다니 당치도 않다. 『타움의 천문 신전』은, 시설 그 자체가 고대의 시공간 전이 마술의 의식장이자 거대한 마도 장치였다고…….

'그런데 대체 왜 이런 엉뚱한 결론이 나온 거지?'

저자를 바보 취급하듯 입가를 끌어올렸지만 손가락은 이

미 자연스럽게 페이지를 넘기고 있었다.

시간과 공간을 다루는 시공간 계열 마술은 흑마술 최고의 오의(奧義)라고 해도 과언이 아니었다.

당연히 지나치게 난이도가 높다 보니 시공간 마술로 가능한 일에는 이론적인 한계가 존재했다.

하지만 이 논문은 이 유적의 힘을 쓰면 넓은 범위의 시간과 공간을 자유자재로 다룰 수 있을 거라는 가능성을 시사하고 있었다. 특히 시간 여행…… 참으로 꿈이 있는 이야기였다.

'나 원 참, 공상이 지나치군. ……이 저자가 주장하는 사양과 동일한 시공간 전이 마술이 실존했다면, 뭐랄까…… 세계가 위험하잖아.'

절로 쓴웃음이 새어 나왔다.

"……아! ……호오……?"

하지만 글렌은 점점 논문의 내용에 빠져들었다.

각지에 남은 비문과 벽화와 전승을 통해 고대에는 시공간 마술에 관한 연구와 실천이 성행했다는 증거를 제시. 지금까지와는 다른 시점에서의 유적 조사. 장거리 공간 전이에 필요한 레이라인과 유적을 통과하는 레이라인에 숨겨진 유사점을 비교한 이론 고찰, 사고 실험…… 등등.

대체 무엇이 이 저자를 이렇게까지 몰아세운 것일까.

마치 광대한 사막에서 모래 알갱이를 하나씩 신중하게 주워 모으는 듯한 작업 끝에 구축한 이론과 가설에, 글렌은 어느새 매료되고 압도당했다.

확실히 그 아무런 특징도 없는 『타움의 천문 신전』이 정말로 중요한 마도 시설이 아닐까 하는 생각이 들기 시작했다. 처음부터 그런 의도를 가지고 건축된 건조물이 아닐까 하는 생각이 들기 시작했다.

그러나 저자가 구축한 이론상으로는 유적 내부에 반드시 존재해야 할 마술이…… 결국 마지막까지 발견되지 않았다고 한다.

대체 왜? 어째서? 뭔가 부족했던 걸까? 뭔가 놓친 부분이 있었던 걸까?

그런 저자의 애석함이 문장에서 절절하게 느껴졌다.

"……이런, 나도 모르게 푹 빠져서 읽었구만……."

한숨을 내쉬며 문장에서 눈을 뗐다.

시계를 보자 잠시 시간 때우기로 읽으려고 했었는데 벌써 꽤 많은 시간이 지난 후였다.

"하긴, 이런 보고가 있었으니 완전히 무시할 수도 없는 노릇이고…… 동시에 허영심이 강한 교수 놈들은 아무도 『타움의 천문 신전』을 재조사하겠다고 나서지 않을 만도 해. ……아무리 열심히 써봤자 이 논문의 열화 복제품을 못 벗어났을 테니까."

성과는 전혀 남기지 못했지만 마술사라면 한 번쯤 읽어볼 만한 걸작이었다. 이 유연한 발상법과 사고법, 치밀한 이론 구축 기술과 정보 처리 능력은 누구나가 본받아야 마땅하리라.

"……대체 누가 이런 수준의 논문을 쓴 거지?"

갑자기 관심이 생긴 글렌은 표지에 적힌 저자명을 슬쩍 찾아봤다.

—레돌프 피벨.

"응? 피벨? ……어라? 어디선가 들어본……."

글렌의 머릿속에 잔소리가 심한 은발 소녀의 얼굴이 떠오르자—.

"별일이군. 네가 더 일찍 오다니."

"우와악?!"

바로 뒤에서 아무런 기척과 전조도 없이 냉담한 목소리가 들렸고 글렌은 어깨를 떨었다.

떨어트릴 뻔한 논문을 잽싸게 낚아채고 어느새 등 뒤에서 있었던 청년을 비난 섞인 눈초리로 노려보았다.

"사, 사, 사람 놀라게 하지 말라고! 알베르트!"

"긴장감이 없어도 너무 없군. 내가 암살자였다면 지금 널 세 번은 죽였을 거다."

붙임성이라곤 눈곱만큼도 없는 청년— 알베르트가 담담하게 말했다.

오늘은 그와 정기적인 정보 교환을 하는 날이었다.

"그런데…… 또 뭔가 골치 아픈 일을 떠맡은 것 같더군, 글렌."

"아~ 그건……."

"흥. 자기가 저지른 실수의 뒤처리에 학생들을 말려들게 하다니. 이제는 기가 막혀서 말도 안 나오는군."

알베르트는 퉁명스럽게 말하며 글렌의 옆자리에 앉았다.

당연히 그는 글렌이 내일부터 뭘 할 건지 다 알고 있는 모양이었다. 냉철한 철면피의 구석구석에서 기막힘과 분노가 묻어나오고 있었다.

"윽…… 아, 아니 그게…… 이쪽에도 여러모로 사정이 있는지라……."

알베르트는 글렌이 변명처럼 주절거리는 말에는 대답하지도 않고 마스터에게 말없이 손가락으로 주문을 했다. 이윽고 카운터 위를 미끄러지며 날아온 브랜디 잔을 받았다.

"나 원 참, 사람이 무뚝뚝하기는……."

글렌도 따라서 브랜디를 주문했다.

……그리고 두 사람은 한동안 서로의 신변과 제국 정부와 군의 동향, 학교의 상황 등을 사무적으로 털어놓고 확인하는 작업을 반복했다.

"……그런데 알베르트. 최근 그 조직의 동향은 어때?"

이윽고 글렌은 가장 신경 쓰이는 화제를 꺼냈다.

"그놈들…… 요즘 묘하게 얌전하던데……."

그 조직이라는 건 물론 폐적된 전 왕녀이자 금기의 이능력자인 루미아를, 생사를 불문하고 집요하게 노리는 수수께끼의 비밀결사— 하늘의 지혜연구회였다.

"얼마 전에 왕녀를 노리는 움직임을 보였다."

"뭐?! 진짜?!"

전혀 예상치 못한 대답이 돌아오자 글렌은 무심코 벌떡 일어났다.

험악한 목소리가 아무도 없는 가게 안에 서늘하게 울려 퍼졌다.

"……진정해. 네가 이성을 잃으면 어쩔 거냐."

"윽……."

알베르트는 여느 때와 다름없는 냉정한 태도로 담담하게 브랜디를 마셨다.

"……그래서? 어떻게 됐는데?"

글렌은 숨을 한 번 내쉬고 다시 질문했다.

"사전에 눈치채고 비밀리에 처리했다."

"아, 그래? 뭐랄까…… 안정감 한 번 끝내주네."

알베르트가 별일 아닌 것처럼 대답하자 글렌은 어이가 없다는 듯 중얼거렸다.

브랜디를 입에 머금었지만 왠지 아무런 맛도 느껴지지 않았다.

"아마 공적에 조바심을 낸 말단 조직원의 폭주였겠지. 위계도 별것 아니더군. 숙련도도 낮아. 버리는 패로도 못 쓸 치졸하고 유치한 공세였다."

"그야 네가 상대라면 그 어떤 전력이라도 유치하게 느껴지겠지."

글렌은 못 말리겠다는 듯 어깨를 으쓱였다.

하지만 모르는 사이에 도시 어딘가에서 그런 일이 벌어졌을 줄이야.

글렌도 예전에는 제국 궁정 마도사단의 일원이었다. 마술 실력 자체는 삼류지만 생사를 건 싸움에 관해서는 일가견이 있었다. 그런 글렌조차 아무것도 눈치채지 못한 사이에 사건을 처리한 알베르트의 수완에는 믿음직하다 못해 전율이 들 정도였다.

"그 뒤로 놈들이 기회를 노리는 기척이 완전히 사라졌다. 왕녀는 한동안 안전하다고 봐도 무방하겠지."

"그, 그래?!"

생각지도 못한 낭보에 글렌의 표정이 밝아졌지만 알베르트는 담담한 말투로 뒷말을 이었다.

"하지만 위에서 내려온 정보에 따르면 그 조직이 지금까지와 다른 움직임을 보였다더군. 일시적이나마 왕녀에게서 손을 뗀 건 오히려 이쪽이 원인이었을 거다."

"다른 움직임……?"

"그래. 아무래도 활동 방침을 변경해서 새로운 목적을 위해 움직이는 모양이다. 그 목적은 아직 판명되지 않았다만…… 이쪽은 《은둔자》와 《법황》이 대응 중이다."

"……."

"덧붙이자면 요즘은 저티스의 동향도 신경 쓰여."

저티스 로우판. 지난달에 글렌과 시스티나가 말려든 처참한 대사건을 일으킨 전 제국 궁정 마도사단의 실력자이자, 완벽한 정신이상자였다.

"죽음을 가장하고 약 1년간의 준비 기간을 거쳐 활동을 재개했다만…… 저번 사건 후, 놈은 페지테 각지를 단독으로 돌아다니면서 하늘의 지혜연구회의 말단 조직이나 조직과 관계가 있는 인간을 닥치는 대로 처리하고 있는 모양이더군. ……때로는 관계 없는 일반 시민을 말려들게 하면서 말이지."

바로 속이 뒤집히는 이야기부터 나왔다.

저티스는 자신이야말로 유일무이하고 완벽한 천칭이라 믿는 위험한 남자였다. 필요한 일이라고 판단했을 경우에는 아무런 죄도 없는 타인을 희생하는 것에 전혀 망설임이 없었다. 양심의 가책도 없었다. ……그것이야말로 자신의 『정의』이기 때문이다.

"그리고 요전 새벽, 궁정 마도사간의 추격 토벌대가 서부에서 저티스를 발견하고 교전. 하지만 차례차례로 반격을 당해 전멸…… 완전히 저티스의 손바닥 위에서 놀아난 꼬락서니더군."

"제길……. 그 자식은 제국과 조직을 적으로 돌리면서까지 대체 뭘 하고 싶은 거야!"

가게 안에 글렌의 주먹이 카운터를 내리치는 소리가 공허하게 울려 퍼졌다.

"그건 불명이다. 하지만 뭔가를 찾는 것처럼 보이기도 해. 모습을 드러내고 활동하는 것으로, 자신의 존재를 주위에 과시하고 이쪽의 움직임을 유도하는 거라고도 볼 수 있겠지."

"그 자식……."

글렌에 대한 집착도 그렇고, 이번 위력 시위도 그렇고 저티스라는 남자가 대체 무슨 생각을 하는지 도통 이해가 가지 않았다. 정신이상자의 생각을 이해하지 못하는 건 당연하겠지만 말이다.

"레자리아와의 통치 정통성을 둘러싼 긴장감도 올해 들어서 다시 고조되고 있어. 지극히 최근에 갑자기 활발해진 극우 과격파…… 성 캐럴 수도회의 동향에 보안국도 매일 신경을 곤두세우고 있지. 아무튼 현재 군에는 신경을 써야 할 안건이 너무나도 많아."

그리고 알베르트는 담담하게 화제를 전환했다.

"제국군은 현재 상황을 고려해서 왕녀의 호위는 《전차》에게 일임하고 나를 일시적으로 중앙의 군무에 돌리기로 결정을 내렸다. 일이 어느 정도 정리되면 바로 돌아올 생각이다만…… 미안하군."

"네가 페지테를 떠나는 건가……. 참 나, 여전히 인력이 부족한 동네로구만."

글렌이 군에 있었을 때도 그랬다.

제국 궁정 마도사단 최강 클래스의 마도사이자 온갖 임무에 대응할 수 있는 알베르트는 모든 군에서 탐내는 인재였다. 일반인이라면 이미 과로로 죽었어도 이상하지 않을 터무니없는 숫자의 임무를 담담한 태도로 완벽하게 수행했다.

"어쩔 수 없어. 아군도 적도 전력은 유한하니까. 미끼에 낚일 물고기가 없다면 낚시꾼이 낚싯대를 쥘 이유가 없지. ……속이 뒤집히는 이야기다만."

미끼. 알베르트는 빈정거림을 담아서 자조적으로 말했지만 그것이 바로 군과 정부의 인식이었다.

루미아는 적대 조직의 꼬리를 잡기 위한『미끼』였다.

그래서 지금 그녀는 자신의 의지로 학교를 퇴학하는 것조차 불가능했다.

결계가 있어서 포착하기가 쉬운 마술학원에 있는 편이 정부와 군에는『미끼』나『감시 대상』, 혹은 만에 하나의 상황이 벌어졌을 경우의『처분 대상』으로서 여러모로 대처하기가 수월하기 때문이었다. 이능력자라는 것 또한 마술사가 주위에 잔뜩 있는 환경에서는 정체를 숨기기 쉬웠다.

참으로 구역질이 치미는 이야기였고 남몰래 딸을 걱정하

는 여왕 알리시아의 마음고생은 헤아릴 수조차 없겠지만—.

'아니, 그보다 하늘의 지혜연구회는…… 왜 갑자기 방침을 변경한 거지?'

지금까지 하늘의 지혜연구회는 물불을 가리지 않고 루미아의 신병을 확보하려 들었다.

생사를 불문하면서까지…….

아마 하늘의 지혜연구회는 어떤 목적을 가지고 있으며, 이능력자인 루미아가 어떤 식으로든 그 목적에 필요하기 때문이라고 생각하는 편이 자연스러웠다.

그런데 이제 와서 방침을 변경하다니…… 왠지 이상하게 마음에 걸렸다.

'루미아의 존재는 이제 서둘러서 확보할 필요가 없어졌다는 건가?'

글렌은 가슴이 술렁거리는 것을 감출 수 없었다.

'얼마 전의 원정 수학…… 『Project : Revive Life』. 뭔가 돌이킬 수 없는 중요한 걸 놓친 게 아닐까?'

신경 쓰이는 일이 산더미처럼 많았다.

하지만 아무리 고민해도…… 답은 전혀 나오지 않았다.

제2장 폭풍의 침입자

당장에라도 쏟아져 내릴 듯한 별 하늘 아래.

나는 앞쪽으로 무한히 이어지는 《별의 회랑》을 달려가면서 기억을 되새겼다.

내가 이 세상을 최초로 인식한 가장 오래된 기억을—.

…….

……어느 날 문득 내가 눈을 뜬 순간 눈 앞에 펼쳐진 것은 황혼으로 불타오르는 붉은 하늘, 살을 태울 듯한 메마른 공기였다.

나는…… 불에 탄 어딘지 모를 황야의 한복판에 누워있었다.

아무래도 난 무슨 사건에 말려든 모양이었다.

당시의 내 몸은 심한 상처를 입고 있었다. 온몸이 피투성이인 중상이었다.

입고 있는 옷도 원래는 어떤 디자인이었는지 알아볼 수조차 없을 정도로 너덜너덜했다.

그리고 그 무엇보다도 날 불안하게 한 것은—.

아무것도 떠올리지 못하는 나 자신이었다.

자신의 정체가 무엇인지…… 지금까지 뭘 했는지…… 어째서 이런 장소에 쓰러져 있었는지…… 자신이 『현재』에 이르기까지 존재했어야 할 모든 과정이 머릿속에 하나도 남아있지 않았다.

기억 상실.

나는 어떤 사고로 인해 그때까지의 기억을 송두리째 잃고 말았다.

기억이 없다. 그것은 다시 말해, 이 세상 어디에도 의지할 곳이 없다는 뜻이었다.

뭔가가 없을까? 내가 자 자신으로 존재하기 위한 것이…….

기억이란 세상과 자신을 연결하는 인과의 사슬이다.

이대로는 나라는 존재가 세상에서 괴리되고 허무에 녹아서 사라져버리고 말 것이다.

그런 터무니없는 망상의 불안감에 흔들리는 나에게—.

내 가장 깊은 부분에 존재하는, 또 다른 나 자신— 영혼이 발하는 『내면의 목소리』가 내가 필요로 하는 것을 살며시 가르쳐주었다.

"……나는…… 공허(세리카)……?"

나에게 남겨진 유일한 기억. 나 자신을 정의하고 체현하는 이름.

그것이 단 하나뿐인 내가 기댈 수 있는 것.

내가 허공에서 이유도 없이 불쑥 튀어나온 존재가 아니라 세상과 인과의 사슬로 맺어진 존재라는 것을 증명하는 유일한 증거.

—그래, 당신은— 나는, 세리카.

—당신은— 나는 역할을 완수해야만 해.

이름을 얻고『내면의 목소리』가 이끄는 대로 내 멈췄던 시간이 다시 움직였다.

그리고 이것이 바로 나, 세리카 아르포네아의 끝없는 악몽의 시작점이 된—.

……지금으로부터 약 4백 년 전의 이야기였다.

마침내 유적 조사를 떠나는 날이 찾아왔다.

어슴푸레한 어둠과 안개의 장막이 드리워진 이른 아침.

글렌 일행은 조사를 위해 대여한, 지붕 위에 2층 석도 있는 대형 마차를 타고 페지테를 떠났다.

"바람이 시원하네……."

"응."

확 트인 2층 석에 자리를 잡은 시스티나가 부드러운 산들바람에 흩날리는 머리카락을 쓸어내리며 조용히 말하자 옆자리에 앉은 루미아가 웃으면서 대답했다.

페지테 성벽의 북문에서 밖으로 나온 일행을 맞이한 것은 주변 일대의 광대한 농지, 그리고 자연의 숨결이 느껴지는 차갑고 맑은 공기였다.

현재 마차가 이동하는 길은 페지테와 제도 오를란도를 잇는 아르그 가도였다.

이 가도는 완만한 기복과 곡선을 반복하면서 아득히 먼 북북서 방향, 지평선 너머로 빨려들 듯 사라져갔다. 가도의 서쪽에는 크고 작은 언덕이 줄을 짓고 있었으며 동쪽에는 울창한 숲, 더 나아가서는 끝없이 이어진 장엄한 산맥이 눈으로 아름답게 덮여 있었다.

해가 솟자 하늘은 끝없이 푸르른 색으로 물들었고 구름이 부드럽게 흘러가고 있었다.

새싹의 풋내가 코를 간질였고 하늘을 나는 솔개가 피리 같은 선명한 소리로 울었다.

마침 시야에 들어오기 시작한 목초지에서는 양들이 풀을 뜯고 있었다.

그 한가롭고 목가적인 풍경은 그저 바라보고만 있어도 마음이 깨끗하게 씻겨 내려가는 것 같았다.

"역시 가끔은 외출도 괜찮네요……."

"응……. 맞아……. 공기가 맑아……."

마찬가지로 2층 석에 앉은 웬디와 린도 굉장히 기분이 좋아 보였다.

"……양. 복슬복슬. 잔뜩 있어."

리엘은 밑에서 보이는 양들이 무척 마음에 든 모양이었다. 루미아 옆자리에 오도카니 앉아서 졸린 듯 눈을 가늘게 뜨고 양을 뚫어지게 쳐다보았다.

"저기, 시스티. 순조롭게 가면 해가 저물 때쯤에는 유적에 도착하는 거지?"

루미아가 일정을 떠올리면서 시스티나에게 물어보았다.

"맞아. 『타움의 천문 신전』은 꽤 가까운 곳에 있으니까. ……뭐, 도착하기 전까지 편하게 있자."

시스티나는 웃으면서 그렇게 대답하다가 마침 뭔가 떠올린 듯 표정이 점점 떨떠름해졌다.

"그건 그렇고…… 모처럼 이렇게 멋진 풍경이 보이는데 선생님은……."

아래층에 틀어박힌 운치도 모르는 일행을 떠올리며 깊은 한숨을 내쉬었다.

—한편, 마차 안에서는 한창 의리 없는 사투가 벌어지는 중이었다.

"어떠냐! 하트로 플러시다!"

"어머, 우후후…… 아깝네요, 선생님. 제 패는 풀 하우스. 제가 이긴 거죠?"

"끄아아아아아아아아아아아아아아아악?! 말도 안 돼! 진짜?!"

"크헉?! 이 타이밍에?! 테레사, 무지 세잖아!"

글렌과 남학생 일동은 홍일점인 테레사를 끼고 테이블에 둘러앉아 포커라고 불리는 트럼프 게임을 하는 중이었다.

"그럼 이 장난감 메달은 제가 받아갈게요."

테레사는 테이블 위에 쌓인 대량의 메달을 눈앞으로 끌어갔다.

"우후후…… 현금이 걸린 진짜 도박이 아니라서 다행이네요, 여러분?"

천진난만한 소녀처럼 웃는 테레사의 모습에…… 이 자리의 모두가 섬뜩함을 느꼈다.

"젠장! 이건 말도 안 돼! 과거에 제국 공영 카지노에서 이름을 떨친 전설의 갬블러였던 이 몸이……!"

테레사에게 철저하게 진 글렌은 분한 듯이 머리를 감싸 쥐었다.

게임을 시작하기 전에 『포커는 운이 아닙니다. 확률과 통계가 모든 것을 이야기하는 지적인 수학 게임이니까요(씨익)』 하고 안경을 고쳐 쓰며 자신만만하게 말했던 기블도—.

"이럴 수가…… 확률적으로…… 통계적으로…… 이 전개는 불가능해……!"

굴욕감에 젖어서 얼굴을 일그러트리고 비지땀을 흘렸다.

"……천운이라는 게 진짜 있었구나……. 아, 테레사. 메달 열 개만 더 빌려주라."

"과, 과연 부호의 딸답네……. 아, 나도 열 개만."

완전히 테레사의 양분이 된 카슈와 세실은 이미 체념의 경지에 도달해 있었다.

'에잇! 망할! 왜 못 이기는 거지?! 난 속임수까지 쓰고 있건만!'

그렇게 마음속으로 외친 글렌은 실제로 카드 분배를 조작하거나, 숨겨둔 카드를 몰래 바꿔치기하거나, 무덤에서 은근슬쩍 카드를 가져오는 등…… 학생 상대로 무지 야비하고 어른스럽지 못한 속임수를 쓰고 있었지만—.

'내 테크닉은 완벽했는데……! 왜 이런 결과가 되는 거냐고!'

예를 들면 글렌이 선이었을 때 속임수를 써서 테레사에게 엉망인 패를 줘도, 그녀는 거기서 적당히 카드를 몇 장 교환해서 강력한 패를 만들어내는 것이다.

마치 무슨 거대한 존재의 힘이 작용하는 것처럼 카드 운이 강했다.

'에잇! 지금까지는 나한테 너무 큰 패가 들어오면 의심을 살 테니까 자중했지만…… 더는 못 참아! 내 최강의 필살기로 이 녀석을 해치워주지!'

다음 게임에서 마침 선이었던 글렌은 자신이 쓸 수 있는 모든 손기술을 구사해서 카드를 섞고 학생들에게 분배했다.

'짜잔~! 푸하하하하하하하! 어떠냐~!'

글렌은 자신의 패를 펼쳐 보고 음험하게 웃었다.

놀랍게도 그의 손에 있는 패는 조커를 더한 7의 파이브카드.

제국 궁정 마도사단에 있을 때 『은둔자』 버나드에게서 배운 (더러운) 필살기였다.

'로열 스트레이트 플러시를 플레이어 전원에게 자유자재로 분배했던 영감탱이의 경지까지는 아직 멀었지만…… 이번에야말로 내 승리다! 죽어라! 테레사!'

글렌은 의기양양하게 수중에 있는 메달을 전부 걸었다.

"어머……? 왠지 흐름이 좋지 않네요……."

하지만 테레사는 자신의 패를 보자마자 전부 무덤에 버렸다.

"선생님, 다섯 장 주세요."

'에엑?!'

방금 테레사가 버린 패는 글렌이 함정으로 준 포카드였다. 파이브카드보다는 약하지만 이것 또한 상당히 강한 패였다.

'그, 그걸 보자마자 망설임 없이 버렸……어……?!'

뭔가 무서운 일이 벌어질 듯한 예감에 몸을 떨면서 테레사에게 새 카드를 조심스럽게 건네자—.

"어머나? 로열 스트레이트 플러시가 완성됐네요."

"웃기지 마아아아아아아아아아아아아아아아아아아아아아!"

테레사가 싱글벙글 웃으면서 보여준 카드는 스페이드 10, J, Q, K, A…… 포커 최강의 패였다.

글렌은 눈을 까뒤집으며 머리 위로 카드를 내던지고 절규할 수밖에 없었다.

"정말이지…… 대체 뭘 하는 건지……."

마차 안에서 밖까지 울려 퍼진 비명을 들은 시스티나는

깊은 한숨을 내쉬었다.

"테레사랑 도박을 하다니 무모하기 짝이 없네요. ……어지간한 잔재주는 전혀 통하지 않는 진짜 천운을 타고 난 애인걸요."

웬디도 명복을 비는 것처럼 한숨으로 대답했다.

"아…… 저, 저기…… 죄송해요. 시끄러운 손님이라……."

시스티나는 전방의 마부 석을 내려다보며 마부에게 미안한 목소리로 사과했다.

고삐를 쥔 마부는 이번 여행에 앞서 마차를 빌릴 때 고용한 인물이었다.

"……."

후드가 달리고 기장이 긴 외투로 온몸을 가린 마부는 고개만 가볍게 돌리더니 말없이 살짝 고개를 숙였다. 후드를 눈가까지 덮어써서 표정은 보이지 않았지만…… 딱히 매너가 나쁜 손님들 때문에 기분이 상한 것처럼 보이지는 않았다.

시스티나가 안도의 한숨을 내쉰 순간—.

"그런데…… 이 나라에는 정말 고대 유적이 많네요. ……대체 뭐죠? 저건."

몸을 내밀고 밖을 내려다보던 웬디가 그런 말을 꺼냈다.

가도 근처에 옆으로 쓰러진 오래된 비석이 보였다. 저것도 고대 유적의 일종이었다.

저 비석뿐만 아니라 환상열석(環狀列石), 성벽 터, 고분…… 페지테를 나선 후로는 광대한 평원을 대충 둘러보기만 해도 그런 크고 작은 유적이 드문드문 눈에 들어왔다.

이 근방은 특히 자잘한 유적이 많은 것으로 유명했지만…… 사실 제국 어디를 가도 이런 광경은 흔히 볼 수 있었다.

"그러고 보니…… 이 알자노 제국이 세워진 땅은 옛날에 초 마법 문명이라고 불린 고대 문명이 있었던 곳이지?"

"그렇다나 봐요."

린의 말에 웬디가 긍정했다.

"맞아! 그럼 이제부터 다 같이 고대 문명 이야기라도 하지 않을래?!"

그러자 이상할 정도로 눈이 초롱초롱한 시스티나가 불쑥 끼어들었다.

"이 나라가 세워진 장소, 요컨대 북 셀포드 대륙 북서단을 중심으로 과거에 초 마법 문명이 존재했다는 것은 웬디의 말대로 엄연한 사실이야! 제국 각지에 흩어져 있는 유적들, 유적 내부에 남겨진 비문과 벽화, 외국의 벽지에 있는 부족이나 남원(南原)의 유목민족들 사이에서 구전과 노래로 이어진 전승과 신화, 그리고 유적에서 발굴된 수수께끼의 아티팩트! 그런 다양한 상황 증거가 초 마법 문명의 존재를 증명하고 있어! 이 일의 발단은——(생략)."

그리고 누구의 허락도 받지 않고 열변을 토하기 시작했다.

"또 시, 시작됐네요……. 고대 문명 경비관의 열변이……."

"미안, 웬디. 시스티는 이런 종류의 이야기만 나오면 인격이 바뀌니까……."

게슴츠레한 눈으로 뺨을 실룩거리는 웬디에게 루미아가 쓴웃음을 흘리며 사과했다.

"(생략)——성력전(聖歷前) 고대사는 창생기(創生紀), 신대(神代), 판데모니움기(紀), 구(舊) 고대 전기, 중기, 후기, 신 고대 전기, 후기…… 이런 식으로 몇 기에 걸쳐서 분류되어 있는데 현재 알자노 제국이 있는 땅에 존재했었다고 일컬어지는 초 마법 문명은 구 고대 전기에서 중기에 걸친 성력전 8천 년부터 성력전 4천 년 전후에 존재했다고 여겨져. 지금이 성력 1835년이니까…… 응. 지금부터 약 5천 8백 년 이상 전인 셈이지! 굉장하다구…… 5천 8백 년! 정말 정신이 아득해질 것 같은 시대야!"

"하아…… 그런데 한 가지 질문이 있는데요."

웬디가 마지못한 분위기로 질문을 던졌다.

아무래도 시스티나의 취미에 동참해줄 각오를 한 모양이었다.

"전부터 의문이었는데…… 초 **마법** 문명이란 게 대체 뭔가요? 왜 초 **마술** 문명이라고 부르지 않는 거죠? 분명 마법과 마술의 사전적 정의는……."

마법과 마술. 이 두 단어의 어감은 비슷하지만 본질적인 의미는 완전히 달랐다.

같은 초자연현상을 일으키는 힘이라고는 해도 이론적으로 설명할 수 없는 『불가사의한 힘』이 마법, 이론적으로 설명할 수 있는 『재현 가능한 기술』이 마술이다.

옛날이야기를 예로 들자면…… 아무것도 없는 주머니를 두드려서 비스킷을 꺼내는 불가사의한 힘이 『마법』, 준비해 둔 재료의 원소 배열을 변환해서 이론적으로 비스킷을 연성하는 기술이 『마술』인 셈이다.

마법과 달리 마술이란 기본적으로 배우기만 하면 누구나 동등하게 쓸 수 있는 기술이었다.

"맞아, 웬디. 답은 그 사전적인 의미대로야."

시스티나는 가슴을 펴고 의기양양하게 대답했다.

"고대인이 쓰던 마술은 우리들 근대인에게는 마법에 해당해. 즉…… 우리로선 이해할 수 없는 『불가사의한 힘』. 그들은 우리가 쓰는 마술로는 이론적으로 설명할 수 없는 수수께끼의 마술로 문명을 구축했어. ……그래서 초 『마법』 문명이라고 부르는 거야."

"그러고 보니 나도 들은 적이 있어……."

"고대 유적에서 출토된 고대의 유품…… 아티팩트. 다양한 연구를 통해 그것들이 어떤 마술적인 기능을 가졌고, 어떤 차례를 밟아야 그 기능을 발휘할 수 있는지는 해명했지만…… 중요한 이론과 구조…… 아티팩트가 어떤 술식으로, 어떤 원리로 작동하는 건지는…… 근대 마술로 전혀 해명되지…… 않은 거지?"

"맞아! 그래서 마도 고고학에서는 근대인…… 요컨대 우리가 배우는 룬 마술을 『근대(모던) 마술』, 고대인이 썼던 수수께끼의 마술을 『고대(에인션트) 마술』이라고 구분해서 부르기도 해."

그리고 시스티나는 갑자기 페지테가 있는 쪽 하늘로 고개를 돌렸다.

그곳에는 여느 때와 마찬가지로 환상의 천공성이 구름 사이에 작게 떠 있었다.

"저 『멜갈리우스의 천공성』도…… 그런 『에인션트』가 낳은 유적이라고 추측하고 있어."

일동은 그녀를 따라 먼 하늘을 올려다보았다.

"나는 고대 문명의 수수께끼를 해명하고 싶어. 어째서 고대인이 저런 성을 하늘 위에 띄우고 차원의 틈새에 숨긴 건지……. 저 성에 대체 무엇이 감춰져 있는지……. 『에인션트』가 대체 뭔지……. 그런 고도의 문명이 어째서 멸망한 건지…… 알고 싶어."

—그리고…… 언젠가는 저 하늘의 성에 갈 거야.

—할아버님께서 꿈에서 본 광경을…… 이 두 눈에 새기고 말겠어.

웬디는 그렇게 마음속으로 굳게 맹세하는 시스티나를 쓴웃음을 지으며 격려했다.

"뭐, 열심히 해보세요."

"고마워, 웬디. 이 이야기는 이쯤하고 사실—."

시스티나는 그대로 희희낙락 이야기를 재개했다.

세 사람은 반쯤 기막혀하면서 쓴웃음을 짓고 시스티나의 수다를 들어줬다.

그렇게 한동안 열변이 계속되었고—.

"(생략)——이렇게 해서 이웃 나라들을 마법의 힘으로 통일한 현왕 클로 1세는 마법 왕국 멜갈리우스를 건국했고, 이후의 4천 년에 걸친 질서의 기반을 다졌다고—."

"……자, 잠깐만요!"

갑자기 풍경이 바뀐 것을 눈치챈 웬디가 시스티나의 이야기를 도중에 끊었다.

"저, 저희…… 지금 어디로 가고 있는 거죠?"

"……어?"

시스티나도 그 말을 듣고 그제야 정신을 차렸다.

주위를 둘러보자…… 마차는 가도 왼쪽의 울창한 숲길로 나아가는 중이었다.

그리고 고개를 돌려서 뒤쪽을 보자 아득히 먼 지평선, 완만한 언덕 사이로 가도가 작아지는 것이 눈에 들어왔다.

이야기하느라 정신이 팔리는 바람에 눈치 못 챘는데…… 어느새 마차는 가도를 크게 벗어난 곳으로 이동하는 중이었다.

"자, 잠깐만요! 마부 씨! 이런 길은 저희 예정에 없다구요!"

시스티나는 황급히 앞쪽으로 달려가서 마부 석을 내려다

보았다.

조금 전의 그 마부가 변함없이 묵묵히 말을 몰고 있었다.

"길을 잘못 들었어요! 이렇게 가도를 벗어나서 숲 쪽으로 갔다간……."

그렇다. 위험하다.

증기기관을 이용한 철도 열차는 제국 북부 이테리아 지방의 극히 일부 지역에서만 운행되고 있었고, 그 밖의 지역에서는 아직 철도 정비조차 제대로 되지 않은 상황이라 도시 간 이동 수단이라면 아직 역마차가 주역인 시대.

국책으로 정비된 주요 가도 주변은 군이 정기적으로 가도를 정비하고 마수를 토벌하면서 침입을 막는 마술을 부여해 둔 덕분에 비교적 안전한 편이었다. 가도 주변이나 근처의 언덕, 평원 등은 말이 야외지 완전히 인간의 영역이라고 봐도 과언이 아닐 정도였다.

하지만 반대로 말하자면— 가도에서 크게 벗어난 곳은 안전하지 않다는 뜻이다.

특히 울창하게 우거진 깊은 숲속이나 동굴, 변경의 산악지대…… 인간의 침입을 쉽사리 허락하지 않는 이런 지역은 아직도 위험한 마수가 자유롭게 활보하는 마의 영역이었다.

확실히 이 부근에 위험한 마수가 출현했다는 보고는 없었지만…… 그래도 가도를 크게 벗어난 숲에는 가까이 다가가지 않는 편이 안전하리라.

"얼른 마차를 돌려주세요! 어서!"

일행의 안전을 걱정한 나머지 시스티나의 목소리가 자연스럽게 거칠어졌다.

"……."

하지만 마부는 그녀의 목소리를 무시하고 묵묵히 계속 말을 몰았다.

"잠깐…… 어, 어째서?! 어서 멈추라니까요!"

이렇게까지 말하는데도 완전히 무시하는 마부의 태도…… 이건 명백히 이상했다.

"뭐, 뭐냐구요! 당신은 대체 누구—."

시스티나의 감정이 격앙된…… 순간—.

마차의 왼쪽, 어두컴컴하고 울창한 숲속에서 수풀을 헤치며 뭔가가 무리를 지어 달려오는 기척이 느껴졌다.

"어?! 앗! 설마……."

시스티나가 당황해서 소리를 지른 순간—.

마차를 향해 수많은 검은 그림자가 뛰쳐나오더니 마차 주위를 질풍처럼 달리며 눈 깜짝할 사이에 포위했다.

히히이이이이잉!

그림자에 놀란 말이 앞발을 높이 쳐들고 하늘 높이 울부짖었다.

그 그림자의 정체는—.

"섀, 섀도 울프?!"

마차는 열 몇 마리쯤 되는 섀도 울프 무리에 완전히 포위당한 상태였다.

섀도 울프는 날카로운 발톱과 이빨, 형형한 안광, 이름 그대로 그림자처럼 새까만 털을 가진 늑대형 마수였다.

숲에 서식하는 마수로선 보기 드문 부류가 아니었지만 지극히 위험한 존재였다.

날카로운 발톱과 이는 두말할 것도 없고, 무엇보다 가장 골치 아픈 건 인간이 흉내 낼 수조차 없는 압도적인 민첩성이었다. 공격 마술(어설트 스펠)이건 총이건 간에 어지간한 실력으로는 제대로 조준하는 것조차 불가능했다.

"이런 장소에, 이런 위험한 마수가 정착했다는 건 들어본 적도 없는데……. 마부 씨, 당신은 대체 무슨 속셈으로……?!"

"……."

하지만 마부는 이런 상황에서도 말이 없었다. 말이 날뛰지 않도록 단단히 고삐를 잡은 채 미동조차 하지 않았다.

"크……!"

시스티나는 이를 악물었다. 지금은 따지고 있을 상황이 아니었다.

이 궁지를 벗어나야만 한다.

'섀도 울프는 마수……. 『마(魔)』라는 이름을 받은 존재답게 평범한 짐승에게는 없는 특수한 능력을 지니고 있어…….'

그 능력이란 바로 『공포 감지』였다.

섀도 울프들은 표적이 자신들에게 품는 공포를 민감하게 느끼는 능력을 지녔다. 그 능력을 통해 자신들이 공격해도 좋은 사냥감인지 판단하는 것이다.

"다들, 두려워하지 마! 두려워했다간—."

시스티나가 경고했지만, 이미 늦었다.

"아, 아…… 으…… 히익…… 마수가…… 저렇게 많이!"

"으으…… 어, 어째서 제가 이런 꼴을!"

린과 웬디가 완전히 새파랗게 질려서 떨고 있었다.

'……무리도 아니야. ……아무리 마술사라고 해도 우리는 온실에서 자란 어린애. ……야생의 흉맹한 마수에게 포위당한 상황에서 쉽게 평정을 유지할 수 있을 리가 없어. ……나 역시 무서운걸.'

시스티나는 긴장해서 날뛰는 심장을 심호흡으로 가라앉히며 이를 악물었다.

굉장히 골치 아픈 상황이었다.

섀도 울프는 일단 사냥감으로 정한 목표가 생기면 몹시 용맹과감해지고 물러설 줄 몰랐다. 이렇게 된 이상 어설트 스펠을 써도 두려워하지 않으리라.

실제로 자신들의 공포를 감지한 건지 눈앞의 섀도 울프 무리는 몸을 낮추고 공격 태세를 취했다. 그들에게는 절호의 사냥감으로 보인 모양이다. 멀리서 공격할 기회를 호시탐탐 엿보고 있었다.

이런 상황에서는 이쪽이 아무리 주문을 날려도 탁월한 민첩성을 발휘해서 피하고 이쪽의 목젖을 집요하게 노릴 것이다.

"……시스티, 괜찮아?"

"나, 난 괜찮아. 그보다…… 리엘은?"

"으응, 안 되겠어. 아까부터 흔들고 말을 걸어도 전혀 깨질 않아……."

이런 상황에서 가장 믿음직한 소녀는 루미아의 무릎을 벤 채로 몸을 웅크리고 잠들어 있었다.

"어젯밤에 우리랑 같이 놀러 가는 게 기대돼서 잠을 못 잤다고 했었는걸."

"하아…… 리엘이 잠들 정도로 어려운 이야기를 한 게 이런 결과로 돌아올 줄이야……."

시스티나는 자기도 모르게 한숨을 흘렸다.

군인이나 루미아의 호위로서는 실격이겠지만…… 그 나이 또래의 소녀로서는 평범한 반응이었고 자신들도 리엘이 그렇게 되어주길 바라고 있으니 잘잘못을 따질 문제는 아니었다.

"우리가 마차 안이나 위에 있는 동안에는 공격받을 일이 없겠지만…… 말이 당하면 이동 수단을 빼앗기고 말아. ……어떻게든 말을 지켜야 하는데……."

시스티나는 복잡한 표정으로 새도 울프 무리를 조준했다.

"어쨌든 마부 씨? 당신에겐 묻고 싶은 게 잔뜩 있지만…… 거긴 위험해요. 어서 이쪽으로 올라와 주세요. 제가 엄호할 테니…….”

그 순간—.

“잠깐! 짜식들아!”

마차의 창문이 큰 소리를 내며 열렸다.

마침내 바깥의 상황을 파악한 우리의 글렌 선생님이 등장하셨다.

“이 고얀 놈들 같으니라고! 내 학생들에게 손을 대려고 하다니, 배짱 한 번 두둑하구나!”

글렌은 위풍당당하게 팔짱을 낀 채 의기양양하게 선언했다.

“이 몸이 벌을 내려주마! 으라차!”

그리고 창틀에 발을 대고 도약, 그대로 마차 밖으로 뛰쳐나왔다.

“홋!”

전방으로 화려하게 몸을 비틀면서 3회전을 추가하고 화려하게 착지한 순간—.

우둑!

글렌의 오른쪽 발목에서 이상한 소리가 들렸다.

“…….”

글렌은 몇 초간 화려하게 착지한 자세로 경직되었다.

“끄아아아아아아아아?! 바, 발목이이이이이이이이이이이?!”

그대로 양손으로 발목을 잡고 비명을 지르더니 땅바닥을 이리저리 굴러다녔다.

"히이이이이이이이이익?! 너무 아파아아아아아아아!"

"……잠깐만요! 대, 대체 뭘 하신 거예요?! 아니, 그보다 왜 포장도 안 된 곳에 그런 이상한 방법으로 뛰어내리는 거냐구요! 바보예요?!"

시스티나는 두통을 느꼈다.

정말로 중요한 순간에는 도움이 안 되는 강사였다.

"시스티! 큰일이야! 선생님이……!"

"그, 그랬지! 위험해!"

루미아의 비명에 시스티나도 눈치챘다.

그렇다. 자신들은 안전했다. 적어도 마차 안이나 위에 있는 동안에는…….

하지만 글렌은 마차 밖으로 나오고 말았다. 게다가 바보 같은 상처까지 입은 채로…….

그런 빈틈을 섀도 울프 무리가 가만히 두고 볼 리가 없었다.

"커허어어어어엉!"

절호의 기회라고 판단한 세 마리의 섀도 울프가 말과 마부보다 먼저 무방비하게 바닥을 뒹구는 글렌을 사냥감으로 노리고 일제히 달려들었다.

"큭……!《뇌정이여》!"

시스티나가 황급히 주문을 영창해서 달려오는 섀도 울프를 노렸다.

하지만 섀도 울프들은 시스티나가 날린 뇌격을 간단히 피하고 위로 도약하더니 글렌을 노리고 단숨에 몸을 날렸다.

날카로운 이빨과 발톱이 바닥에 웅크린 글렌에게 쇄도했다.

"서, 선생님?!"

다음 순간 벌어질 최악의 광경을 상상하며 시스티나가 비명을 지른…… 바로 그 순간—.

"《죄 깊은 나·봉마(逢魔)의 황혼에 홀로·그대를 그리워하노라》."

갑자기 시스티나의 귀에 낯선 주문이 들렸다.

그 후 마부 석에서는 돌개바람이 휘몰아쳤고—.

"깨애애애애앵!"

"깨앵?!"

"꺄웅!"

글렌을 노렸던 세 마리의 마수가 선혈을 흩뿌리며 하늘로 날아갔다.

"……어?"

시스티나는 놀라서 눈을 크게 떴다.

"……응?"

시선을 돌리자 멀쩡한 얼굴로 등 뒤에 숨긴 권총을 뽑으려 하는 글렌 앞에—.

"……."

마부가 어느 틈에 글렌을 지키듯 서 있었다.

손에는 한 자루의 검을 들고…….

아무래도 몸을 꽁꽁 싸맨 외투 안에 검을 숨기고 있었던 모양이다.

검의 종류는 바스타드 소드— 전 시대의 기사들이 마상에서 즐겨 쓴 무거운 일격으로 상대를 압도하는 타입의 검이었다. 레이피어 같은 빠른 속도와 연격으로 화려하게 상대를 압도하는 근대 검술이 주류가 된 현재에는 무척 보기 드문 검이라 할 수 있었다.

'……저, 저 마부…… 검사였어? 아니, 그보다…….'

시스티나의 눈길을 잡아끈 것은 검의 아름다움이었다.

검에는 조예가 없는 시스티나조차 한눈에 깨달았다. 저 검은…… 예사 물건이 아니다.

저 검의 재료는 제국에서 만들어지는 도검류 중에서도 최고급품에만 쓰이는 우츠강(鋼)이…… 아니었다. 놀랍게도 그보다 훨씬 윗줄에 있는 마법 금속— 미스릴이었다.

강철 따윈 비교도 할 수 없을 정도로 경이적인 강도와 탄성을 겸비한 미스릴을 마술적인 수단을 동원해서 몇 번이나 접고, 두들기고, 연마해서 만들어진 명검.

길게 뻗은 도신은 약간 두꺼운 편이었으나 칼날은 마치 면도날처럼 날카롭게 연마되어 있었고 은은하게 푸른빛까지 감돌았다. 거울처럼 잘 닦인 표면에는 한 점의 일그러짐도 없었기에, 무기로서의 마성을 내포한 위압감을 그 아름다운 자태 구석구석에서 엿볼 수 있었다.

실용성과 예술성. 상반되는 두 가지 속성을 아득히 먼 고차원에서 융합시킨 기적의 체현.

휘황찬란하게 장식된 십자가형(크로스 힐트) 칼자루가 달린 저 보검은 그야말로 이름난 연금도장(錬金刀匠)이 혼신을 담아서 만들어낸 일생일대의 명작이 틀림없으리라.

이런 장소와도 너무나도 어울리지 않는 그런 검을…… 마부는 오른손으로 가볍게 쥐고 있었다.

"……뭐야, **너도 있었냐**……."

그 검을 본 글렌이 머리를 벅벅 헤집으면서 귀찮은 듯 일어났다.

"쳇…… 그럼 내가 나설 차례는 없겠군. ……뒷일은 맡길게."

뽑다 만 권총을 다시 제자리로 돌리며 마부에게서 등을 돌리고 그렇게 말했다.

그러자 마부가 살짝 고개를 돌려서 글렌을 돌아보았다.

후드로 눈가를 가리고 있지만 입은 웃고 있었다.

다음 순간, 마부의 모습이 갑자기 안개처럼 사라졌다.

땅을 박찬 반동으로 풀잎이 둥실 떠올랐다.

"깨애애애애앵!?"

"깨갱!"

그리고 마차를 포위한 마수 중 두 마리가 단말마를 지르고 바닥에 널브러졌다.

근처에는 검을 휘두른 마부의 모습이 있었지만― 그 또한 이미 잔상이었다.

"깨애애애앵?!"

또 다음 순간, 완전히 다른 곳에서 단말마가 울려 퍼지며 마수가 쓰러졌다.

너무나도 빠른 나머지 파공성조차 들리지 않는 무음의 신속검.

"대, 대체…… 무슨 일이 벌어진 거야?!"

마차를 둘러싼 새도 울프 무리는 마치 시곗바늘이 원을 그리듯 차례차례 검에 베이고, 날아가고, 바닥을 구르고, 쓰러졌다.

너무나도 일방적인 학살이었다.

시야 곳곳에서 안개처럼 사라지는 고속 이동으로 검을 휘두르는 마부.

시스티나의 눈에는 마부의 잔상이 갑자기 나타나는 것과 마수를 베는 검광만 어렴풋이 보였다.

당사자인 마수들은 자신들에게 대체 무슨 일이 일어난 건지도 모르고 있었다.

잇따라 검에 베여 쓰러지는 마수들.

마치 한 줄기 바람으로 변한 사신이 벼락을 휘두르는 듯한 광경. 그 사신은…… 마부의 모습을 하고 있었다.

"크허어어어어어어어어어어어어엉!"

머릿수가 3분의 1로 줄어든 시점에서 그제야 마부가 강적이라고 인식한 모양이었다.

짐승답지 않은 탁월한 연계로 마부를 둘러싸고 사방에서 일제히 짓쳐들었다.

필살의 공격이 목덜미를 노렸지만…… 마부가 부드럽게 몸을 날리면서 검을 휘두른 순간—.

“““““깨애애애애애애애애앵?!”””””

마치 용수철처럼 한 호흡 만에 펼쳐진 네 줄기 섬광.

몇 조각으로 분단된 공간에 말려든 네 마리의 마수가 이번에도 일제히 하늘 높이 떠올랐다.

“괴, 굉장해! 엄청난 검술이야!”

마부의 검술은 무시무시할 정도로 강력하고, 빠르고, 시원스러울 정도로 올곧으면서도 치열했다.

최단 거리를 최고 속도와 최대의 힘으로 펼치는 저 검이야말로 전 시대에 존재했던 전형적인 기사 검술이리라.

한없이 직선적인 검놀림과 발놀림은 근대 검술의 관점에서 보면 틀림없이 단조롭고 투박하며 변화가 부족하다고 야유를 받았을 것이다.

하지만 마부의 검술은 그 단순한 날카로움과 무거움을 극한까지 연마한 강속검(剛速劍)이었다.

검형을 몇만, 몇십만 번에 이를 때까지 우직할 정도로 반복해서 연마하는 것으로, 평범한 기본기를 근대 검술의 필살 오의 수준까지 승화시킨 지고의 검술.

그 어떤 검술이건 간에 이 올곧은 검 앞에서는 잔재주에 불과하리라.

“저런 굉장한 검술은 처음 봐…….”

시스티나가 마부의 검무에 넋을 잃고 있자—.

“바~보. 저건 검술이 아니야. 마술이다.”

글렌이 뒤통수에 깍지를 끼고 마차에 몸을 기댄 자세로 그렇게 말했다.

“예? ……마술이요……?”

“백마(白魔) 개량형 【로드 익스페리언스】…… 유품에 축적된 사념과 기억 정보를 읽어서 일시적으로 자신에게 빙의시키는 마술…….”

그리고 마부가 차례차례 마수를 해치우는 것을 흘겨보며 담담하게 말을 이었다.

“저 검은 과거에 제국 사상 최강의 검사라고 칭송받던 여자가 생전에 애용했던 검이야. 저 녀석은 저 검에 깃든 기억을 읽어서 원래 주인의 기술을 일시적으로 빌린 셈이지.”

“뭐……라구요……?”

“지금의 저 녀석에게 검으로 이길 수 있는 녀석은 없을 거다. 저 검의 원래 주인…… 뭐, 요컨대 본인 이외에는.”

이제 시스티나는 벌어진 입이 다물어지지 않을 지경이었다.

확실히 백마술 중에는 타인의 경험과 기억을 자신에게 빙의시키는 마술이 존재했다.

하지만 그것들은 기본적으로 『백마의』…… 의식 마술이었다. 복잡한 순서와 막대한 시간을 들여서 펼치는 무시무시할 정도로 고도한 경지의 대마술인 것이다.

하지만 글렌은 백마 **개량형**【로드 익스페리언스】라고 말했다.

이제 와서 돌이켜 보면 처음에 들린 수수께끼의 세 소절 주문…… 그것이 바로 저 마부가 영창한 백마 **개량형**【로드 익스페리언스】의 주문이었으리라.

도저히 믿을 수가 없었지만 원래는 막대한 시간과 기나긴 주문으로 집행해야 하는 의식 마술을…… 저 마부는 처음에 입으로 내뱉은 세 소절 영창만으로 완성했다는 뜻이다.

그래서 『백마 개량형』. 저런 터무니없는 마술은 이론상으로는 가능할지 몰라도 기술적으로는 그 누구도 따라 할 수 없을 것이다. ……사실상 오리지널이나 다를 바 없었다.

“그런…… 저 마부는…… 대체 누구죠?!”

“응? 아직도 눈치 못 챘어? 저런 터무니없는 짓이 가능한 녀석이라면 당연히…….”

그 순간—.

마지막 새도 울프와 마부가 땅을 교차하는 번개처럼 스쳐 지나갔다.

순간적으로 휘두른 검끝이 인정사정없이 마수의 급소를 노렸다.

하지만 본디 일개 생물로서는 인간보다 우월한 존재일 터인 마수의 고집이었을까, 혹은 우연이었을까.

마수의 발톱이 스쳐 지나가면서 마부의 외투를 살짝 찢었다.

마지막 섀도 울프는 선혈을 흩뿌리며 지면에 머리부터 쓰러졌다.

한편, 찢어진 외투가 바람에 나부끼고 마부의 몸에서 흘러내리자 눈부신 금발이 그대로 드러났다. 황혼에 타오르는 벼 이삭처럼 찬란하게 빛나는 머리카락이 바람을 타고 흩날리며 보는 이의 망막에 선명하게 새겨졌다.

"아……!"

시스티나는 무심코 숨을 삼키며 놀라서 눈을 부릅떴다.

투박한 외투 밑에서 드러난 검은 고딕 드레스.

아리땁고 우아한 곡선을 그리는 마부의 모습은 낯이 익었다.

"이거 참, 벌써 들켜 버렸나. ……완전히 실패했군. 예정으로는 조금 더 기회를 보다가 등장할 셈이었다만……."

호들갑스럽게 어깨를 움츠리고 피 한 방울조차 묻지 않은 검을 검집에 되돌리면서 그렇게 중얼거린 마부의 정체는—.

"아……, 아르포네아 교수님?! 당신이 왜 이런 곳에?!"

"안녕, 얘들아. 잘 지냈어?"

일행에게 고개를 돌린 마부— 세리카 아르포네아는 씨익 하고 대담하게 웃었다.

어찌 된 노릇인지 세리카는 몰래 고용한 마부와 교대한 모양이었다.

"미안. 딱히 너희를 겁줄 생각은 없었어. 그저 『타움의 천문 신전』으로 가려면 이쪽이 지름길이라…… 마수가 이 근처까지 온 것도 예상외였고. ……미안, 미안. 쓸데없는 참견이었겠지."

전혀 미안한 것 같지 않은 표정으로 사과했다.

"자, 그럼 갑작스럽겠지만…… 나도 같이 가주마. 글렌. 내 힘을 빌려줄게."

게다가 어째선지 일행에게 동행을 제안했다.

"물론 난 일절 참견하지 않을 거다. 이번 탐색대의 대장은 너니까. 난 대장의 지시를 따르는 일개 대원으로 취급해도 좋아."

장난스럽게 웃는 그 모습에서는 전혀 속내가 드러나지 않았다.

"뭐, 썩어도 준치라고 난 그럭저럭 유명한 제7계제(셉텐데)야. ……한 번 잘 써먹어 보라고?"

하지만 이제 와서 쫓아낼 수도 없는 노릇이었고, 오히려 이번 여정에서 학생들의 안전을 고려한다면 세계 최강의 마술사인 세리카의 동행은 바라마지 않던 제안이었다.

세리카의 참가는 그대로 결정되었지만—.

"나 원 참, 저 녀석…… 대체 목적이 뭐지? 무슨 속셈이야?"

세리카 대신 고삐를 쥔 글렌은 마부 석 위에서 계속 투덜거렸다.

"……이건 틀림없이 뭔가 변변찮은 꿍꿍이가 있는 거겠지."

"그, 그렇게까지 의심하지 않으셔도……."

보좌역으로 옆에 앉은 루미아가 쓴웃음을 지었다.

"아르포네아 교수님은 분명 선생님을 도와드리려는 걸 거예요."

"아~니야! 그럴 리가 없어!"

글렌은 게슴츠레한 눈으로 루미아를 흘겨보았다.

"저 녀석은 말이다. 나보다 더 게으름뱅이랄까…… 제멋대로인 데다 자유분방한 인간이라고? 관심이 없고 내키지 않는 일은 설령 세계가 멸망해도 절대로 안 해."

"그, 그런가요……?"

"응."

글렌은 걱정이 되는 나머지 등을 부르르 떨었다.

"그런 저 녀석이 옛 친구의 유품인 검까지 꺼내 와서 동행하겠다고……? 마, 말도 안 돼! 틀림없이 뭔가 변변찮은 속셈이 있는 거겠지!"

"아, 아하하……."

모호하게 웃는 루미아 옆에서 글렌은 힐끔 뒤를 돌아보았다.

'애당초…… 문제는 그걸로 끝이 아니겠지만……'

뒤에 달린 작은 유리창 너머로 마차 안의 상황을 살폈다.

그렇다. 세리카가 일행에 참가하면서 생기는 불안요소는…… 그것뿐만이 아니었다.

'아버님, 어머님께. 잘 지내세요? ……지금 마차 안의 분위기는 최악이랍니다.'

글렌이 몰래 훔쳐보는 마차 안에서…… 시스티나는 한숨을 내뱉었다.

정오의 강한 햇볕 때문에 창문이 없는 2층석에 앉아있다간 쓸데없이 체력만 소모할 테니 학생 일동은 마차 안으로 들어가기로 했다.

당연히 세리카도 마차 안의 구석 자리에 앉았지만—.

'어, 어째서 아르포네아 교수님 같은 분이 여기에……?'

'그 살아있는 전설이…… 우리랑 같이……? 지, 진짜로……?'

'왜, 왠지 긴장돼…….'

학생들은 세리카의 자리에서 될 수 있는 한 떨어졌고 굳은 채 몸을 움츠렸다.

무리도 아니었다. 확실히 학생들은 알자노 제국 마술학원에 세리카 아르포네아라는 대륙 최고봉의 마술사가 적을 두고 있다는 사실을 알고 학교에서 모습을 본 적도 있었다. 글렌과 세리카가 실은 사제 관계라는 이야기도 알고 있었다.

……하지만 세리카라는 인물에게는 좋건 나쁘건 간에 다

양한 소문과 일화와 전설이 늘 따라다녔다.

근대 마술사 교과서에 자주 이름이 언급되는 것은 시작에 불과했다.

2백 년 전의 마도대전에서 사신(邪神)의 권속을 죽인 영웅, 어떤 마을 전체를 학살한 살육자, 제국군에서 전략 병기 취급을 받은 《잿더미의 마녀》, 실은 고대의 마왕이 환생한 존재…… 등등 열거하자면 한이 없었다.

덤으로 학교에서는 수업이나 반을 맡지 않은 탓에 학생들과 제대로 대화를 나눌 기회도 거의 없었다. 마성의 영역에 달한 미모도 오히려 너무나도 정교하여 더욱 다가가기가 어려운 차갑고 무기질적인 분위기를 연출했다.

그런 완전히 구름 위에 있는 인물이 앞으로 며칠간 자신들과 행동을 같이한다고 한다.

학생들이 긴장해서 몸이 움츠러드는 것도 당연한 일이었다.

남학생들은 여자애들 앞이라 사나이의 오기로 평정을 가장했지만, 웬디를 비롯한 여학생들은 아무튼 세리카에게서 거리를 두고 있었다. 린에 이르러서는 완전히 겁에 질려서 테레사의 뒤에 숨었을 정도였다.

아무런 배경이 없었던 리엘과 달리 세리카에게는 존재하는 인간의 규격을 벗어난 막대한 배경이 학생들과의 사이에 큰 거리감과 골을 만들었다.

루미아와 시스티나와 리엘처럼 글렌 덕분에 면식이 있는

학생들을 제외한 다른 학생들은 세리카라는 규격 외의 존재에 완전히 위축되고 말았다.

'……야, 세리카. 엄청나게 널 무서워하고 있잖아. 어떻게 좀 해봐.'

글렌은 창문 너머로 내부의 상황을 지켜보면서 한숨을 내뱉었다.

"~♪"

당사자인 세리카는 전혀 개의치 않고 여유 있는 표정으로 책을 펼쳤다.

자신에게 향하는 경외심과 긴장감이 가득한 시선 따윈 전혀 신경도 안 쓰는 눈치였다.

"저기, 아르포네아 교수님……?"

시스티나가 그런 분위기를 어떻게든 풀어보려고 말을 걸었다.

"그게…… 교수님은 대체 왜 이번 유적 조사에 참가하신 건가요?"

"……응? ……이유 말이냐? 이유라…… 흠……."

세리카는 책으로 내렸던 시선을 다시 앞으로 들어 올렸다.

그리고 앞쪽 창문에서 마차 안을 훔쳐보던 글렌과 시선이 마주쳤다.

글렌은 화들짝 놀라서 얼굴을 뗐다.

세리카는 그런 그의 모습을 보고 입가에 부드러운 미소를 지었다.

"……딱히? ……그냥 가고 싶어서."

"그, 그냥……이요?"

"그래. 그냥."

아무래도 이유를 밝힐 생각은 없는 듯했다. 왠지 모르게 거절하는 의도가 느껴졌다.

"으, 으음……."

시스티나는 이래서야 대화를 이을 수가 없으니 난감했다.

"아, 맞아! 교수님! 잠시 여쭙고 싶은 게 있는데요!"

"……응?"

"조금 전에 마수를 퇴치하실 때 왜 일부러 검을 쓰신 건가요? 교수님이라면 어설트 스펠을 쓰면 좀 더 간단히……."

"……흠? 아니, 그야…… 그 위치에서 내가 어설트 스펠을 날렸다면 너희들까지 날려버렸을걸? 지형이랑 레이라인도 바뀌었을 테고……."

딱히 자랑스러워하지도 않고 아주 당연한 일이라는 듯 대답했다.

'대체 얼마나 강하길래…….'

시스티나는 뺨을 씰룩거리면서도 굴하지 않고 질문을 계속했다.

"그, 그건 그렇고 혼자서 저렇게나 많은 수의 적을 격퇴하시다니…… 굉장하달까~! 존경심이 들 것 같아요!"

“하하하, 피벨. 너, 이런 소문은 못 들어봤어?”

“예?”

“……세리카 아르포네아가 단독으로 수만의 적군을 몰살시켰다는 소문 말이다. 그에 비하면 저런 송사리들쯤이야…… 큭큭큭…….”

“어…… 예에~? 그, 그게 사실이었나요?”

“……글쎄다? 과연 어쨌더라~? 넌 어느 쪽이라고 생각해?”

세리카는 농담인지 진담인지 모를 모호한 대답을 하며 장난스럽게 웃었다.

‘으…… 역효과였어…….’

시스티나는 손바닥으로 얼굴을 가리고 한숨을 내쉬었다.

세리카의 사람을 깔보는 듯한 태도는 딱히 어제오늘 일이 아니었다. 평소 그대로였다.

하지만 지금은 좋지 않았다. 방금 나눈 대화를 들은 학생들이 더더욱 움츠러들고 말았다.

세리카에 한해서는 그 어떤 터무니없는 소문이라도『거짓』이라고 단정할 수 없었다.『사실』이어도 전혀 이상하지 않은 힘이 그녀에게는 있었으니까.

세리카도 그 사실을 알면서 학생들을 겁주고 즐거워하는 눈치였다.

“후훗…….”

소악마처럼 웃으며 학생들을 힐끔힐끔 훔쳐보았다.

'이, 이 사람은 정말이지……!'

정말로 그 제자의 그 스승이었다. 좋건 나쁘건 세리카는 글렌의 스승다웠다.

시스티나는 속으로 진절머리를 치고 이걸 어쩌나 싶어서 고민했다.

"……응? ……세리카……?"

갑자기 리엘의 작은 목소리가 마차 안으로 새어 나왔다.

시선을 돌리자 마차의 좌석 위에 몸을 둥글게 말고 있던 리엘이 상체를 일으키며 졸린 듯 눈가를 문지르고 있었다. 이제야 잠에서 깨서 세리카의 존재를 눈치챈 모양이었다.

"……있었어? 세리카도 갈 거야?"

리엘은 재주 좋게도 좌석을 폴짝폴짝 뛰어넘어서 세리카의 옆자리에 앉더니 그녀에게 얼굴을 들이밀었다.

뜻밖일지 모르겠지만 무슨 영문인지 리엘은 세리카를 잘 따랐다.

리엘이 제국 궁정 마도사단에 입단했을 당시에 세리카는 이미 그만둔 후라 직접적인 면식이 있었던 건 아니었다. 하지만 글렌을 통해서 세리카를 알게 된 리엘은 어째선지 그녀를 잘 따르게 되었다.

리엘의 말을 빌리자면 잘은 모르겠지만 왠지 남 같은 기분이 안 든다든가 뭐라든가.

"그래. 나도 같이 가기로 했어. 잘 부탁하마."

세리카는 미소 짓고 리엘의 머리를 거칠게 쓰다듬어주었다.

아무래도 그녀 역시 리엘이 자신을 잘 따르는 게 내심 기쁜 모양이었다.

"……그래. ……무슨 책 읽어?"

빠르게도 리엘의 관심은 세리카가 손에 든 책으로 이동했다.

"이거? 이건 말이지……『멜갈리우스의 마법사』라는 동화야."

세리카는 책을 펼쳐서 리엘에게 보여주었다.

리소그래프라는 기법을 통해 네 가지 색으로 인쇄된 삽화는 이미 색이 바랬고 활자로 인쇄된 문장도 군데군데가 흐릿했다. 동화라고 부르기에는 문장이 상당히 많은 두꺼운 책이었다. 삽화가 많은 소설이라고 불러도 무방할 정도였다.

"응?『왼손에 마법을 지우는 붉은 마도(魔刀)…… 오른손에 혼을 먹어치우는 검은 마도…… 밤하늘의 처녀가 내린 열세 가지 시련을 극복하고…… 열세 번의 목숨을 얻은 마황인장(魔煌刃將) 아르 칸』?"

리엘은 눈을 가늘게 뜨고 눈 앞에 펼쳐진 책의 내용을 띄엄띄엄 읽었다.

"『마침내…… 마왕에게도…… 칼을 겨누고』……? 뭐야 이게?"

"……『멜갈리우스의 마법사』 서장의 클라이맥스야."

갑자기 시스티나가 끼어들었다.

"소위 말하는 주인공인『정의의 마법사』가 등장하는 건 2장부터. 그 전까지는 마왕과 부하인 마장성(魔將星)들이 어떤 식으로 마왕 밑에 모이고 천공성을 만들었는지에 관한 이야기야. 그중에서도 마장성 중 하나인 마황인장 아르 칸은 초반에 중요한 역할을 맡은 등장인물이고."

"호오…… 잘 아나 보군."

세리카는 감탄한 듯 시스티나를 흘겨보았다.

"예? 아, 예…… 저희, 멜갈리언에게 그 책은 중요한 연구 자료니까요."

동화『멜갈리우스의 마법사』.

하늘 위에 뜬 성을 무대로 정의의 마법사가 사람들을 괴롭히는 나쁜 마왕을 해치우고 사로잡힌 공주님을 구해내서 모두에게 웃음을 가져다주는…… 대충 그런 이야기이다.

여기까지만 들으면 완전히 어린애 취향의 이야기 같지만 작중에는 다양한 미스터리와 수수께끼 풀이 요소, 주인공의 갈등을 그린 중후한 드라마가 존재했다. 때로는 적인 마왕과 부하들에게도 초점을 맞추는 군상극 같은 형태를 가지고 있기에 의외로 어른도 즐겁게 읽을 수 있는 작품이었다.

"그건 평범한 동화가 아니에요. 저자인 롤랑 엘트리아가 제국 각지에 남은 전설과 민간전승을 모아서 독자적인 해석 끝에 편찬한 고대 신화의 집대성이기도 해요."

그러자 세리카가 작게 웃으면서 책을 들어 보였다.

"이건 글렌이 어릴 때 좋아했던 책인데…… 이번 여행 도중에 심심풀이로 뭔가 읽을 만한 게 없을까, 하며 서재를 뒤졌더니 마침 눈에 띄길래 왠지 그리워져서 가져온 거다."

"……예?"

시스티나는 세리카의 말을 듣고 눈을 깜빡거렸다.

"……의, 의외네요. 선생님이 그런 걸 좋아하셨다니……. 마술 따윈 살인의 도구다~라고 호언장담한 선생님이라면 읽자마자 시시하다고 말씀하셨을 것 같은데……."

"지금은 삐뚤어졌거든. 확실히 마술에는 살인의 도구라는 측면도 있다만, 결코 그뿐만은 아니야. 저 녀석도 속으로는 알고 있겠지……."

세리카는 어쩔 수 없다는 듯 쓴웃음을 지으며 어깨를 으쓱였다.

"그래도 옛날에는 전형적인 마술을 좋아하는 꼬마였지. ……이 책을 읽자마자 나도 장래에는 정의의 마술사가 될 거야! ……라고 했던 귀여운 시절도 있었다고?"

"선생님이……."

시스티나는 문득 떠올렸다.

전에 글렌이 비몽사몽 간에 정의의 마법사가 되고 싶었다는 말을 중얼거렸던 때를—.

"그러고 보니…… 아르포네아 교수님은 글렌 선생님의 마술 스승인 동시에 어머니나 다를 바 없는 분이셨죠? 선생님은 어릴 때 어떤 애였나요?"

그리고 무심결에 그런 질문을 입에 담았다.

"따, 딱히 별다른 뜻이 있는 건 아니고…… 그게, 대체 어떤 어린 시절을 보내야 저렇게 삐뚤어진 인간이 되는 건지 좀 신경 쓰여서……!"

자신이 모르는 글렌을 잔뜩 알고 있는 세리카가 왠지 부러웠다.

그 감정이 질투라는 것을 자각하기에 시스티나는 아직 너무 어렸다.

"흠…… 그렇군……."

세리카는 주위를 힐끔 흘겨보았다.

학생들은 아직도 그녀를 경계하는 것 같았지만…… 글렌의 옛날이야기 자체에는 관심이 있는지 두 사람을 곁눈질로 힐끔힐끔 훔쳐보고 있었다.

세리카는 그런 학생들을 자애로운 눈으로 한 번 훑어보고 책을 덮었다.

과거를 그리워하는 듯한 먼 곳을 보는 시선으로 창밖의 풍경을 감상하면서 조금씩 말을 자아냈다.

"순수하고 올곧은 애였지. 이런 내 곁에 두기에는 아까울 정도로."

이 말을 발단으로 세리카의 옛날이야기가 시작되었다.

결국 일화 자체는 두서없는 내용뿐이었다.

십몇 년 전, 당시에는 아직 제국 궁정 마도사단 소속의 마도사였던 세리카가 작은 변덕으로 의지할 곳 없는 글렌을 거둬들이고 가족으로서 함께 살게 됐다는 것.

글렌을 돌보기 위해 마도사를 그만뒀다는 것. 정상적인 생활이라는 게 뭔지 몰라서 오히려 어린애인 글렌의 신세를 진 시기도 있었다는 것.

세리카가 글렌을 위해 익숙하지 않은 요리를 시행착오 끝에 만들었더니 울 것 같은 얼굴로 맛없다는 소리를 듣고 진심으로 요리를 배우기 시작했다는 것.

남자라면 문무양도가 기본이라는 생각에 글렌에게 권투와 마술을 가르쳤다는 것.

권투에는 제법 재능이 있었지만, 재능이 눈곱만큼도 없는 마술에만 집착하는 걸 보고 속으로는 어이가 없었다는 것.

글렌과 함께 한 수많은 마술 실험. 항상 눈을 반짝였던 글렌.

천천히 이어진 아늑하고 따스한 나날.

서로 솔직해지지 못해서 사소한 엇갈림 때문에 싸운 적도 있었다.

"하지만 그런 평범한 나날이…… 우리에게는 보물 같았지……."

그런 어느 날—.

갑자기 글렌이 세리카에게 직접 만든 선물을 준 적이 있었다. 그녀의 생일선물이라면서…….

그녀는 자신의 생일을 몰랐고 딱히 관심도 없었지만……

글렌이 제멋대로 생일을 정해버린 것이다. 어린애다운 천진난만한 발상이었다.

"……그리고 이게 그때 받은 선물이다."

세리카는 품속에서 엉성한 붉은 돌이 달린 펜던트를 꺼내 보여주었다.

"내가 가르친 연금술로 직접 연성한 적마정석(赤魔晶石). 그걸 적당히 커팅해서 끈으로 묶었을 뿐인 펜던트. 연성 정밀도가 낮아서 마술적으로는 아~무런 가치도 없는 **쓰레기**지."

하지만 세리카는 어째선지 그런 **쓰레기**를 이런 장소에서까지 몸에서 떼어놓지 않고 소중히 간직했다.

"참 나, 이런 걸 받아봤자 곤란하기만 할 뿐인데…… 차고 다닐 수도 없는 노릇이고…… 그 녀석이 여자를 다루는 센스가 없는 건 옛날부터…… 그래도 뭐냐…… 그때는…… 그래. 이 내가 어울리지도 않게……."

세리카는 그때를 그리워하는 것처럼 눈을 감고 돌을 소중히 쥐었다.

그녀가 글렌의 이야기를 할 때는 마치 별것 아닌 일이라는 식의 말투였다.

하지만…… 실제로는 부모 대신으로서, 스승으로서 글렌을 얼마나 소중히 여기는지 알 수 있었다.

"……뭐, 대충 이 정도려나."

그리고 갑자기 이야기를 끊었다.

눈부시게 반짝거리는 보물처럼 즐겁기만 한 소년 시절이 끝난 것이다.

그 후의 글렌은 졸업이라는 명목으로 퇴학을 당하고 제국 궁정 마도사단에 입단했으나…….

"이다음 이야기는 그 녀석의 명예를 위해 자세한 내용은 덮어두겠다만…… 조금 불행한 일이 연이어 일어난 탓에 그 녀석은 모든 의욕을 잃……었다기보다 살아갈 기력 그 자체를 잃은 것 같았거든……."

세리카는 한동안 복잡한 표정으로 말꼬리를 흐렸다.

"그러니까…… 너희들에게는 진심으로 고마워하고 있어."

그리고 갑자기 자신을 쳐다보는 학생들을 둘러보며 웃었다.

차가움이라곤 요만큼도 없는, 황금색으로 빛나는 보리밭을 비추는 따스한 서광 같은 미소로—.

수없이 많은 악랄한 소문과 믿을 수 없는 무용담을 가진 여자와 동일인물이라는 생각이 도저히 들지 않았다.

그런 세리카의 기습 공격에 학생들은 숨을 삼키고 눈을 깜빡거리며 당황했다.

"글렌이 다시 저렇게 활기찬 모습으로 바보짓을 하는 것도…… 분명 너희들 덕분이겠지. 나 혼자 찰싹 달라붙어서 뒷바라지를 해주고, 응석을 받아주고, 지켜줘 봤자…… 분명 그 녀석은 다시 일어설 수 없었을 테지. 그러니까…… 고맙다."

그렇게 말한 세리카는 이 이야기는 여기서 끝이라는 듯 다시 책을 펼치고 시선을 내렸다.

결국 그녀가 다시 입을 여는 일은 없었다.

반쯤 연 창문에서 새어 들어온 부드러운 바람이 그녀의 풍성한 머리카락을 완만하게 흔들었다.

그런 세리카의 모습에 웬디와 린을 비롯한 학생들은 물론이고, 이미 그녀와 제법 면식이 있었던 시스티나조차 바로 이 순간 깨달았다.

사람들에게 마치 악마나 마인 같은 취급을 받으며 두려움의 대상이 됐던 세리카.

하지만 실상은 전혀 달랐다.

그녀도 자신들과 별다를 바 없는…… 평범한 인간이었다고…….

"어라~? 뭐, 뭐가 뭔지 모르겠지만…… 분위기가 엄청 좋아졌는데?"

글렌은 작은 창문 너머로 마차 안의 상황을 힐끔힐끔 훔쳐보다가 김이 샌 목소리로 중얼거렸다.

조금 전까지 마차 안을 지배했던 긴장감이 명백하게 누그러졌다.

어깨를 움츠린 채 겁을 내고 있었던 린과 세실의 태도도 상당히 부드러워졌다.

약간 어색하지만 카슈와 웬디도 적극적으로 세리카에게 말을 걸려고 할 정도였다.

세리카 또한 학생들이 말을 걸어오면 책을 덮고 온화한 표정으로 확실히 대답해주었다.

조금 전에 그녀가 길게 이야기를 한 후부터 이런 식으로 분위기가 바뀐 모양인데…… 유감이지만 말발굽 소리와 바퀴 소리가 시끄러운 마부 석이라 이야기의 내용까진 들리지 않았다.

"뭐…… 딱히 아무래도 상관없지만……."

글렌은 새침한 표정으로 고개를 돌리고 고삐를 잡아당겼다.

"분명…… 다들 아르포네아 교수님의 이야기를 듣는 사이에, 소문처럼 무서운 분이 아니라는 걸 알아준 걸 거예요."

"……참 나, 이놈이고 저놈이고 죄다 겁쟁이들이라니까!"

루미아가 그렇게 말을 걸자 글렌은 크게 코웃음을 쳤다.

"확실히 저 녀석은 방약무인한 데다 제멋대로인 골칫덩어리에, 남을 놀리는 걸 무지 좋아하는 골칫덩어리에, 틈만 나면 사람 정신을 쏙 빼놓는 소리만 하는 골칫덩어리에, 덤으로 사실인지 거짓인지 모를 악랄한 소문이 잔뜩 있는 데다, 본인은 오히려 그걸 이용해서 남이 두려워하는 걸 즐기는 못 말릴 골칫덩어리지만…… 그것뿐이 아니라고."

글렌은 웬일로 속사포처럼 빠르게 말을 쏟아냈다.

"그 뭐냐…… 가끔은 다정할 때도 있고…… 이러니저러니 해도 생판 남이었던 날 어릴 때부터 여자 혼자 힘으로 키워줬고…… 마술사로서의 역량과 높은 자긍심은…… 그야…… 뭐, 나도 조금은 인정한다고 해야 할까…… 경의를 표한다고나 할까……."

하지만 점점 말투가 모호해지더니 머리를 벅벅 긁기 시작했다.

"아무튼 정말로 그뿐인 녀석이었다면 나도 벌써 옛날에 그 저택을 뛰쳐나왔을 거라고."

그리고 마지막에는 어깨를 으쓱거리면서 퉁명스러운 말투로 그렇게 내뱉었다.

"후훗……."

그러자 루미아가 쿡쿡 웃었다.

"……뭐, 뭐가 그렇게 웃겨?"

"아뇨, 그게…… 역시 선생님은 아르포네아 교수님을 무척 소중하게 여기시는 것 같아서요."

"에엑……?!"

글렌은 루미아의 순진무구한 지적에 경악을 감출 수 없었다.

"자신의 소중한 사람이 다른 사람들에게 거부당하는 건…… 괴로운 일이잖아요?"

"……어, 어……어……."

"역시 선생님은 교수님이 걱정되셨던 거죠? 그래서……."

"야, 너. 그건 또 무슨 바보 같은 소리야?! 몰라! 난 그딴

거 몰라! 애당초 저 녀석이 그런 사소한 거에 일일이 신경 쓸 성격으로 보여?! 애초에……."

글렌은 어린애처럼 악을 쓰며 필사적으로 부정했다.

하지만 루미아는 어디까지나 그런 글렌을 흐뭇한 표정으로 지켜볼 뿐이었다.

이윽고 일행이 탄 마차가 완만한 기복을 그리는 초원을 지나며 서쪽으로 나아갔다.

천천히 흔들리는 마차에 몸을 맡기고 해가 저 멀리 떨어진 산의 능선에 걸쳤을 무렵…… 마침내 목적지인 유적이 일행 앞에 모습을 드러냈다.

투명한 석류석처럼 붉게 물든 드넓은 하늘을 둘러보자 아득히 먼 곳에서 울긋불긋한 색으로 물들기 시작한 아름다운 산맥, 그 기슭에서 햇빛을 반사하는 아름다운 호수, 그리고 그 밑으로 시선을 내리자 황혼처럼 타오르는 광대한 초원이 눈에 들어왔다.

그런 절경을 한눈에 감상할 수 있는 절벽…… 신전은 이 일대에서 가장 하늘과 가까운 장소에 조용히 자리 잡고 있었다.

"저게…… 『타움의 천문 신전』인가……."

돌로 만들어진 거대한 반구형 본전(本殿). 주위에 늘어서 있는 수많은 기둥. 소용돌이를 그리는 듯한 기하학적이고 신비로운 문양이 돌로 구성된 벽면에 빼곡하게 새겨져 있었다.

독특한 건축양식으로 만들어진 그 신전은 뒤에 거느린 압도적인 경치에 결코 뒤지지 않는 확실한 존재감을 과시하고 있었다.

"……『타움의 천문 신전』……. 내가…… 마침내 여기 온 거구나……."

시스티나는 신전을 지그시 응시하며 감회에 젖은 목소리로 중얼거렸다.

그녀뿐만 아니라 신전의 위용을 본 학생들은 너나 할 것 없이 그 신비한 분위기와 존재감에 압도당했다.

"……요 녀석들. 지금은 멍하니 있을 때가 아니잖아?"

글렌은 손뼉을 쳐서 그런 분위기를 깨트리더니 바로 지시를 내렸다.

"본격적인 조사는 내일부터, 오늘은 여기서 야영을 할 거다. 사내놈들은 텐트를 쳐. 린이랑 테레사는 저녁 식사 준비. 세리카, 만약을 대비해서 야영장 주변에 수호 결계를 설치해줘. 하얀 고양이랑 웬디는 세리카를 좀 거들어주고. 루미아는 말을 돌봐주고. 리엘, 넌 주위를 경계하면서 위험한 마수가 있는지 찾아봐. 혹시 있으면 바로 해치워도 좋아. 그리고 나는……."

탁월한 리더십을 발휘해서 정확하게 지시를 마친 글렌은 대뜸 그 자리에 누워 버렸다.

"……피곤하니까 잔다. ……저녁 식사 준비가 끝나면 꼭 깨워~. 하암…… 그럼 이만……."

"《당신도·아무거나·일 좀 해요》!"

"우아아나아아아아아아아아아아아아아아아아아아아악!"

시스티나가 즉흥 개변으로 영창한 흑마 【게일 블로】가 글렌을 날려 버렸다.

"《우리한테만·일을 시켜놓고·당신이란 인간은》!"

"항복! 항복! 미안해요! 죄송합니다! 제가 좀 건방졌어요! 히이이이이이이익?! 전격은 그마아아아아아아안!"

그 자리에서 바로 대소동이 벌어졌다.

"……."

그런 글렌 일행을 사랑스러운 눈길로 지켜보던 세리카는 가볍게 웃음을 흘린 후, 다시 타움의 천문 신전을 올려다보았다.

"……【타움의 천문 신전】……. 이곳이라면 어쩌면……."

그리고 보기 드문 절박한 표정으로 혼잣말을 중얼거렸다.

—같은 시각, 모처.

『……왔구나, 세리카…….』

새카맣게 덧칠한 듯한 심연의 어둠 속에서 이형의 존재는 혼잣말처럼 중얼거렸다.

제3장 별 하늘에 사색을

당장에라도 쏟아져 내릴 것 같은 별 하늘 아래에서— 나는 앞으로 무한히 이어진 《별의 회랑》을 달리며 홀로 기억을 되새겼다.

내가 이 세상을 처음으로 인식한 후부터의 나날을—.

…….

……나는 처음으로 눈을 뜬 순간 이런 『목소리』를 들었다.

—나는, 나의 사명을 완수해야만 한다.

왠지 모르겠지만 납득했다. 눈을 뜨기 전의 기억이 전부 사라졌음에도 영혼이 그것을 기억하고 있었다.

과거의 기억을 잃기 전의 나에게는…… 해야만 하는 일이 분명히 있었다.

그건 정말로 중요한…… 내 목숨보다 중요한 일이었을 터.

내가, 내 모든 것을 걸고 성취해야만 하는 중대한 사명이었을 터.

하지만 얄궂게도 나는 그 사명이 무엇인지— 아무리 세월이 지나도 전혀 떠올릴 수 없었다.

그리고 고뇌하던 나는 한층 더 잔혹한 사실에 직면한다.

이모탈리스트
—영원자(永遠者)

어느 날 마술적인 조사에서 우연히 판명된 나의 특이체질.

내 육신은 나이를 먹지 않는다. 하나의 생명체로서 생명 활동을 영위하지만 **시간이 멈춰있는** 모순된 상태였던 것이다.

원인은 불명. 원리도 불명. 물론 나 자신도 전혀 짐작 가는 부분이 없었다.

마치 누군가가 사명을 떠올리고, 그 사명을 완수할 때까지 죽는 건 허락할 수 없다고 암암리에 말하는 것처럼…….

세상의 진리를 탐구하는 마술사들의 최종 도달점 중 하나인 이모탈리스트. 마술사가 아니라도 누구나 한 번쯤은 동경하는 꿈의 기적이었으나—.

아무래도 꿈과 현실은 달랐던 모양이다.

자신과 명백히 다른 존재에 대한 혐오와 공포였을까? 아니면 명백히 자신을 능가하는 존재에 대한 선망과 질투였을까? ……내가 이모탈리스트라고 판명되자마자 누구나가 나를 꺼리고 멀리했다.

과거에 나에게 영원한 사랑을 속삭이고 한 번은 장래를 맹세했던 그 사람조차……『넌 인간이 아니야, 괴물이다』라고 날 매도하며 떠나갔다.

그리고 아무리 세월이 지나도 변하지 않는 젊은 모습을 한 나에게 모여드는, 대중의 혐오감 어린 시선과 박해.

점점 좌절하고, 마모되고, 뒤틀리는 나의 마음.

그래도 이런 내 곁에 있어 주는 사람이…… 적지만 있었다.
하지만 그들은 인간. 나는 인간이 아니었다.
그들은 생을 영위하는 자의 숙명을 거스르지 못했고…….
이윽고 세월을 흐름에 따라 늙고…… 쇠약해졌다. 그리고—.
…….
……내가 처음 눈을 뜨고 수십 년 후. 헌화를 품에 안은 채 그들의 묘비 앞에 선 내 모습은…… 이 세상을 처음으로 인식했을 때와 변함이 없었다.
—역시 전혀 나이를 먹지 않았다.
"……제기랄."
빠지직.
내 안에서…… 뭔가가 망가진 순간이었다.

유적에 도착한 다음 날.
만에 하나의 상황을 대비해서 세실과 린을 비롯한 학생 몇 명을 수호 결계 안의 야영장에 연락책으로 남겨둔 글렌은 유적 안으로 진입했다.
글렌을 선두로 한 일행이 신전의 아치형 입구를 통해 유적 내부에 들어가자마자 햇빛이 사라졌고 시야 전체가 어둠이 지배하는 암흑의 세계로 변모했다.
사실 거대한 바위에 구멍을 뚫어서 만들었다는, 영문을 알 수 없는 건축양식으로 건조된 이 유적은 외부에서 빛이 들어올 구석이 전혀 없었다.

따라서 선두에 있는 글렌의 손끝에 깃든 흑마 【토치 라이트】…… 마술의 빛을 의지해서 한 걸음씩 유적의 통로를 나아갈 수밖에 없었다.

그리고 그런 일행을 거칠게 환영하는 자들이 있었다.

"이, 이런 이야기는 못 들었다구요! 안전한 유적이라고……."

"됐으니까 쏴! 벌써 여기까지 왔다고!"

"아, 진짜! 맨날 이런 일만!"

통로 안쪽에서 일행을 노리고 누군가가 공중에서 미끄러지듯 다가왔다.

그림자가 실체화한 듯한 존재…… 날개가 달린 작은 요정 같은 존재…… 도깨비불 같은 존재…… 다양한 모습을 한 이형(異形)들이 글렌 일행을 습격했다.

"칫! 그러니까, 뭐더라? 나, 《나는 사수·원초의 힘이여·—》."

"아, 아, 아직 《마탄—》."

"《마탄이여(아인스)》! 《츠바이》! 《드라이》!"

갑작스러운 습격에 당황해서 제대로 주문을 영창하지도 못하는 카슈나 웬디와 달리 시스티나는 흑마 【매직 불릿】을 재빨리 연창(래피드 파이어)했다.

그녀의 왼손가락에서 응축된 마력 광탄이 차례차례로 날아가 명중한 순간, 이형들은 빛을 발하며 터지더니 마나의 안개로 변하고 허공으로 흩어졌다.

“에잇, 어떻게든 되겠지! 《아인스》!”

“나, 《나는 사수·원초의 힘이여·내 손끝으로 모여라》!”

다른 학생들도 그 모습에 용기를 얻었는지 【매직 불릿】을 발사해서 이형들을 요격했다.

“후읏!”

한편, 그녀들이 놓친 이형들은 리엘이 마력을 부여(인챈트)한 대검을 휘둘러서 모조리 추락시켰다.

이윽고…… 이형들이 한 마리도 남김없이 안개로 변하여 사라지자 주변 일대에 정적이 찾아왔다.

“으…… 이, 이긴…… 거야?”

“아하하! 잘했다 잘했어! 제법인걸, 너희들도.”

맨 뒤에서 벽에 등을 기댄 채 상황을 관망하던 세리카가 긴장으로 굳은 학생들을 격려하듯 즐거운 얼굴로 손뼉을 쳤다.

“참 나…… 될 수 있는 한 학생들에게 맡겨보자니, 무모하기는…….”

마른침을 삼키며 학생들의 전투를 지켜보던 글렌이 안도의 한숨을 내쉬었다.

“넌 과보호가 지나쳐, 글렌.”

하지만 세리카는 여유가 넘치는 얼굴이었다.

“내 자랑스러운 제자인 너의, 자랑스러운 제자들이 이깟 상대에게 질 리가 없잖아? 애당초 반편이 마술사라도 이 정도는 싸울 줄 알아야지."

"그, 그건 그렇지만……."

"그리고 나도 있잖아? 다치기라도 할 것 같으면 바로 도와주려고 했어. 학교에선 훈련 경험을 쌓을 수 있어도 실전 경험은 무리잖아? 이런 송사리들이 상대였으니 마침 좋은 기회였지."

"뭐…… 확실히 그 말도 맞기는 한데…… 그건 그렇고……."

글렌은 이형들이 날아온 방향을 힐끗 쳐다보았다.

"설마 유적 안에서 광령(狂靈)이 튀어나올 줄은……."

광령.

레이라인의 영향으로 존재가 변질되어서 미쳐버린 요정과 정령. 거친 자연이 형상화된 존재였다.

이렇게 된 요정과 정령은 닥치는 대로 주위를 습격하는 위험한 존재다.

"딱히 신기한 일은 아니야. 애당초 이런 곳에 출몰하기 쉬운 녀석들이잖아? 고대 유적은 주로 레이라인의 경로 위에 건조되는 경우가 많으니까…… 뭐, 한동안은 유적 내부에 발생한 광령 소탕 작업이 이어지겠군."

"이게 무슨 탐색 위험도 F급이라는 거야! 대체 얼마나 오랫동안 방치했길래!"

"하긴 뭐, 이 정도면 이번 탐색으로 등급이 한 단계 정도 오르겠군."

그리고 세리카는 장난스럽게 웃으며 글렌을 흘겨보았다.

"……어때? 내가 따라와 줘서 다행이지? 내가 없었다면 바로 짐이나 싸야 했을걸?"

"크…… 시끄럽네 진짜."

요정과 정령 같은 개념적인 존재가 마나로 육체를 얻고 실체화하면 물리적인 어설트 스펠…… 염열, 냉기, 전격 등은 그다지 효과가 없다. 격퇴하려면 더욱 직접적인 마력 간섭이 필요했다.

그래서 학생들이 흑마【매직 불릿】을 대표하는 무속성 계열 어설트 스펠을 쓴 것이다. 이것은 자신의 마력을 모아서 발사하는, 동방에서는『기』라고도 불리는 계통의 마술이었다.

사실 글렌은 이런 무속성 계열 주문에 특히 더 약했다. 태어나면서부터 남자는 마력 조작 감각이 뛰어나고 여자는 마력 용량(캐퍼시티)이 크기 마련이지만…… 글렌은 남자치곤 마력 조작 감각이 매우 뒤떨어졌다.

그리고 무속성 계열 주문은 특히 이런 마력 조작 감각을 요구하는 주문이었다. 즉, 이런 광령이 출몰하는 장소에서 그는 쓸모 있는 전력이 아니었다.

흑마【웨폰 인챈트】를 주먹에 부여하고 접근전을 벌이면 해치울 수는 있겠지만…… 효율을 따지자면 한 소절로 발동한【매직 불릿】을 원거리에서 연사할 수 있는 시스티나 쪽이 훨씬 더 유용한 전력이었다.

그리고 이렇게 안심하고 학생들에게 전투를 맡길 수 있는 건 무엇보다 만약의 상황을 대비해서 대기 중인 세리카의 존재가 컸다.

"예~ 예~. 어차피 전 모자란 놈이라고요. 어디 학생들을 잘 부탁드리죠. 스승님."

"훗……."

토라진 듯 시선을 피하는 글렌의 모습에 세리카는 웃음을 흘렸다.

"그런데…… 실력이 늘었는걸? 시스티나."

"어? 그래?"

사제가 그런 대화를 나누는 한편, 카슈가 시스티나에게 감탄한 말투로 말을 걸었다.

"응. 뭐랄까…… 조금 전에도 적이 갑자기 습격했는데 전혀 동요하지 않고 냉정했잖아. ……무섭지 않았어?"

"아…… 응. 나도 무섭기는 했는데…… 아하, 아하하……."

'저티스와 비교하면 이 정도쯤이야…….'

시스티나는 긍정하는 동시에 마음속으로 살짝 덧붙였다.

"그러고 보니…… 당신. 어제 섀도 울프 무리와 마주쳤을 때도…… 왠지 무척 태연하셨죠?"

"응? 그랬던가? 나도 진짜 무서웠어! 정말로!"

웬디의 지적에도 쩔쩔매면서 대답했다.

"그리고 시스티, 주문의 래피드 파이어라니 굉장해! 언제

익힌 거야?"

"그, 그게…… 어, 언제였더라? 아하, 아하하……."

루미아의 천진난만한 질문에는 어째선지 묘한 죄책감을 느끼며 식은땀을 흘렸다.

"큭……! 이, 이걸로 이겼다고 생각하진 마세요!"

"흥……."

웬디와 기블은 그런 시스티나를 분한 눈빛으로 노려보았다.

바로 얼마 전까지는 그다지 차이가 없었을 텐데 어느새 벌어진 그녀와의 실력 차가 어지간히 분했던 모양이다.

"그럼 우리도 좀 더 노력해야…… 어?!"

대화를 나누는 사이에 다시 몰려드는 광령들의 기척이 통로 안쪽에서 느껴졌다.

"또 단체 손님이 납셨다고! 오, 이번에는 숫자가 엄청 많아! 아무래도 위험하려나?!"

"누가 더 많이 격추하는지 경쟁하죠! 시스티나! 이번에야말로 지지 않겠어요!"

학생들이 혈기왕성하게 의욕을 보였지만…….

"잠깐."

그 순간 세리카가 학생들 앞으로 나섰다.

"너희는 잠시 쉬어라. 조금 전부터 연전이 계속됐으니까. 무리하다간 마나 결핍증이 올걸? ……여긴 나에게 맡겨둬."

"그, 그치만 교수님…… 그게…… 적이 굉장히 많은데요?"

시스티나가 약간 불안한 표정으로 전방을 주시했다.

옳거니. 확실히 수가 많았다.

조금 전의 전투로 눈치챈 건지 주변 일대의 광령들이 모조리 몰려온 모양이었다.

"혼자 맡기에는 수가 너무…… 다 같이 싸우는 편이……."

"뭐, 살짝 본보기를 보여주마. 이럴 때는 말이지……."

세리카가 그렇게 말하면서 손가락을 튕긴 순간—.

팟!

수십 발이 넘는 【매직 불릿】이 그녀 주위에 출현했다.

"""""에엑?!"""""

"가라."

손가락으로 앞을 척 가리키자 수많은 마탄이 일제히 빛의 궤적을 그리면서 날아가며 전방으로 쭉 뻗은 통로를 유성군처럼 가득 메웠고—.

단숨에 광령들을 섬멸했다.

"""""……."""""

학생들은 벌어진 입을 다물 줄 몰랐다.

"……음, 뭐…… 이런 식으로 대응하는 거지. 이해했냐?"

"차, 참고가 안 돼……."

"진짜 이 사람은 규격 외야……."

카슈와 시스티나는 눈을 휘둥그레 뜨고 중얼거렸다.

처음부터 세리카가 구름 위의 인물이라는 건 알고 있었지만 실제로 마술을 쓰는 모습을 본 일동은 그 사실을 다시 한 번 실감했다.

가끔 출몰하는 광령들과 싸우면서 글렌 일행은 유적의 안쪽으로 나아갔다.

“선생님. 그 앞의 갈림길은 왼쪽이에요, 그 앞에 조사 대상인 제1 제의장(祭儀場)이 있을 거예요.”

“그래, 알았다.”

선인들의 조사 덕분에 이미 완성된 유적 내부의 지도를 루미아가 확인하면서 길 안내를 맡았다.

지도로 본 『타움의 천문 신전』은 아무튼 굉장히 넓었다.

고대의 종교 시설인 듯한 이 신전 안에는 제의장, 예배당, 천문대, 회랑, 그리고 대(大) 플라네타륨실(室)이 반구형 내부에 삼차원적으로 배치되어 있었고, 이리저리 복잡하게 뒤얽힌 통로와 계단이 마치 미로처럼 연결되어 있었다.

게다가 이것들은 전부 하나의 거대한 바위를 뚫어서 만든 것이었다.

덤으로 지금 걷고 있는 아무것도 없는 통로 하나만 놓고 봐도 대충 만든 곳이 전혀 없었다.

조명을 들고 가까이 다가가보면 천장과 바닥과 벽이 매끄럽게 닦여있는 걸 알 수 있었다.

그런 천장과 바닥과 벽에 빼곡하게 새겨진 벽화와 비

문…… 고대인들이 얼마나 오랜 시간을 들여서 이 신전을 만들어냈을지 상상하기만 해도 정신이 아득해질 정도였다.

"그런데 선생님…… 뭔가 좀 이상하지 않나요?"

선두의 글렌을 대각선 뒤쪽에서 바짝 따라가던 루미아가 고개를 살짝 갸웃했다.

"이 신전은 분명 밖에서 봐도 거대했지만…… 그렇다 쳐도 내부가 지나치게 넓은 거 아닌가요? 정말로 이게 전부 신전 안에 들어갈 수 있는 걸까요?"

루미아는 손에 든 지도를 보며 그렇게 말했다.

실제로 유적 내부를 자신의 발로 걸으면서 더욱 강하게 실감한 것이리라.

"흐흥, 루미아. 사실 여긴……."

그러자 바로 시스티나가 의기양양하게 나섰지만—.

"여긴 공간이 일그러져 있거든."

그보다 먼저 글렌의 옆에서 걷는 세리카가 대답했다.

"벽과 바닥, 천장에 새겨진 문양을 잘 봐. 제국에 있는 고대 유적에서는 제법 흔히 볼 수 있는 문양이다만……."

세리카는 손으로 문양을 쓰다듬었다.

"이건 아무래도 고대인의 공간 조작 마술인 것 같더군."

"……예? 같다구요? 왠지 모호한 표현이시네요……?"

"단언할 수 없는 건, 우리의 모던으로는 고대인의 에인션트 술식을 자세히 해석할 수 없기 때문이지. 이 문양이 어떤 마술의 일종이라는 것밖에는 몰라.”

“저기…… 아르포네아 교수님도 해석할 수 없으신 건가요?”

“그래. 제아무리 나라도 에인션트에는 두 손 들었다.”

세리카는 어깨를 으쓱였다.

나설 차례를 뺏긴 시스티나가 「으그그……」 하고 신음을 흘리며 세리카를 노려보았다.

“이 문양 때문에 유적 내부의 공간이 일그러져서 눈으로 측량한 것 이상으로 넓은 공간이 생겨난 거지. ……마술적인 이론은 모르겠지만 실제로 그러하니 어쩔 수 없다는 거다.”

“난 잘 모르겠지만…….”

리엘이 작은 목소리로 끼어들었다.

“벽에 구멍을 뚫으면 돼. 지름길을 만들면 문제없어.”

그리고 그런 무시무시한 말을 태연하게 중얼거리며 어깨로 대검을 짊어졌다.

“하하하, 그건 명안……이라고 말하고 싶지만 무리겠지.”

“응? 어째서?”

세리카는 다정한 목소리로 의아한 듯이 고개를 갸웃거리는 리엘에게 설명했다.

“고대인이 만든 유적과 물건에는 영소 피막(에테리오 코팅) 처리가 된 경우가 많은데, 이 『타움의 천문 신전』도 그래. 그런 유적과 물건은 존재가 완전히 고정되어 있어서 물리적, 마술적인 변화와 파괴를 완전히 차단하지. 네 괴력이나 내 【익스팅션 레이】라도 이 유적을 파괴하는 건 무리야. 들어오기 전에 너한테 밖에서 검을 연성하라고 했던 건 그래서였어."

"그래. 잘은 모르겠지만…… 유감이야."

에테리오 코팅. 근대 마술사에게는 어떤 이론으로 그렇게 된 건지 전혀 이해할 수 없는 고대인의 마법 기술, 고대 마술의 일종이었다.

"뭐, 수천 년의 세월을 거쳐서 현재까지 거의 완벽한 형태로 유적이 남아있는 건 그래서다."

그리고 세리카는 갑자기 지긋지긋하다는 듯 머리카락을 쓸어 올렸다.

"정말이지…… 이것만 없었어도 그런 지하 미궁 따윈……."

그 혼잣말을 들은 사람은 아무도 없었다.

"괴, 굉장한 기술이네요……. 고대인은 대체 정체가 뭐죠? 정말로 우리랑 똑같은 인간이었을까요……?"

"응! 응! 고대인의 정체에 관해선 여러 학설이 있어! 예를 들면……."

"야, 너희들 너무 긴장 풀고 있는 거 아냐? 이래 봬도 이건 유적 조사라고?"

루미아가 다시 의문스러운 목소리로 말했고 바로 시스티나가 눈을 반짝거리면서 나서려는 걸 글렌이 방해했다.

글렌 일행은 그런 식으로 느긋한 대화를 나누며 통로를 나아가고, 길모퉁이를 돌고, 때때로 마주치는 광령들을 격퇴하면서…… 마침내 그 장소에 도착했다.

"……흠, 저기가 제1 제의장인가."

통로 안쪽의 출입구 너머에는 넓은 공간이 있는 듯했다.

글렌은 벨트 뒤쪽에 꽂은 퍼커션 방식의 리볼버를 확인하며 학생들을 돌아보았다. 장전한 탄환에는 사전에 마력을 인챈트했다. 이거라면 광령에게도 효과가 있었다.

"뭐, 아무 일도 없겠지만…… 일단 내가 먼저 들어가서 안전한지 확인하고 오마. 너희들은 잠시 여기서 기다려."

"후훗, 학생을 위해서 직접 나서다니…… 제법 멋진걸. 글렌."

세리카는 히죽히죽 웃으며 놀리는 것처럼 말했다.

"이 정도도 안 하면 진짜로 내가 가장 쓸모없는 놈이 될 테니까 말이지……."

"혼자서 괜찮겠어? 무서우면 나도 따라가 줄까?"

"시끄러! 애 취급하지 마!"

"저, 저기…… 선생님. 조심하세요……."

글렌은 조금 걱정스러워 하는 루미아를 안심시키려는 듯 힘차게 고개를 끄덕이고 발걸음을 옮겼다.

아치형 출입구 너머에서 글렌에게 모습을 드러낸 것은…… 돔 형태로 천장이 높게 뚫린 큰 방이었다. 벽과 바닥과 천장도 다른 곳과 똑같이 매끄럽게 닦여 있는 탓에, 여기가 바위를 파서 만든 공간이라는 사실을 잠시 잊게 했다.

벽과 바닥과 천장에는 점성술에서 말하는 홀로 스코프와

비슷한 기묘한 문양이 새겨져 있었고 아마 황도와 백도, 태양과 달, 행성, 별들을 의미하는 장식과 석상이 곳곳에 흩어져 있었다. 마치 이 공간 자체가 우주를 상징하는 것처럼…….

방 한가운데에는 직육면체로 자른 돌을 복잡하게 쌓은 기묘한 제단. 그리고 그 꼭대기에는 신체(神體)인 듯한 신상이 설치되어 있었다.

쌍둥이 천사가 서로를 마주 보며 뒤엉킨 듯한 저 신체의 이름은—.

"천공의 쌍둥이(타움)인가."

성신 신앙, 성신 숭배라고도 불리는 고대 종교의 일종이었다.

글렌이 사전에 조사한 바에 따르면 고대 문명…… 고대인들은 하늘을 위대한 존재로 신격화해서 경외심을 품고 신앙과 숭배의 대상으로 삼았다고 한다.

그런 고대 문화의 풍속적인 배경은 확실히 고대인들에게는 신성한 장소였을 이 제의장이 삼차원적인 항성도를 본뜬 것만 봐도 명백했다.

그리고 『천공의 타움』은 그런 고대 성신 신앙의 최고신격…… 하늘을 상징하는 존재였다.

"그런데…… 왜 하늘에 그런 식으로 경외심을 품은 거지? 고대인의 생각이라는 건 당최 모르겠다니까……."

투덜대면서 제의장의 불가사의한 신비에 압도당했던 글렌

은…… 문득 이변이 일어난 것을 깨달았다.

등을 쓸어내리는 얼음 같은 감촉.

모든 소리가 멀어지고 심장이 오그라드는 듯한 긴장감으로 협소해지는 시야.

"앗?!"

글렌이 이 제의장에 들어왔을 때는…… 확실히 없었을 터—.

없었을 텐데…… 기척조차 없었건만…….

어느 틈엔가 **그 소녀**는 쌍둥이 천사상 밑에 **있었다**. 제단의 난간 위에서 마치 누군가를 기다리는 것처럼 발을 모으고 앉아 있었다.

다 타버린 재처럼 새하얀 머리카락. 어둡고 혼탁해진 붉은 산호색 눈동자. 몹시 얇은 옷가지.

그녀의 등에 달린 것은 일그러지고 뒤틀린 날개 같은…… 무언가. 눈알과 심해의 기괴한 생물들을 몇 개나 뒤섞은 듯한 그 혼돈스러운 조형의 날개는 그저 불길하고, 불쾌하고, 모독적일 따름이라 보기만 해도 역겨웠다.

오히려 소녀의 용모가 인간적이면서도 매우 아름다운 만큼, 그 구역질 나는 이형의 날개와의 괴리감이 엄청난 생리적 혐오감과 거부반응을 일으켰다.

시야에 넣기만 해도 마음이 바스러지고 미칠 것만 같은…… 그런 이형의 소녀가 글렌의 손끝에 깃든 마술의 불빛을 받아 어둠속에서 흐릿하게 모습을 드러내고 있었다.

『……**오랜만이네, 글렌.**』

그 이형의 소녀는 병적인 눈을 움직여서 글렌을 보자마자 그렇게 말했다. 틀림없이 그렇게 말했다.

마치 흉조의 속삭임처럼 정신에 직접 닿아서 먹어치우려는 듯한 목소리로…….

아니, 그것이 정말로 공기의 진동으로 발생하는 『소리』였을까.

마치 귀속으로 벌레가 기어들어 오는 듯한 그 감촉은—.

『아니지, 이럴 때는 **처음 뵙겠습니다**……라고 해야 할까?』

어둠에 붉은 선을 긋는 것처럼 미소를 그리는 입술.

예사 존재가 아니다. 명백히 보통이 아니었다. 인간의 원초적인 공포를 부채질하는 듯한 이형.

위험해. 위험해, 위험해, 위험해위험해위험해위험해!

그 이형의 소녀를 앞에 둔 글렌의 심장이 단숨에 경종처럼 한계까지 비명을 질렀다.

"칫!"

가슴을 태우는 초조함을 견디다 못한 글렌은 용수철처럼 뒤로 뛰었다. 그리고 착지와 동시에 손이 보이지 않을 정도의 속도로 총을 뽑아 소녀에게 총구를 겨눴지만—.

"……앗?!"

없었다.

방금까진 있었는데—.

틀림없이, 거기에, 바로 조금 전까지, 있었건만—.

그 소녀는 어느새 모습을 감추었다.

마치 새벽에 최악의 악몽을 꾸고 땀에 흠뻑 젖어서 깬 듯한 소름 끼치는 기분.

"허억…… 허억…… 이게 무슨……."

글렌은 잠시 거친 숨을 내뱉고 망연자실하게 서 있었다.

"이봐~ 글렌~. 왜 그래? 무슨 일이라도 있어~?"

이윽고 세리카가 무사태평한 거동으로 다가왔다.

"세, 세리카……."

"……응? 뭐야? 왠지 안색이 안 좋은데?"

"아, 아니…… 그게……."

학생들을 불안하게 할 수도 없는 노릇이라 조용한 목소리로 사정을 설명했다.

"……정체불명의 소녀어~?"

그러자 세리카는 미간을 찡그리며 기가 막힌 표정으로 글렌을 쳐다보았다.

"너, 좀 피곤한 거 아니냐? 아니면 욕구불만? 숨이 거친 걸 보아하니 아무래도 그쪽인가?"

"뭐……?! 아, 아니야……!"

"참 나…… 그 젊음의 충동을 이기지 못하고 여학생들을 덮치기라도 하면 곤란할 테니…… 어쩔 수 없군. 오늘 밤에라도 내가 상대해줄까? ……어때?"

"농담이라도 그런 무시무시한 소리는 꺼내지 마아아아아!"

부자연스럽게 교태를 부리는 세리카의 모습에 글렌이 눈을 까뒤집으며 고함을 질렀다.

사실 그녀가 이런 식으로 글렌을 놀리는 건 어제오늘 일이 아니었다.

"아, 진짜! 나, 난 틀림없이 이 눈으로 그 소녀를……."

"저기 말이다……. 굳이 말은 안 했다만, 사실 나는 만에 하나라도 네 귀여운 제자들이 위험한 꼴을 당하지 않게 색적 결계를 상시 펼쳐두고 있었다고? ……지금도 여전히."

"……어? 진짜? 그렇다는 건……."

"그래. 이 방에는 틀림없이 아무도 없었어. 광령과 유령은커녕 쥐나 벌레조차도. 누가 있었다니 말도 안 되는 소리야."

자신만만하게 가슴을 펴는 세리카가 도저히 거짓말을 하는 것처럼 보이지는 않았다. 그리고 글렌은 세리카의 마술이 얼마나 뛰어난지 잘 알고 있었다.

'……환상? ……환각…… 환청이었던…… 거야……? 정말로……?'

그런 말을 듣고 나니 왠지 조금 전의 광경이 꿈이나 환각 같은 불확실한 것처럼 느껴지기 시작했다. 기억과 감정이 점점 모호해졌다.

'환각…… 환각이라고? 하긴…… 그럴지도……. 그래…… 그런 무시무시한 존재가 이 세상에 있어도 좋을 리가 없

어……. 그리고…….'

"선생님! 무슨 일이 있었던 건가요?!"

"적?"

시스티나, 루미아, 리엘…… 평소처럼 삼인조가 글렌에게 달려왔다.

글렌은 무심결에 루미아의 얼굴을 뚫어지게 쳐다보았다.

"……선생님? 왜 그러세요? 제 얼굴에 뭐가 묻었나요?"

그렇게 계속 쳐다보자 루미아가 당황한 듯 고개를 갸웃했다.

"……아니…… 아무것도 아니야. ……신경 쓰지 마."

'역시 환각이었겠지.'

글렌은 루미아의 얼굴을 보고 그렇게 확신했다.

왜냐하면—.

"……야, 너희들도 와!"

억지로 사고를 전환한 글렌은 크게 손뼉을 친 후 출입구 근처에서 흠칫거리며 대기하고 있는 학생들을 불러 모았다.

"바로 이 방의 조사를 시작한다! 리엘은 출입구를 경계해. 루미아랑 하얀 고양이는 바닥의 문양을 모사. 웬디는 비문의 해독을 부탁하마. 나머지는 숨겨진 통로나 부자연스러운 마력 반응이 없는지 조사해. 귀찮으니까 얼른 해치우자고."

세리카가 탐지하지 못한 이상, 환각의 일종일 테니까.

'……역시 요즘 계속 바빠서 피곤했던 걸까…….'

첫날부터 이런 꼬락서니라면 앞날이 뻔했다.

"어휴……."

글렌은 남몰래 깊은 한숨을 내쉬었다.

당장에라도 쏟아져 내릴 것 같은 별 하늘 아래에서— 나는 앞으로 무한히 이어진 《별의 회랑》을 달리며 홀로 기억을 되새겼다.

고독한 나의 끝없이 계속된 타락과 자포자기의 나날을—.

…….

……나에게는 아무도 필요 없었다. 나 혼자로도 충분했다.

그야 난 그 누구보다 강하니까.

인간이 아니라며 매도당하고 거부당한 끝에 소수의 이해자들을 먼저 떠나보낸 내가 마지막으로 빠진 사상은…… 그런 시시한 것이었다.

그 후로 나는 오랜 세월 동안 투쟁의 세계에 몸을 담그고 가시밭길을 질주했다.

자살할 용기도 없었고 혼자서 영원한 삶을 살아갈 강함도 없거니와 기개도 없었다. 이 몸을 태우는 듯한 고독감 속에서 나는 강하다고, 혼자라도 충분하다고 온 힘을 다해 허세를 부렸고—.

목숨을 건 싸움에서 승리를 거머쥐는 것을 통해 계속 그렇게 주장했고—.

그리고 이런 나에게 막을 내려줄 무언가를 갈구하며 투쟁을 멈추지 않았다.

그 시절의 나는 여러모로 정신적인 한계에 몰려 있었다.

이모탈리스트. 영원히 나이를 먹지 않는…… 끝이 보이지 않는 인생.

항상 내 마음을 무겁게 짓누르는 『내면의 목소리』와 수수께끼의 사명.

그리고 내 공허한 마음속에 휘몰아치는 견딜 수 없는 고독.

그것들이 나 자신을 계속 전장에 내몰게 했다.

피를 흘리며 싸우는 동안만은 아주 잠시나마 모든 것을 잊을 수 있었으니까.

하지만 이제 와서 돌이켜보면…… 그 지옥 같은 나날 속에서도 이런 나에게 손을 내밀어준 사람은…… 다가오려 했던 사람은…… 분명히 있었다.

예를 들면 제국 사상 최강의 검사라고 칭송받던 **그 녀석**도 그랬다. 하지만 난 그 모든 것을 뿌리치고 우스꽝스러울 정도로 계속 달려왔다.

비극의 수난자인 나 자신에게 취해서.

나를 고독하게 만들었던 것은 다름 아닌 나 자신.

그런 단순한 사실도 깨닫지 못하고, 깨달으려 하지도 않고—.

나는 싸우고, 싸우고, 또 싸웠다.

그러기 위해 마술을 연마해 더욱 강대한 힘을 얻었고—.

계속해서 싸우고, 싸우고, 싸우고, 또 싸운 끝에…….

그러던 어느 날, 나는 글렌과 만났다.

……유적 조사를 시작한 지 사흘이 지났다.

조사 자체는 아무 일 없이 순조롭게 진행 중이었다.

아침에 해가 뜨면 유적에 들어가서 탐색과 조사를 진행했다. 가끔 출몰하는 광령들을 퇴치하고 정해진 각 조사 포인트를 꼼꼼히 조사하면서 최심부를 향해 나아갔다.

그리고 해가 저물 때쯤 유적 앞에 설치한 야영장으로 돌아오면—.

"즉, 우주에서 온 침략자(에일리언)의 짓이었던 거야!"

"뭐, 뭐라고~?!"

"카슈 씨…… 그, 그게 대체 무슨 말씀이시죠?!"

"제7 회랑의 벽화를 보고 생각해봤어. 그 기묘한 괴물 그림…… 고대인은 틀림없이 우주에서 온 침략자들의 지배를 받았던 거야! 고대인의 어마어마한 마도 기술의 정체란—."

별이 가득한 하늘 아래, 그 한곳만을 어둠의 장막에서 지켜주는 모닥불을 둘러싼 채 단란한 대화를 시작했다.

추운 밤하늘 아래에서 뺨에 더욱 강하게 느껴지는 열기, 일렁이는 모닥불이 자아내는 익살스러운 음영 속에서 학생들은 열심히 대화를 나눴다.

아무래도 다들 조사 중에 고대 문명에 관해 열변을 토하는 시스티나에게 감화된 모양이었다.

이렇게 밤에 모일 때마다 학생들은 저마다 고대 문명에 관한 독자적인 해석과 의견을 교환했다. 이미 기분만큼은 마도 고고학자가 된 것처럼…….

"아…… 얘들아, 밥 다 됐는데……."

"오오~! 린, 그 말을 기다렸어! 난 배가 텅텅 비었다고!"

그리고 평소처럼 일행 중에서 가장 요리를 잘하는 린이 오늘의 저녁 식사를 차려주자 모닥불을 둘러싼 학생들의 표정에 약간 활기가 감돌았다.

한편, 글렌과 루미아는 그런 반응에 아랑곳하지 않고 모닥불을 조명 삼아 조사 결과를 정리하는 중이었다.

"선생님. 웬디가 유적 안의 벽화와 비문을 해석해준 거죠? 시공간 전이 마술에 관한 힌트가 될 만한 건 찾으셨나요?"

"아직까진 딱히……."

글렌은 루미아가 질문하자 조사 결과를 적은 서류 다발을 넘기는 걸 멈추고 한숨을 내쉬었다.

"아무튼 이 신전이 뭔가 마술적인 기능을 가진 의식장이라면 그걸 제어하기 위한 중추…… 아직 발견되지 않은 『현실(玄室)』이 신전 내부 어딘가에 반드시 있을 텐데…… 전임자도 그걸 의심하고 있었고……."

그리고 어깨를 움츠리며 빈정거리듯 웃었다.

"……뭐, 어차피 아무것도 못 찾을 것 같지만 말이다. 시공간 전이 마술…… 꿈이 있는 이야기이긴 해도 이건 좀…….”

“잠깐만요! 왜 그런 김새는 말씀을 하시는 거죠?! 선생님!”

그러자 시스티나가 글렌에게 다가왔다.

식사를 받아왔는지 손에 든 쟁반 위에는 스튜를 담은 접시 네 개가 있었다. 밤의 추위 속에서 따스한 수증기가 희미하게 피어올랐다.

시스티나가 약간 울컥한 표정으로 루미아와 그 옆에 앉은 리엘에게 접시를 건넸다.

“오오! 스튜야?!”

보존용 건조야채와 육포를 정성껏 끓인 스튜였다. 근처에서 채취한 먹을 수 있는 들풀과 버섯도 넣어서 향기가 좋고 참으로 맛있어 보였다.

“이거 참 고마운걸! 이 근방은 밤이 되면 추우니까 따스한 스튜가 최고지!”

하지만 글렌이 접시를 받으려고 손을 내밀자 시스티나가 냉큼 뒤로 뺐다.

“좀 더 의욕을 내주시라구요! 진지하게 안 하면 만에 하나라도 진짜 뭔가 있었을 때 깜빡 놓칠지도 모르잖아요!”

“아, 알겠습다! 알았으니까 밥 좀 플리즈!”

“그래도 괜찮으세요?! 아무것도 안 나와도 선생님이 뭘 어떻게 조사하셨는지…… 그 결과를 확실히 보고해야 하잖아요! 대충하면 안 되잖아요! 애초에 선생님은 평소에도 늘 일에 대한 열의와 진지함이—."

"우오오오오오오오! 지금은 설교보다 밥으으으으으으을!"

두 사람은 평소처럼 시끄럽게 떠들어대기 시작했다.

"꿀꺽…… 꿀꺽…… 꿀꺽…… 꿀꺽…… 응. 맛있었어……."

"어? 저, 저기…… 리엘? 그, 그건 시스티랑 선생님 몫인데?! 먹으면 안…… 아아…… 벌써 하나도 안 남았어……."

어지간히 배가 고팠는지 어느새 글렌과 시스티나의 스튜를 슬쩍 가져간 리엘이 눈 깜짝할 사이에 전부 먹어치웠다.

"훗……."

세리카는 그런 시끄러운 일행으로부터 약간 떨어진 곳에 있는 돌 위에 우아하게 앉아 『멜갈리우스의 마법사』를 펼친 채 그 광경을 흐뭇하게 지켜보았다. 마치 소중한 보물을 지켜보는 듯한…… 사랑스러운 자기 자식들을 지켜보는 어머니 같은…… 그런 자애로운 눈으로…….

이윽고 모닥불 주위의 목소리가 점점 커졌다.

"저기요! 교수님! 저랑 기블 이야기 좀 들어주세요! 어떻게 생각하세요? 틀림없이 제 의견 쪽이 더 신빙성이 있죠?!"

"무슨 소리야?! 누가 들어도 내 의견이 더 타당하잖아!"

"끄아아아아아아아아악?! 내 스튜가아아아아아아아아아?!"

"세상에! 내, 내 스튜도오오오오오오?!"

"둘 다 전혀 안 먹으니까 필요 없는 줄 알았어."

"후훗, 아르포네아 교수님도 이쪽으로 오시겠어요?"

"예, 꼭 말씀을 듣고 싶답니다!"

"……정말 시끄러운 녀석들일세……. 이거 참, 어쩔 수 없군."

그런 시끄러운 일동의 모습에 세리카는 쓴웃음을 지으며 책을 덮고 일어나 모닥불 근처로 걸어갔다.

……그런 그녀의 발걸음은 어딘지 모르게 가벼웠다.

그런 단조로우면서도 평온한 유적 조사가 아무 일 없이 며칠간 계속되었고…….

그리고 5일째가 되는 한밤중에 글렌은 뼈까지 스며드는 듯한 추위 속에서 세리카가 가르쳐준 지점에 도착했다.

그곳은 유적 앞의 야영지에서 북쪽으로 조금 걸어가면 보이는 바위산 사이에 몰래 숨어 있었다.

"호오……? 꽤 운치 있는데……."

눈 앞에 펼쳐진 것은 바위로 둘러싸인 천연 온천이었다.

살짝 코를 찌르는 유황 냄새. 미네랄이 포함되어서 약간 흐릿한 물색.

찰랑거리는 수면 위로 피어오른 수증기가 주변 일대를 자욱하게 덧씌웠다.

이 천연 온천은 바로 어제 세리카가 발견했다.

그녀의 말에 따르면, 레이라인의 분포 관계상 이 일대는 옛 화산지대이므로 분명히 어딘가에 있을 거라는 생각에 찾아보니 정말로 있었다고 한다.

몸을 담그기에는 약간 온도가 높은 편이었지만 온천을 둘러싼 바위에 세리카가 【얼음의 룬】을 새겨서 딱 알맞은 온도로 조정했다.

그 덕분에 세리카는 여태껏 젖은 수건으로 몸을 닦을 수밖에 없었던 여학생들의 신앙과 숭배의 대상이 되었다.

"나 원 참, 그 녀석은 이런 방면에서 눈치가 빠르다니까……. 하긴 단순히 자기가 쓰고 싶었던 걸지도 모르겠지만……."

벽창호인 글렌도 며칠이나 계속되는 야영 생활에 고생하는 사춘기 소녀들에게 미안한 마음을 품을 정도였으니, 세리카의 이런 배려가 몹시 고맙게 느껴졌다.

밤마다 조사 결과와 자료를 정리하느라 바쁘다 보니 지금까지 이 온천을 쓸 기회가 없었지만…… 어느 정도 작업이 끝나자 땀 냄새가 신경 쓰이기 시작한 탓에 오늘 밤에는 이렇게 온천에 몸을 담그러 온 것이었다.

"그런데…… 모처럼 주위에 미소녀들이 잔뜩 있는데 사내자식 혼자서 쓸쓸하게 목욕이라니 왠지 좀 시시하단 말씀이야~. 좀 더 색기가 있어도 좋을 텐데 말이지~. 물론 농담이지만. 큭큭큭……."

글렌은 그렇게 농담을 하며 바위 뒤에서 옷을 벗었다.

……참고로 어제는—.

『난 훔쳐볼 거야! 낙원(에덴)을 향해 가겠어! 설령 이 한목숨을 바쳐서라도!』

그렇게 열변을 토하던 카슈와 태어났을 때의 모습이 된 아리따운 소녀들과의, 온천을 전장으로 삼은 처절한 마도대전이 펼쳐졌고…… 격전 끝에 카슈가 원통한 패배를 맞이했지만…… 그건 또 다른 이야기.

"자, 그럼……."

벗은 옷을 바위 뒤에 숨긴 글렌이 온천에 몸을 담갔다.

"크윽…… 아아…… 짜릿하구만……."

즉시 기분 좋은 열기가 글렌의 몸을 감싸 안았다.

추위로 감각이 둔해진 손가락과 발가락이 저릿한 통증과 함께 되살아났다.

흐름이 원활해진 피가 단단하게 굳은 어깨와 허리를 풀어주는 감각. 매일 유적을 조사하느라 쌓인 피로가 온몸에서 녹아내리는 느낌이었다.

"후우~ 극락일세, 극락이야♪"

고개를 들자 투박한 바위산에 둘러싸인 밤하늘에는 헤아릴 수 없을 정도로 별이 가득했다. 흘러가는 구름에 부끄러운 듯 모습을 감춘 달도 운치가 있어서 좋았다.

여기서 브랜디만 있었다면 아주 최고였을 텐데 말이다.

"흥~♪ 흐흥~♪"

글렌은 한동안 별 하늘을 감상하고 콧노래를 부르며 온천을 즐겼다.

"그런데…… 뭐랄까, 저 녀석들도 참 열심이네……."

이윽고 문득 혼잣말처럼 그렇게 중얼거렸다.

이제 와서 자신이 할 말은 아니겠지만…… 그런 시시한 이유로 학생들을 이런 촌구석까지 끌고 오다니…….

설령 이미 조사가 끝난 F급 유적이라고는 해도 유적 조사 자체는 글렌이 상상했던 것보다 훨씬 고단한 작업이었다. 그런데도 가벼운 마음으로 데려왔으니 학생들에게 미안한 마음이 앞섰다.

하지만 학생들은 다들 불평 한마디 없이 열심히 따라주었다. 이렇게 순조롭게, 예정보다 빨리 조사가 진행되고 있는 건 틀림없이 학생들 덕분이었다.

'나도 역시…… 뭔가 좀 생각해봐야겠지…….'

온천의 열기로 약간 몽롱해진 의식 속에서 글렌이 멍하니 그런 생각을 한 순간—.

"……응?"

온천 근처에 있는 바위 뒤에서 인기척이 느껴졌다.

"……누, 누구야!"

글렌은 자기도 모르게 고함을 질렀다.

"어라? 그 목소리는……?"

그러자 상대가 아무런 망설임도 없이 글렌이 들어가 있는 온천으로 다가왔다.

수증기를 헤치며 모습을 드러낸 그 인물의 정체는—.

"컥?!"

"뭐야, 글렌…… 너도 온 거냐."

세리카였다.

온천 앞에 서 있는 그녀는…… 실오라기 하나 걸치지 않은 알몸이었다.

팔에 걸친 수건과 대량의 수증기가 그녀의 투명할 정도로 매끄러운 흰 살결을 가리긴 했지만…….

누가 봐도 여자다운 굴곡지고 아름다운 사지. 고전 조각상처럼 완벽하게 균형이 잡힌 요염한 몸매는…… 도저히 감출 수 있는 성질의 것이 아니었다.

갑자기 미의 여신이 모습을 드러내자 글렌은 무심코 군침을 삼켰다. 본인의 의지를 무시하고 심장이 크게 뛰었다.

"……온도는 어때? 글렌. 딱 좋지?"

"이, 이, 이 바보야! 사람이 있는지 없는지 확인 정도는 하고 옷을 벗어!"

글렌은 세리카에게서 도망치듯 온천 한가운데로 첨벙첨벙 몸을 옮기고 등을 돌렸다.

"자, 얼른 저쪽으로 가! 아, 아니면 내가 그만 나갈까? 아, 이건 내 잘못 아니다?! 어설트 스펠을 날리는 건 참아!"

그리고 예상치도 못한 일이라 놀라서 보기 드물 정도로 허둥지둥 댔다.

"……응? 웬 호들갑은…… 딱히 이대로도 상관없다만? 난 전혀 신경 안 쓰여."

세리카는 대체 무슨 생각인지 살포시 웃으며 몸을 굽히더니 유려한 각선미를 뽐내는 다리를 온천에 집어넣고…… 그대로 몸을 물속에 담갔다.

"어?!"

기척으로 눈치챈 글렌은 어안이 벙벙해서 그대로 굳었다.

"후훗……."

그리고 세리카는 소악마처럼 웃더니 당치않게도 곧장 글렌 곁으로 다가왔다.

"영차."

"너어……?!"

등을 돌린 글렌의 등에 자신의 등을 기댔다.

맞닿은 피부와 피부. 최상급 비단 같은 감촉이 등을 통해서 뇌로 전달되었다.

"아~ 편하다, 편해……."

세리카는 글렌에게 완전히 체중을 맡긴 채 온몸에서 힘을 풀었다. 하지만 글렌은 몹시 당황했다.

"너, 너, 대체, 무슨 짓을……."

"뭐가 어때서 그래? 너랑 나 사이에……."

한편으로 세리카는 어디까지나 표표한 태도를 고수했다.

"애초에 옛날에는 자주 이렇게 같이 목욕도 했으면서. ……서로의 알몸 같은 건 이미 질릴 정도로 봤잖아?"

"대, 대체 언제 적 이야기를 꺼내는 거야?! 그건 내가 진짜 애였을 때…….”

“……가끔은 이러는 게 뭐가 어때서…….”

“……응?”

여느 때와 다름없는 사람을 깔보는 듯한 목소리…… 그 한켠에서 조금이지만 평소와 다른 부분을 느낀 글렌은 입을 다물었다.

“……그 시절처럼…… 이렇게 같이 목욕하는 것도…… 나쁘지 않군…….”

황홀한 속삭임이 글렌의 귀를 간질였다.

“…….”

확실히 본인이 신경 쓰지 않는다는데 자신이 호들갑을 떠는 것도 바보 같았다.

마음이 조금씩 차분해졌다.

가끔은 이렇게 과거를 그리워하는 것도 나쁘지 않은…… 그런 기분이 들었다.

“……참 나…… 너란 녀석은 진짜…….”

“후훗…….”

글렌이 토라진 듯 투덜대자 세리카가 부드럽게 웃었다.

두 사람은 그대로 등을 맞댄 채 온천을 즐기기 시작했다.

물의 뜨거움 이상으로 서로의 등을 통해 느껴지는 열기. 숨결. 심장 소리.

대화는 필요 없었다. 평온하고 다정한 시간이 부드럽게 흘러갔다.

……그대로 얼마나 시간이 흘렀을까.

"그건 그렇고…… 많이 컸구나. 글렌……."

갑자기 세리카가 그런 말을 꺼냈다.

"뭐어?"

"이러고 있으니…… 네 등이 굉장히 넓게 느껴져. 옛날에는 그렇게 작았는데……."

"네가 날 거두고 나서 얼마나 시간이 지났다고 생각하는 거야?"

글렌의 얼굴이 약간 붉은 건 결코 물의 온도 때문만은 아니었다.

"벌써 십 년쯤 지났나? 그야 나도 쓸데없이 쑥쑥 자랄 만도 해."

"그렇군……. 벌써 그렇게 됐나……. 세월이 가는 건, 참 빨라……."

글렌은 이런 분위기가 엄청 어색했다.

'참 나…… 그러고 보면 우리는 참 묘한 관계이긴 해…….'

십 년쯤 전, 세리카가 어떤 사건을 계기로 의지할 곳이 없는 몸이 된 글렌을 변덕으로 거둬들였다.

그것이 두 사람의 첫 만남이었다.

그 후, 두 사람은 이런 식으로 줄곧 함께 있었다.

글렌에게 세리카는 어머니 같으면서도 누나 같기도 하고

친구 같기도 한…… 아직 뭐라고 확실히 정의를 내릴 수 없는 존재였다.

굳이 말로써 두 사람의 관계를 정의하자면…… 분명…….

"그, 그런데 너…… 상처는 괜찮아?"

"으응~?"

"그게…… 너, 요전에, 또, 그 지하 미궁에서 무모한 짓을 했잖아? 아까 힐끔 보였어. 팔이나 다리에 아직 상처가 조금 남아 있던데……."

"……변태."

"풉?!"

화제를 바꾸려다가 완전히 지뢰를 밟았다.

"우와~ 고작 그 한순간에 내 온몸을 완전히 체크했을 줄이야~. 우와~ 나, 왠지 너랑 한 지붕 아래에서 사는 거에 위기감을 느껴~. 만약 날 덮치기라도 하면 어쩌지~? 그땐 확실히 책임지는 거다~?"

"너, 너 인마! 사람 놀리는 것도 적당히 좀 해!"

세리카는 잠시 숨을 죽이고 쿡쿡 웃었다.

"……뭐, 괜찮아. 치유 한계도 끝났으니…… 힐러 스펠로 계속 치료하면 조만간 상처 하나 없이 깨끗하게 나을 거다. 걱정하지 마."

"따, 딱히 걱정한 건…… 참 나…… 그딴 변변찮은 유적에 집착하니까 그런 성가신 꼴을 당하는 거라고."

글렌은 못 말리겠다는 듯이 한숨을 내쉬었다.

"야…… 그러고 보니 너…… 꽤 오래전부터 그 지하 미궁에 집착하더라?"

지하 미궁. 알자노 제국 마술학원 지하에 있는 수수께끼의 고대 유적. 탐색 위험도는 S++. 제국에 수없이 많은 유적 중에서도 최고 등급의 난이도였다.

실은 지하 1층부터 9층까지는 위험하지 않았다. 학교에서도 마도 탐색술 수업에 쓸 정도니까.

하지만 지하 10층부터는 폭발적으로 난이도가 급등했다.

현재 지하 미궁 10층부터의 탐색을 허가받은 건 넓은 제국 전역을 통틀어도 세리카 단 한 사람뿐…… 그 정도로 위험한 영역인 것이다.

"일을 좀 골라가면서 해. 네 능력과 재능이라면 적당히 연구실을 개설하고, 적당히 학생을 모아서, 대충 아무거나 적당히 연구해도 충분하잖아?"

"……그래. 네 말이 맞아."

"그런데 넌 그 더러운 미궁에 계속 도전하고 있어. 죽을 뻔한 것도 한두 번이 아니야. ……바로 요전 탐색도…… 꽤 위험했고."

"……."

평소보다 훨씬 진지한 글렌의 목소리에 세리카는 입을 다물었다.

"세리카…… 나, 생각해봤는데…… 그 미궁은 위험해."

글렌은 세리카에게 간절하게 말했다.

"네 능력이 부족한 게 아니야. 그곳은 인간이 발을 들여놓는 걸 허락하지 않는 영역일 거야……. 그러니까……."

글렌도 그렇지만 세리카도 이런 성격이다 보니 평소에 속을 터놓고 대화를 나눌 기회가 거의 없었다.

그래서 마침 좋은 기회라고 생각했다.

"이제 그만하자. 그 지하 미궁에 얽매이는 건."

그래서 지금까지 줄곧 하고 싶었던 말을, 해야만 했던 말을 했다.

"그, 그야 셉텐데의 자존심이라든가, 물러설 수 없는 이유라든가, 뭐 이것저것 있겠지만……. 목숨이 먼저잖아?"

하지만—.

"만에 하나라도…… 너한테 무슨 일이 생기면…… 난……."

"……."

세리카는 말이 없었다.

그만둘 수 없다는……그런 침묵의 의사표시였다.

"……저기…… 하다못해…… 이유라도 말해주면 안 돼?"

글렌은 약간 실망하면서 질문을 바꾸었다.

하지만 그것조차—.

"……."

"……대답도 없는 거냐."

"……미안."

세리카는 진심으로 미안한 듯 기어들어 가는 목소리로 중얼거렸다.

정신을 차리고 보니 늘 자신감으로 가득했던 여자의 모습은 어디서도 찾아볼 수 없었다.

"정말로…… 미안하다. 글렌……."

후회로 가득한 연약한 여자의 모습만이 있을 뿐.

"저기, 글렌…… 난 말이다. 널 거둬들이기 전까지는…… 정말로 변변찮은 여자였어."

"……세리카?"

"내가 4백 년 전보다 더 예전 기억이 없는 건…… 알지?"

"응. ……네가 자신도 원인을 모르는 이모탈리스트라는 것도……."

"너와 만나기 전의 나는…… 끝이 보이지 않는 영원한 삶과, 기억이 없는 불안감, 고독을 견디지 못해서…… 항상 뭔가에 화가 나 있는…… 뭔가를 부수지 않으면 견딜 수 없는…… 그런 최악의 여자였어. 이런 나에게 손을 내밀어준 인간도 지금 돌이켜 보면 확실히 존재했지만…… 그래도 나는 그걸 전부 뿌리치고 자신의 불행에 취해 있었지. 하하…… 진짜 구원할 도리가 없군."

"……."

"그래도…… 나는 널 거둬들이고 구원받았어. 넌 의지할 곳 없는 너를, 내가 구원해준 줄 알겠지만…… 반대야. 구원받은 건 오히려 나였지……."

왜 지금 그런 이야기를 꺼내는 것일까.

글렌은 전혀 이해할 수 없었지만…… 지금은 잠자코 귀를 기울일 수밖에 없었다.

"그래도 말이다. ……난 너에게 이렇게 많은 걸 받았는데도…… 이미 충분하고도 남을 만큼 받았는데도……."

등을 통해 세리카의 떨림이 느껴졌다.

"더구나 네가 남들의 평가를 받는 게 기뻐서, 아무 생각 없이 마도사가 되라고 등을 떠밀어서…… 널 지옥의 구렁텅이에 떨어트렸는데도……! 난 너에게 원망을 들어도 어쩔 수 없는 인간인데도……! 하지만…… 그래도…… 나는…… 나는…… 너에게—."

……어깨를 부둥켜안고 떠는 세리카의 입에서 그다음 말이 나오는 일은 없었다.

잠시 두 사람 사이를 무거운 침묵이 지배했다.

"……네가 대체 뭘 고민하는지…… 나에게 뭘 바라는 건지…… 전혀 모르겠는데……."

이윽고 글렌은 신중하게 말을 골라서 애써 밝게 말했다.

"하하하, 네가 나한테 빚을 느낄 필요는 없어! 확실히 나도 이런저런 일이 있었지만…… 그런 건 신경 쓰지 마! 나랑 너 사이잖아!"

진심으로—.

있는 힘껏 진심을 담아서—.

"……그야 우린…… 가족이잖아?"

그렇다.

글렌에게 세리카는 어머니 같으면서도 누나 같으면서도 친구 같은…… 아직 뭐라고 확실히 정의를 내릴 수 없는 존재였지만…… 굳이 말로 그녀와의 관계를 표현한다면—.

그건 분명—.

하지만—.

"……가족. ……가족인가……."

오히려 세리카는 감정이 전혀 느껴지지 않는 무기질적인 목소리로 나직하게 되물었다.

"글렌, 넌 정말로…… 나를 가족이라고…… 그렇게 생각해 주는 거냐?"

"……어?"

불시의 기습 같은 세리카의 질문에 글렌은 어안이 벙벙했다.

두 사람 사이에 한층 더 어색한 침묵이 감돌았다.

"……미안. 조금 흥분했나 봐. ……방금 한 말은 잊어줘."

이윽고 세리카는 글렌에게서 등을 떼고 일어섰다.

"세리카……?"

"내일은 마침내 신전의 최심부…… 대 플라네타륨실이었지?"

세리카는 이미 평소의 태도로 돌아와 있었다.

"이번 네 유적 조사도 내일이면 끝나겠지. ……힘내보자."

"아…… 으응……."

세리카는 그 말을 남기고 온천에서 나와 다른 곳으로 떠났다.

남겨진 글렌은 조금 전에 세리카가 한 말의 의미를 약간 흐리멍덩한 머리로 생각해봤다.

하지만 그녀의 속내를 전혀 짐작할 수 없었다.

"저 녀석…… 대체 어떻게 된 거야? 학교의 지하 미궁과…… 이번 유적 탐색…… 그리고 나, ……대체 그 사이에 뭐가 있다는 거지……?

모르겠다. 고민하면 할수록 더더욱.

그 세 가지를 연결하는 게 정말로 있기나 할까?

글렌의 사고가 완전히 막다른 곳에 몰렸다.

"아, 진짜! 저 녀석은 대체 무슨 생각을……."

답답한 나머지 머리를 벅벅 헤집은…… 순간—.

바위 너머에서 다수의 인기척이 다가왔다.

"……엥?"

글렌은 갑작스러운 사태에 완전히 굳어 버렸다.

"시스티, 얼른~ 얼른~."

"얘도 참…… 재촉하지 마~."

바위 틈새로 힐끔 보인 루미아의 상체는…… 거의 다 수건으로 가리고 있었지만…… 틀림없이, 명백히…… 알몸이었다.

"내일이면 유적 조사도 끝…… 그럼 이 온천에 들어가는 것도 오늘로 끝이잖아! 실컷 즐겨야지!"

루미아와 시스티나뿐만이 아니었다.

"이 온천은 정말로 온도가 딱 좋으니까요……. 몇 번이나 들어가고 싶을 만도 해요. 미용에도 좋을 것 같구요."

"예, 이 온천을 찾아주신 교수님께는 아무리 감사해도 모자라겠어요……."

웬디와 테레사의 목소리도 건너편에서 들렸다.

그렇다는 건 당연히…… 리엘과 린도 있으리라.

한밤중에 온천욕을 즐기러 온 여학생들의 기척이 점점 가까이 다가왔다.

'뜨아아아아아아?! 저 녀석들, 아까 목욕하고 텐트에서 자던 거 아니었어?! 그러면서 또?! 그게 말이나 돼?!'

바위 뒤에서 나온 소녀들이 온천 주변에 알몸을 드러낸 것은 거의 동시였다.

'크, 큰일 났다! 반사적으로 숨어 버렸어!'

글렌은 무심코 취한 최악의 대응에 머리를 감싸 안고 싶어졌다.

'뭐 하는 거야, 나! 바로 목소리를 내서 내가 있다는 걸 알리면 됐는데! 이래서야 마치 훔쳐보려고 숨은 것 같잖아!'

그러는 사이에 젊음의 특권인 윤기 있고 탄력 있는 피부를 아낌없이 드러낸 소녀들이, 차례대로 온천에 다가와서 탱탱한 육체를 뜨거운 물에 담갔다.

"으응~ 역시 여기 온천은 최고야……."

"응…… 몸이 따뜻해……."

"응…… 기분 좋아……."

시스티나는 온천 안에서 몸을 쭉 뻗었고, 루미아는 어깨까지 몸을 푹 담갔고, 리엘은 눈을 가늘게 뜨고 발을 버둥거리며 나름대로 온천을 즐겼다.

"린, 당신. 역시 안경을 벗으면 굉장히 미인이네요."

"어……? 그, 그럴……까? 나, 나 같은 건……."

"후후, 린은 좀 더 자신감을 가져도 좋지 않을까요?"

웬디와 린과 테레사도 제각기 온천을 즐겼다.

어느새 글렌은 여섯 명의 미소녀에게 완전히 둘러싸인 상태였다.

언뜻 보기엔 부럽고도 발칙한 낙원처럼 보이겠지만…… 사실 글렌이 있는 곳은 지옥(게헨나) 한복판이나 다름없었다.

'우오오오오오오오오오?! 요 녀석들, 대체 언제까지 있을 셈이야! 애들이 나가기 전까지 내가 견딜 수 있을까?!'

견딜 수 있을 리가 없다. 죽는 게 당연했다.

'젠장! 수중 영창으로 【워터 브리딩】을…… 아니야! 지금 수중 영창을 했다간 들켜! 거품이 제법 많이 나오니까!'

소녀들은 그런 글렌의 괴로움은 전혀 모른 채 화기애애하게 대화를 즐겼다.

"그런데…… 진짜 괜찮을까요? 또 카슈 씨가 훔쳐보러 오는 건……."

"아, 괜찮아. 웬디. 카슈라면 묶어서 매달아 놨으니까."

"그럼 안심이네요. 하는 김에 불로 구워버렸으면 더 좋았을 텐데♪"

"아하하."

'무, 무셔?! 이 녀석들, 혹시 악마 아냐?!'

"크윽…… 루미아…… 넌 여전히 발육이 좋네……."

"그, 그래? 가슴이라면 아르포네아 교수님이나 테레사가 더……."

"확실히 아르포네아 교수님의 몸매는 완벽했죠. 조형도 마치 고전 조각상처럼 예술적이었고…… 후훗, 왠지 동경심이 들어요."

"테레사…… 너, 무슨 배부른 소릴……! 내가 보기엔 너도 만만치 않거든?!"

"오~호호호! 그건 그렇고 여전히 납작하군요. 시스티나! 이것만큼은 완벽한 제 승리—."

"으그그그?!"

"어, 어라? 그러고 보니 린…… 당신, 몸이 작은 것치고는 의외로……? 혹시…… 저, 저보다 더……? 설마 입으면 말라 보이는 타입?!"

"후훗, 린 양은 루미아 양과…… 비슷할지도요?"

"아, 아…… 그, 그렇게 너무 쳐다보지 마!"

"루미아. 왜 다들 그렇게 가슴이 둥근 거야? 난 평평한데."

"아, 저기, 그건……."

"시스티나도 꽤 평평하지만."

"으, 으이이이이이이이이이이이이이이이이이이이이이이익?!"

부글부글부글…….

'흠흠…… 그랬었군.'

글렌은 물속에서 방금 입수한 정보를 머릿속에서 정리했다.

'즉…… 우리 유적 조사대 멤버의 전투력은…… 이렇게 되는 셈이군!'

세리카≧테레사>루미아≒린>웬디>시스티나>리엘

'훗, 정답인가……가 아니라! 현실 도피하고 있을 상황이 아니잖아아아아아! 슬슬 본격적으로 호흡이 위험해! 뜨거워! 현기증 나! 죽겠어!'

그리고—.

알몸의 미소녀들이 신이 나서 떠드는 꿈같은 광경 속에서 글렌은 참고 또 참았지만…….

이윽고 호흡이…… 마침내 한계에 도달했다.

"뜨아아아아아아아아아아아아아아아아아아아아아아아아?!"

첨버어어어어어어어엉!

갑자기 성대한 물기둥이 솟구치자 싶더니 글렌이 소녀들 한가운데에서 나타났다.

"허억…… 허억…… 후우…… 공기가 끝내주는군……."

알몸의 소녀들은 마른하늘에 날벼락 같은 사태에 눈을 휘둥그레 뜨고 완전히 굳어 버렸다.

글렌은 그런 소녀들을 힐끔 훑어보더니 조금 전에 망막에 새긴 세리카의 전투력과 비교해봤다.

그 결과—.

"……정답(빙고)."

뭔가를 성취한 사나이의 얼굴은…… 참으로 눈부시고 시원스러웠다든가, 뭐라든가.

"……뭐 가 요?"

빠직빠직.

멈췄던 시간이 다시 움직인 시스티나가 관자놀이에 시퍼런 힘줄을 세웠다.

글렌을 향해서 내민 왼손에 어마어마한 마력이 응축되었고—.

……바위산 어딘가에서 가엾은 남자의 애처로운 비명이 울려 퍼졌다.

제4장 그녀의 집착, 이변

당장에라도 쏟아져 내릴 듯한 별 하늘 아래.

나는 앞쪽으로 무한히 이어지는 《별의 회랑》을 달려가면서 기억을 되새겼다.

고독했던 내가 한순간의 변덕으로 거둬들인 글렌과 함께했던 나날을—.

…….

……질리지도 않고 되풀이되는 싸움에 지치다 못해 마음이 마모된 어느 날.

나는 어떤 사건으로 의지할 곳이 없어진 어린 글렌을 변덕으로 거둬들였다.

별다른 이유는 없었다.

다시 언급하건대 정말로 단순한 변덕이었다.

글렌과 만나게 된 그 사건을 통해 나는 강하다고 믿었던 자신의 약함을 인정하고 고집을 부리는 것을 그만두었다.

그리고 지금 이 순간을 소중히 여기고 누군가와 함께 걸어가는 길을…… 선택했다.

그런 결심이 나에게 가져다준 것은…… 지금까지의 고뇌

와 외로움이 마치 거짓말이었던 것처럼 눈부시고, 따스하고, 평온한 나날이었다.

"있잖아, 세리카! 오늘은 어떤 실험을 할 거야?"

"흠…… 좋아. 연금술을 해볼까? 같이 적마정석을 만들어 보자."

"우와~! 재밌겠다!"

글렌과 함께한 나날은 죽음에 한 발짝 걸쳐있던 내 마음을 빠르게 되살려주었다.

이런 행복한 시간은 이 세상에 눈을 뜬 후로 처음이었다.

인간은 혼자서 살아갈 수 없다. ……누구나 알고 있는 당연한 상식.

그런 단순한 상식을…… 나는 거의 4백 년을 들인 끝에야 비로소 처음으로 배운 것이다.

하지만…… 그때부터였다.

나에게 어떤『병』이 생긴 것은—.

"호오……? 이 휑뎅그렁한 방이『타움의 천문 신전』이 자랑하는 대 플라네타륨실이라는 건가……."

유적 조사를 시작한 지 6일째 되는 날. 아마 마지막 날이 될 이 날, 일동은 마침내 유적의 최심부 — 대 플라네타륨실 — 에 도착했다.

깨끗하게 닦인 반구형 공간의 중심에는 정체를 알 수 없는 거대한 마도 장치가 놓여 있었고, 그 옆에는 검은 석판 같은 모노리스가 서 있었다.

마도 장치는 언뜻 보기에 거대한 천칭 같았다. 통나무처럼 둥근 본체에는 톱니바퀴와 정체 모를 기계 부품이 복잡하게 뒤섞여 있었고, 꼭대기에 달린 대각선으로 기운 막대 양 끝에는 정이십면체로 깎은 거대한 수정체가 매달려 있었다.

이 마도 장치의 정체가 바로 플라네타륨 장치였다. 이것도 에인션트가 낳은 일종의 아티팩트였고 빛의 마술로 이 반구형 공간에 별 하늘을 투사하는 기능을 가졌다.

그 밖의 기능은 완전히 베일에 싸여 있었다.

아무튼 이런 아티팩트에는 반드시 따라오는 에테리오 코팅이 이 플라네타륨 장치에도 완벽히 적용된 탓에, 분해해서 조사하기는커녕 외부로 반출하는 것도 불가능했다.

과연 이 장치가 정말로 의미하는 바는 무엇이며 어떤 목적으로 만들어진 것인지도 지금까지 밝혀지지 않은 수수께끼의 마도 장치였다.

"난 본 적 없다만…… 이곳의 플라네타륨은 굉장하다더군. 글렌."

"아, 응……. 그래……?"

세리카의 태도는 평소와 똑같았다. 어젯밤에 온천에서 보인 우울한 기색이 마치 거짓말이었던 것처럼. 글렌은 애써 언급하지 않으려고, 잊으려 했다(아니, 어젯밤에 있었던 일은 오히려 전부 잊고 싶었다).

그 순간—.

"저기…… 선생님? 모처럼 『타움의 천문 신전』까지 왔으니 이 플라네타륨 장치로 별 하늘을 감상해보면 안 될까요?"

대 플라네타륨실에 발을 들여놓자마자 시스티나가 그런 말을 꺼냈다.

"뭐어~? 별 하느을~? 귀찮은데……."

한순간 어젯밤 일을 떠올린 글렌이 자기도 모르게 긴장했지만 시스티나는 전혀 개의치 않고 진지하게 부탁했다.

"부탁드려요, 선생님. 전 무슨 일이 있어도 이 플라네타륨을 보고 싶었어요."

"음~ 어쩔까……."

"뭐, 어때. 이곳의 얼마 없는 명물이라던대."

그러자 세리카가 시스티나를 도와주었다.

"그래도 말이지…… 난 이런 쓸모없는 플라네타륨 장치를 가지고 노는 것보다 지금까지의 조사 결과로 논문을 구상하고 싶다만……."

"그런 건 내가 나중에 도와줄 테니까. 자."

"뭐, 네가 그렇게까지 말한다면야……."

글렌은 마지못해 논문에 적힌 조작 순서와 술식을 따라서 마도 장치의 기능을 제어하는 모노리스 표면에 손가락으로 령주(令呪)[커맨드]를 적었다.

"으음…… 분명 이렇게 하는 거던가……? 젠장, 고대어 문법은 역시 짜증 나……."

고대인이 자랑하는 마법— 에인션트.

근대인에게는 근본적인 원리를 분석하고 이해할 수 없는 신비. 그 어떤 마술적인 조사를 통해서도 모던으로는 에인션트의 마술식을 읽어낼 수 없었다.

하지만 원리는 몰라도 기능과 조작 방법만은 모던으로도 판명해냈다.

"……이걸로 됐나……."

일동이 마른침을 삼키면서 지켜보는 가운데 글렌은 모노리스 표면에 떠오른 빛나는 글자 하나를 두드렸다.

그러자 플라네타륨 장치가 낮은 구동음을 울리면서 기동했다.

실내가 갑자기 심연의 어둠에 감싸였다.

다음 순간— 세계가 변화했다.

"……?!"

성운이, 유성이, 행성이 압도적인 현장감과 박력을 드러내며 일행의 머리 위에 현현했다.

떨리는 영혼을 사로잡는 수많은 별. 아름다운 환상 우주 공간.

어둠 위로 알갱이가 큰 은가루를 대량으로 뿌린 듯한 광경에 누구나가 할 말을 잃었다.

지금 자신들이 실내에 있다는 사실을 도저히 믿을 수 없었다.

빛의 마술을 응용한 별 하늘의 투사? ……아니다.

그 순간, 글렌 일행은 틀림없이 광대한 소우주 안에 있었다.

"고……고대인이라는 건 초 고도의 마법 문명을 구축한 주제에 가끔 이런 쓸데없는 짓을 엄청 거창하게 저지르는군. 어째서지……?"

멍하니 별 하늘을 올려다보는 글렌의 독설도 그 정도로 그쳤다.

"글쎄? 문화와 의식 차이일지…… 무슨 종교 의식적인 연출일지…… 혹은 단순한 오락…… 이라는 게 통설이라는 모양이다만……."

입을 떡 벌리고 넋을 잃은 글렌 대신 세리카가 그렇게 대답하며 모노리스를 조작했다.

장치가 정지하자마자 대 플라네타륨실은 원래의 모습을 되찾았다.

"자, 그럼 조사를 시작하자. 얘들아. 뭐, 플라네타륨이라면 나중에 얼마든지 볼 수 있을 거다."

왠지 아쉬워하는 글렌과 학생들을 세리카가 재촉하면서 조사를 개시했다.

그리고 또 평소와 다름없이 바닥의 문양과 비문을 베껴 그리거나, 해석하거나, 마술로 숨겨진 방과 마력 흔적을 찾는 단조로운 작업이 시작되었다.

하지만 이 단조로운 작업도 오늘로 끝……. 그렇게 생각했기 때문인지 넓은 방 여기저기로 흩어진 학생들의 움직임도 조금이나마 의욕적으로 변했다.

'……뭐, 어차피 이 방에서도 아무것도 안 나오겠지만…….'

글렌이 쓴웃음을 지으면서 바닥의 문양을 손으로 만지작거린…… 순간―.

"아르포네아 교수님!"

시스티나가 세리카 곁으로 달려갔다.

"응? 무슨 일이지? 시스티나. 나에게 무슨 용건이라도?"

"그게…… 부탁드리고 싶은 게 있어요."

시스티나는 왠지 절박한 표정으로 애원했다.

"부디…… 저 플라네타륨 장치를…… 교수님께서 한 번 더 조사해주세요"!

…….

―시스티나는 기억을 떠올렸다.

조부, 렌돌프 피벨이 생전에 했던 말을―.

"나의 귀여운 시스티나…… 잘 들으려무나. 『타움의 천문신전』에는…… 그 플라네타륨 장치에는 뭔가가 있단다. 멜갈리우스의 천공성에 다다르기 위한 뭔가가……."

"그, 그건…… 대체 무슨 근거에서요? 할아버님!"

"모르겠다……."

병상에 누운 조부는 힘없이 고개를 가로저을 뿐이었지만—.

"허나 오랫동안 마도 고고학에 심취해서…… 멜갈리우스의 천공성을 계속 쫓아온 내 감이 그렇게 말하고 있구나……."

자신감으로 가득한 흔들림 없는 눈동자는 그 사실을 영혼으로 확신하는 듯했다.

"……아쉽구나……. 이런 늙고 병든 몸만 아니었다면…… 지금 당장에라도『타움의 천문 신전』에 가서…… 그 플라네타륨 장치의 비밀을 해명했을 텐데."

"할아버님……."

…….

—시스티나는 기억을 떠올렸다.

『고찰 : 타움의 천문 신전의 시공간 전이 마술에 관해서』.

그것은 생전에 조부가 집필한 마지막 논문이자, 유작이었다.

그 논문의 학술 가치는 누구나가 인정했지만…… 한 걸음이 부족했다.

그렇다. 시스티나도, 조부도, 이 논문을 읽은 모두가 느꼈을 사실.

앞으로 한 걸음, 결정적인 한 걸음이 부족했던 것이다.

"부탁드려요. 아르포네아 교수님! 제발……."

그래서 시스티나는 절박한 표정으로 세리카에게 고개를

숙였다.

“야…… 잠깐만, 하얀 고양이. ……이건 정말로 평범한 플라네타륨 장치거든?”

시스티나의 범상치 않은 기색에 글렌도 쩔쩔맸다.

“딱히 우리만 그런 게 아니라 고명한 마술사들이 몇 명이나 여기에 와서 실컷 조사해봤지만, 결국 플라네타륨 장치라는 것 외에는 아무것도…….”

“아니…… 알았다. 그렇게 해보마.”

어찌 된 영문인지 의욕을 보인 세리카가 귀찮아하는 얼굴의 글렌을 밀치고 플라네타륨 장치 앞에 섰다.

“오, 괜찮겠어? 뭐, 네가 그렇게 하겠다면 맡길게. 혹시 너라면 뭔가 발견할지도 모르니까 말이지!”

세리카는 글렌의 약간 기대감이 깃든 목소리에 고개를 끄덕이더니 흑마 【펑션 애널라이즈】— 마술 기능을 분석하고 해석하는 주문을 영창하며 모노리스에 손을 댔다.

시스티나는 마른침을 삼키며 세리카의 조사를 지켜보았다.

‘만약…… 이걸로 뭔가를 찾을 수 있다면…… 돌아가신 할아버님의 연구는 전부 재평가될 거야……. 선견지명을 지닌 위대한 마술사로서……!’

시스티나의 조부, 렌돌프 피벨은 틀림없이 위대하고 천재적인 마술사였다. 그녀가 평생을 바쳐도, 아무리 애써도 닿지 않는 높은 영역에 있는 존재였다.

하지만 그런 탁월한 능력과는 반대로 말년의 렌돌프에 대한 평가는 마술 학회에서 그다지 높지 않았다. 역시 마지막까지 결정적인 증거를 찾지 못한 부분이 컸다.

시스티나는…… 그걸 견디지 못했다.

위대한 조부가 과소평가 받는 것이 참을 수 없었던 것이다.

'아르포네아 교수님이라면…… 대륙 최고의 셉텐데라면…… 혹시…….'

플라네타륨 장치 외의 기능을 찾을 수 있지 않을까?

예를 들면…… 조부가 존재를 예견했던 시공간 전이에 관한 마술.

그리고 조부가 확신했던 멜갈리우스의 천공성에 관한 뭔가를 찾을 수 있지 않을까?

그런 희미한 기대감을 품고 기도하는 심정으로 해석 마술을 쓰는 세리카의 등을 지켜보았지만—.

…….

……약 한 시간 정도가 지나고…… 글렌이 하품을 삼키고 있자—.

"……틀렸어."

갑자기 세리카가 숨을 내뱉으며 마술을 해제하더니 미안한 얼굴로 시스티나를 돌아보았다.

"나도 될 수 있는 한 꼼꼼하게 이 장치를 구석구석까지 조사해봤다만…… 플라네타륨 장치로서의 기능 말고는 못

찾겠어."

"그, 그런……가요……."

"……그래. 유감이다만……."

시스티나가 어깨를 늘어트리자 어째선지 세리카도 약간 표정을 흐리며 한숨을 내뱉었다.

"역시 너도 무리였나~. 너라면 혹시~ 하고 조금은 기대했는데 말이지. 아, 일단 방금 한 마술 해석 데이터 좀 받을 수 없을까?"

"그래. 이 보석에 기록해 놨다. 나중에 꺼내서 보든지."

"땡큐. 고맙다."

세리카가 던진 마정석을 글렌이 받는 한편, 시스티나의 마음은 무겁게 가라앉아 있었다.

'……그럴 수가……. 아르포네아 교수님도 무리였다니……그렇다는 건…….'

이 세계에서, 이 플라네타륨에서 뭔가 비밀을 찾을 수 있는 자는 존재하지 않는다.

아니…… 처음부터 이 장치에는 아무것도 없었던 것이다.

조부의 감이 틀렸다는 뜻이다.

아니야, 틀림없이 뭔가가 있을 거야. 할아버님의 말씀에는 틀린 점이 없었어. 내가 장래에 성장해서 이 수수께끼를 밝히고 말 거야……라며 투지를 드러내고 싶었지만—.

셉텐데 세리카 아르포네아조차 무리였던 것이다.

그 사실은 시스티나를 절망시키기에 충분했다.

"그리고……."

이때, 시스티나는 분했다.

자신이 세리카보다 무엇 하나 우월한 부분이 없다는 사실이—.

조부가 옳다는 것을 증명하기 위해 세리카의 힘을 빌려야만 하는 것도 그렇지만…… 무엇보다도 조금 전까지 글렌이 한 언동을 돌이켜보면…….

글렌은 세리카의 말대로 플라네타륨 장치를 기동했다. 세리카가 조사하겠다는 말을 꺼내자마자 기대감을 품기 시작했다. 그리고 세리카가 낸 결론은 즉시 전부 긍정했다.

다시 말해…… 글렌은 이 유적 조사에서 자신보다 세리카를 압도적으로 신뢰한다는 뜻이다.

이건 결코 이번 한 번만이 아니었다.

"……응? 잠깐, 세리카. 이 바닥의 문양 좀 봐봐. 어떻게 생각해?"

"흐음~? ……몇 년 전에 칸타레에서 탐색한 『누자드 유적』에서 본 것과 비슷하군……. 그렇다면 그 해석을 적용할 수 있을 텐데……."

글렌은 유적 조사가 시작되자 이러니저러니 해도 늘 세리카와 붙어 다녔다.

유적에 관한 고찰도, 고대 문명에 관한 조예도, 고대의 마도 기술에 관한 지식 상담도, 앞으로의 조사 방침에 관해서도 늘 세리카만 의지했다.

세리카 또한 당연하다는 듯이 대응했다.

시스티나는 그 점이 불만이었다. ……요컨대 토라졌다는 뜻이다.

'마도 고고학의 전문가로서 초빙된 건…… 나였는데…….'

그런 시스티나의 속마음을 눈치챘는지 루미아가 위로하는 것처럼 말했다.

"아무래도 시스티랑 교수님은 연륜에서 차이가 너무 나는 걸……. 교수님 말씀대로라면 위험도 A급이나 S급을 단독 돌파한 것도 한두 번이 아니신 것 같구……. 이유는 모르겠지만, 교수님은 마도 고고학에도 굉장히 해박하셔……. 마치 전문가처럼."

그랬다. 본인이 대놓고 과시한 적은 없지만…… 실제로 이야기를 나누면 금방 알 수 있었다.

세리카의 고대 문명에 관한 조예는 시스티나를 아득히 능가했다. 마도 고고학에 관한 논문은 단 한 편도 쓴 적이 없는데도…….

시스티나는 세리카와 마도 고고학에 관해 의견을 나눌 때마다 자신이 모르는 지식과 깊은 식견에 쩔쩔맬 수밖에 없었다. 이 분야에는 자신이 있었던 만큼 당시에 받은 충격은 헤아릴 수조차 없었다.

"게다가 교수님은 선생님의 스승이자 어머니나 다를 바 없으신 분인걸. 교수님이 있으면, 선생님이 시스티보다 교수님을 의지하는 건 어쩔 수 없어……."

"그치만…… 으으~."

시스티나는 바닥에 몸을 굽혀서 문양을 조사하는 글렌 옆에 우아한 동작으로 다가서는 세리카의 모습을 보았다.

원래 저기는 자신이 서 있어야 할 곳이었는데…….

머리로는 알아도 왠지 분했다. 뭐가 그렇게 분한지는 잘 모르겠지만, 아무튼 분했다. 부러웠다.

"왠지…… 침울해……."

시스티나가 그렇게 중얼거린 순간—.

"……앗!"

머릿속에 섬광처럼 하늘의 계시가 내려왔다.

확실히 자신은 모든 면에서 세리카를 당해낼 수 없었다.

하지만…… 어쩌면 세리카에게 한 방 먹일 수 있을지도 모르는 기발한 방법이 있었다.

"……시스티?"

고개를 살짝 갸웃하는 루미아 앞에서 시스티나는 갑자기 주위의 상황을 주의 깊게 살피기 시작했다.

각자 조사에 전념하느라 자신들에게 주의를 기울이는 사람이 아무도 없는 것을 확인하고, 작은 목소리로 루미아에게 귓속말을 건넸다.

"얘, 루미아. 부탁할 게 좀 있는데……."

"그런데 지~인짜 아무것도 없는 곳이구만……."

글렌은 지금까지 조사한 결과를 간결하게 정리한 수첩을 넘기면서 투덜거렸다.

"뭐, 그래도…… 성취감은 있군."

세리카는 글렌의 수첩을 들여다보며 그렇게 말했다.

"이만큼 조사했으면 학교 관계자들도 『이 유적에는 진짜 아무것도 없다』고 납득해주겠지……. 너, 제자들에게 고마워해라?"

"예~ 예~, 알고 있습니다요."

글렌은 거북한 듯 대답했다.

"……하긴, 아무것도 없겠지……. 그래……. 그건 알고 있었어……."

그러자 세리카가 조용히 그런 말을 중얼거렸다.

그녀의 옆얼굴은 어딘지 모르게 절박한…… 짙은 우울한 색으로 물들어 있었다.

"……세리카? 너 아까부터 대체 왜 그래?"

묘하게 신경이 쓰인 글렌이 물어본…… 순간—.

"아……."

정말로 갑작스러운 일이었다.

킹, 킹, 킹—.

주위에 갑자기 마력 반향음이 울려 퍼지더니…… 한순간 바닥의 문양을 파란빛이 스쳐 지나갔다.

"어?!"

글렌은 황급히 고개를 돌렸다.

플라네타륨 장치가 구동하는 것이 아닌가.

'뭐……뭐야. 저 움직임은…….'

논문에서도, 조금 전에 실제로 조작했을 때도 보지 못했던 신비한 움직임.

글렌과 학생들이 대체 무슨 일이 일어난 건지 몰라서 어리둥절해 하는 한편, 플라네타륨 장치가 조금 전처럼 실내에 별 하늘을 투사했고 그 별 하늘이 서서히 가속하며 회전했다. 이윽고 엄청난 속도로 회전한 모든 별이 수많은 은색 동심원을 그렸고…….

마침내 플라네타륨 장치가 천천히 움직임을 멈추고 별 하늘이 사라진 순간—.

"앗?!"

대 플라네타륨실의 북쪽 공간에 파란빛이 삼차원적으로 투사된 『문』이 출현했다.

저건 명백히 다른 공간과 연결된 워프 게이트의 일종이었다.

허공에 출현한 『문』은 심연의 어둠으로 물들어 있었기에 저 건너편이 대체 어디로 이어져 있는지는 아무도 알 수 없었다.

"세……세상에…… 정말로……?"

플라네타륨 장치의 제어용 모노리스 옆에는 시스티나와 루미아가 멍한 얼굴로 서 있었다.

이 상황으로 미루어보건대, 그녀들이 플라네타륨 장치에 어떤 조작을 한 덕분에 저 수수께끼의『문』이 출현한 건 누가 봐도 명백했다.

글렌과 여기저기에 흩어져 있는 학생들은 수수께끼의『문』을 한동안 멍하니 바라보았다.

"우오오오오오오오오오오오?! 굉장해애애애애애애애애!"

하지만 카슈의 환호성을 시작으로 다들 일제히 시스티나에게 달려갔다.

"어떻게 한 거야?! 야, 시스티나! 진짜 어떻게 한 거냐고!"

"저기, 이건 굉장한 발견 아냐? 이런 기능이 있었다니 전대미문이라고!"

"이이이이익~! 또 시스티나에게 공을 세울 기회를 뺏기다니~!"

"옳거니……. 특수한 조작 순서를 따르면 숨겨진 기능이 작동한다는 건가. ……그래서? 시스티나, 넌 대체 어떤 조작을 한 거지?

카슈와 세실과 웬디와 기블이 야단법석을 떨었다.

'……마, 말도 안 돼…….'

한편, 글렌은 전율을 느끼며 굳어 버렸다.

학생들은 원래 장치에 숨겨진 기능을 시스티나가 이리저리 조작하다가 우연히 발견한 거라고 착각하는 모양이지만…… 아니다. 저건 결코 우연이 아니었다.

셉텐데인 세리카가 마술적인 조사를 통해『플라네타륨 외의 기능은 없다』고 결론을 내렸는데 고작해야 듀오데에 불과한 시스티나가 그녀가 놓친 새로운 기능을 찾아낼 수 있을 리 없었다.

저런 수수께끼의『문』을 여는 기능이 존재할 리가 없는 것이다.

글렌은 세리카에게 받은 보석을 이마에 대고 주문을 영창했다.

보석 안에 기록된 플라네타륨 장치의 해석 데이터가 머릿속에 소나기처럼 흘러들어왔다.

글렌은 그것들을 재빨리 속독했다.

'역시…… 불가능해! 저 장치에 저런 비밀이 감춰져 있을 기능적인 여지는 어디에도 없어! 의사 용량(파라 캐퍼시티) 오버야! 그나마 가능성이 있다면…….'

보석을 이마에서 뗀 글렌이 세리카를 돌아보았다.

"이, 이봐…… 세리카…… 저거, 어떻게 생각해? 역시……."

그러자―.

"……세리카……?"

대체 무슨 일이 있었던 것일까.

세리카는 손으로 머리를 누르면서 바닥에 한쪽 무릎을 꿇고 숨을 헐떡였다.

"이, 이럴, 수가…… 어째, 서……?"

그녀는 얼굴이 새파랗게 질리고 온몸이 식은땀으로 흠뻑 젖은 채, 갑자기 출현한 빛의 문을 눈에 핏줄이 설 정도로 노려보고 있었다.

"……벼……별의…… 회, 랑……? 맞아……. 《**별의 회랑**》이야!"

세리카의 상태는 심상치 않았다. 뭔가 영문을 알 수 없는 말을 중얼거리고 있었다.

"자, 잠깐…… 그게 무슨 뜻이야? 별의…… 뭐?"

"……그럴, 리는…… 이제 와서……? 하지만 난…… 분명히……!"

헛소리처럼 계속 이상한 말을 중얼거리던 세리카가 무릎을 펴고 일어섰다.

"……그래, 맞아……. 나는……."

마치 불 속으로 뛰어드는 날벌레처럼 비틀거리는 걸음걸이로 『문』을 향해 걸어갔고…….

갑자기 누군가가 등을 걷어차기라도 한 것처럼 맹렬한 기세로 달렸다.

허공에 열린 정체불명의 『문』을 향해서…….

"아르포네아 교수님?!"

"세리카?!"

어안이 벙벙한 일행이 보는 앞에서 세리카가 갑자기 『문』 안으로 뛰어들더니 그대로 모습을 감췄다.

"뭐야 이게?! 세리카! 너, 대체 무슨 짓이야!"

그 누구도 예상하지 못한 사태였다. 설마 백전연마의 유적 탐색 전문가인 세리카가 이런 아마추어만도 못한 사고를 저지르다니…… 직접 봤는데도 도저히 믿을 수가 없었다.

"야, 세리카! 그 건너편이 어디랑 연결되어 있는지는 아직 아무것도 모른다고! 아무리 너라도 너무 무모하잖아! 가지 마! 돌아……."

글렌이 황급히 그녀의 뒤를 쫓으려 했지만…… 시간제한이라도 있었던 것일까, 아니면 누군가가 통과하면 닫히는 사양이었던 것일까.

"아……."

다시 기묘한 마력 반향음이 실내에 울려 퍼지더니 세리카를 집어삼킨 『문』은 글렌의 눈앞에서 사라졌다.

"……젠장! 세리카! 세리카아아아아아아아아아아!"

글렌은 몸을 날려서 문이 있었던 곳의 바닥을 주먹으로 치며 그녀의 이름을 외쳤다.

경악.

그 누구도 더는 말을 꺼낼 수 없었다.

……세리카가 수수께끼의『문』너머로 사라졌다.

그런 긴급 사태가 발생하자 글렌은 일단 학생들을 데리고 야영장까지 돌아왔다.

동요하는 학생들을 각자의 텐트 안으로 밀어 넣은 글렌은 사정을 듣기 위해 루미아와 시스티나를 자신의 텐트로 불렀다.

당연히 리엘도 병아리처럼 졸졸 따라왔지만 어차피 그녀도 알아야 할 테니 문제 될 건 없었다.

"……선생님?"

"아마 필요할 거다."

글렌은 텐트 안의 사방에 마정석을 배치해서 음성 차단 결계를 펼쳤다.

이걸로 만에 하나라도 여기서 나눈 대화가 밖으로 흘러나갈 일은 없었다.

"자, 그럼 너희가 저 플라네타륨 장치에 뭘 했는지…… 말해줄 수 있겠어?"

"아, 예……."

시스티나와 루미아의 말을 종합해본 결과—.

"……역시 그랬군."

글렌은 한숨을 내쉬며 그렇게 중얼거렸다.

세리카의 조사 결과에 납득하지 못한 시스티나가 몰래 루미아의 능력 보조를 받은 흑마【펑션 애널라이즈】로 플라네타륨 장치를 분석했다고 한다.

루미아의 능력은 『감응 증폭 능력』.

접촉한 임의의 상대가 소유한 마력을 일시적으로 엄청나게 증폭시켜서 결과적으로는 마술을 강화하는 이능력이었다. 루미아의 능력으로 자신의 마술을 강화해서 뭔가 조금이라도 세리카가 놓친 부분을 발견해보겠다는 가벼운 기분으로 저지른 일이었다고 한다.

하지만 그건 터무니없는 오산이었다.

루미아의 능력을 받은 시스티나는 그 장치의 뒤에 있는 정체 모를 술식이, 지금까지 전혀 보이지 않았던 모든 것이 갑자기 선명하게 보였다는 모양이다.

동요한 시스티나는 무심결에 모노리스를 건드리고 말았다.

그러자 지금까지 없었던 기능이 우연히 발현해서…… 그 『문』이 나타났다.

사건의 경위는 대충 이러했다.

"선생님, 역시라뇨?"

"루미아. 너의 『감응 증폭 능력』은…… 예전부터 뭔가 **다르다**고 느끼고 있었어."

글렌은 내용이 내용인 만큼 무의식적으로 목소리 톤을 낮추고 말했다.

저번 원정 수학여행에서 벌어진 사건.

어떤 외도(外道) 마술사에게 사로잡혔던 루미아는…… 『Project : Revive Life』 의식에 필요한 술식의 일부가 돼서 강제로 능력을 쓴 적이 있었다.

하지만 앞서 언급한 『감응 증폭 능력』이라는 건 본디 접촉한 상태의 마력을 일시적으로 증폭시켜서 결과적으로 마술의 효과를 강화할 뿐인 능력에 불과했다.

따라서 아무리 루미아의 능력을 혹사해봤자 처음부터 이론적으로 달성할 수 없었던 『Project : Revive Life』를 성공시키는 건 불가능했다.

하지만 당시의 『Project : Revive Life』는 성공했다. 성공하고 말았다.

이번 일도 아마 그때와 마찬가지이리라.

아마 시스티나가 봤다는 술식은 모던으로는 결코 해석할 수 없었던 에인션트의 술식이었을 것이다. 하지만 루미아의 능력이 그것을 가능하게 했다.

요컨대, 루미아의 능력에는 불가능을 가능하게 하는 『뭔가』가 있었다.

그것이야말로 하늘의 지혜연구회가 루미아를 노리는 이유가 아닐까.

하지만 지금은 그딴 건 아무래도 상관없었다. 나중에 생각할 문제였다.

당장 문제가 되는 건…… 마치 뭔가에 씐 것처럼 넋을 잃고, 출현한 『문』 너머로 몸을 던진 채 소식이 없는 세리카였다.

"죄송해요! 죄송해요, 선생님! 제, 제가 제멋대로 그런 짓을 저질러서…… 이런 일이……."

"아니야. 시스티나는 잘못한 거 없어. 가벼운 기분으로 힘을 쓴 나야말로……."

"바~보. 너희들 탓일 리가 있겠냐."

초췌한 얼굴로 눈물을 글썽이는 두 사람의 모습에 글렌이 한숨을 내쉬었다.

"확실히 루미아의 힘을 쓰기 전에 나한테 한 마디쯤 상담해줬으면 했다만…… 너희들, 여기가 도시에서 멀리 떨어진 곳인 데다 주위에 지인들밖에 없다지만 좀 경솔했다고?"

"죄송해요……. 제가…… 마음이 급해서……."

"뭐…… 애당초 우리는 유적에 남겨진 수수께끼를 찾으러 온 거니까 너희가 그걸 발견한 것 자체는 잘못한 일이 아니야. 잘못한 건……."

쾅!

글렌은 화가 나서 테이블을 주먹으로 내리쳤다.

그 험악한 기세에 루미아와 시스티나가 어깨를 움찔거렸다.

"……그 치매 할망구라고! 그 녀석, 대체 무슨 생각이야?! 혼자서 제멋대로 일을 저지르다니……!"

"……글렌. ……세리카는 어쩔 거야?"

평소와 전혀 다름없는 무표정으로 리엘이 불쑥 끼어들었다.

"물론 데리러 간다."

글렌은 즉시 단언했다.

"불길한 예감이 들어……. 세리카 녀석, 왠지 분위기가 이상했어. 이유는 모르겠다만, 뭔가 정상이 아니었는데…… 그런 녀석을 내버려둘 수 있을 리가 없잖아!"

항상 남을 깔보는 듯한 태도로 여유가 넘치는 숙녀…… 그것이야말로 세리카였을 터.

하지만 글렌은 그런 식으로 동요하고 절박한 표정을 보이는 그녀를 난생 처음 보았다.

그뿐만이 아니었다.

잘 생각해보면 이런 아무것도 없는 촌구석에 갑자기 동행을 요청하거나, 어젯밤에 글렌에게 그런 우울한 표정을 보인 것만 봐도…… 처음부터 어딘가 이상했다.

"하얀 고양이, 루미아. 잘 들어. 너희들에게는 그 『문』을 열고 닫는 걸 부탁하마. 그리고 리엘, 내가 없는 사이에 남은 학생들을 네가 지켜줘. ……알겠지?"

글렌은 짐에서 총탄과 화약을 꺼내며 세 사람에게 말했다.

"나는 지금부터 『문』 너머로 간다. 내일 아침에 한 번, 정오쯤에 한 번, 마지막으로 밤에 한 번 더 둘이서 『문』을 열어줘. 그런데도 나랑 세리카가 안 돌아온다면…… 우리를 그대로 두고 페지테로 돌아가."

글렌은 루미아와 시스티나가 숨을 삼키는 기척을 등으로 느끼고 권총의 상태를 점검한 후 벨트 뒤쪽에 꽂았다.

"다행히 다른 녀석들은 너희가 우연히 『문』을 여닫는 방법을 발견했다고 착각하더군. 루미아의 능력을 들키지 않게 말을 잘 맞춰보고."

글렌이 그대로 텐트를 나가려 한…… 순간—.

"선생님. 저도 갈게요."

루미아가 그런 말을 꺼냈다.

"선생님의 수업에서 배웠어요. 고대인의 유적에는 다른 층으로 이동하기 위한 텔레포터나 워프 게이트가 설치된 경우가 많지만…… 일방통행은 거의 없다고요. ……하긴 당연하겠죠. 이런 유적들은 고대인들이 이용하던 곳이었을 테니까요. 일방통행이라 다시 돌아올 수 없는 『문』이었다면 고대인들도 난처했을 거예요."

루미아의 눈에는 각오를 굳힌 인간 특유의 강한 의지의 빛이 깃들어 있었다.

"다시 말해, 『문』 건너편에도 그 『문』을 여는 장치가 반드시 있을 거예요. 제 『힘』이 있으면…… 그쪽에 있는 장치를 써서 다시 『문』을 열고 이쪽으로 돌아올 수 있어요. 그렇게 하면 선생님과 교수님도 확실히 돌아오실 수 있겠죠. ……아닌가요?"

"그, 그건…… 확실히 네 말이 맞기는 한데……."

"위험하다는 건 알아요! 그래도…… 전 각오가 됐어요! 그러니까 부디…… 저도 아르포네아 교수님을 구하는 걸 돕게 해주세요! 부탁드려요!"

“하지만 이건…….”

글렌이 거절하려고 입을 열자—.

“……서, 선생님……. 저, 저도 갈게요…….”

지금까지 망설이는 것처럼 고개를 숙이고 입을 다물었던 시스티나도 얼굴을 들더니 긴장으로 어깨를 떨면서도 힘차게 말했다.

“애초에 제 탓, 이기도 하고…… 선생님은 눈만 떼면 무모한 짓을 하니까 등을 지켜줄 사람이 필요할 테고…… 그리고 할아버님만은 못 하지만…… 저도 지금까지 마도 고고학을 필사적으로 공부했으니…… 문 너머에서 제 지식이 도움이 될지도 몰라요……. 그러니까……!”

“나도 갈래. 세리카를 구하고 싶어.”

그러자 당연하다는 듯이 리엘도 나섰다.

“너, 너희들…….”

글렌은 세 사람을 힐끗 쳐다보고 고뇌했다.

리엘은 그렇다 쳐도 루미아와 시스티나에게는 역시 위험했다.

아무리 등급이 낮은 유적이라도 미 탐색 영역에서는 무슨 일이 벌어질지 몰랐다.

아마도 괜찮을 거라는 어설픈 인식 수준으로 탐색 중에 우연히 발견한 미 탐색 영역에 발을 들여놨다가 돌아오지 못한 유적 탐색대의 일화는 그야말로 산더미처럼 많았다.

의외로 금세 세리카를 발견해서 돌아올 수 있을지도 모른다.

하지만 그 반대의 상황— 문 너머가 터무니없는 마경이라 돌아오지 못하게 되는 경우도 충분히 있을 법했다. 과거의 예를 들면 끝이 없을 정도다.

그런 위험한 장소에…… 정말로 그녀들을 데려가도 괜찮을까?

"……빌어먹을."

……판단을 내릴 수 없었다. 어떻게 해야 좋을지…… 모르겠다.

글렌은 잠시 심사숙고하며 리스크와 리턴을 저울질했다.

"역시 안 되겠어. 너희들은 남아. 『문』을 여닫는 것만 부탁하마."

그리고 그렇게 결론을 내렸다.

"선생님?!"

"애초에 내가 없는 사이에 남은 학생들을 누가 지휘할 건데? 누가 지키겠어? 너희를 데려가는 건 불가능해. 그러니까……."

글렌은 대화가 이걸로 끝이라는 듯 세 사람에게서 등을 돌렸다. 그리고 바깥 공기를 마시려고 텐트를 나오자—.

"앗?!"

텐트에 밀어 넣었던 카슈와 웬디를 비롯한 학생 일동이 뭔가 하고 싶은 말이 있는 얼굴로 모여 있었다.

'방금 대화를 들었나?! ……아, 아니야. 괜찮겠지. ……텐

트 안에는 음성 차단 결계를 펼쳐놨잖아? 문제없어…….'

예상치 못한 사태에 동요를 억눌렀다.

"……저기요, 선생님. 아르포네아 교수님은…… 어쩔 거예요?"

잠시 무거운 분위기가 흐르자 카슈가 그런 말을 꺼냈다.

"……세, 세리카? 괜찮아. 내가 지금부터 데리러 갈 테니까 안심해."

"혼자서요?"

"훗…… 당연하지. 이런 쉬운 미션은 나 혼자로도 충분하다고."

그러자 시스티나와 루미아가 황급히 텐트에서 나왔다.

"서, 선생님?! 아직도 그런 말씀을……!"

"그래요. 저희는……!"

"에잇, 애들은 좀 닥치고 있어!"

글렌은 고함을 질러서 시스티나와 루미아의 항의를 뭉개버렸다.

"흐응……."

카슈는 글렌 뒤에 있는 루미아, 시스티나, 리엘을 쳐다보았다.

뭔가 하고 싶은 말이 있는 듯한 그녀들의 얼굴과 글렌을 번갈아 보더니—.

"그렇게 된 거구만……. 이봐요, 선생님……."

가볍게 도움닫기를 하다가 글렌을 향해 도약했다.

"이 멍청이가아아아아아아아아아아아아아아아아아아!"

"끄아아아아아아아아아아아아아아아아아아아아악?!"

그리고 맹렬한 날아 차기를 먹였다.

날아간 글렌은 바닥을 데굴데굴 구르더니 뒤에 있던 텐트를 쓰러트리고 정지했다.

"참 나…… 어차피 당신은 재네랑 저희를 걱정해서 혼자 가려고 한 거겠지만……. 지금이 그런 고집을 부리고 있을 상황이냐고요!"

카슈는 꼴사납게 엎드린 글렌에게 검지를 척 겨누었다.

"제 입으로 이런 말 하긴 좀 그렇지만, 선생님은 강하긴 해도 마술사로선 삼류잖아요! 선생님한테는 도와줄 사람이 필요해요! 제 말이 틀립니까?!"

"그, 그건……."

카슈의 지적은 완벽한 정론이라 반박할 수 없었다.

글렌 혼자서는 고작 광령 한 마리가 상대라도 고전할 터…….

무슨 일이 벌어질지 모르는 미 탐색 영역에 단독으로 도전하는 건 그야말로 무모함의 극치. 자칫하면 개죽음을 당할지도 몰랐다.

"확실히 저희는 선생님에겐 짐밖에 안 되겠죠. ……그래도 루미아의 프로가 무색할 수준의 힐러 스펠, 시스티나의 마술과 지식, 리엘의 검은…… 반드시 선생님의 힘이 될 거라고요."

"……카슈, 너……."

"선생님! 재네가 각오를 다졌다면 데려가 주세요! 그렇게 해서 더 확실하게 교수님을 구해주라고요! 저희라면 괜찮으니까요!"

"이래 보여도 당신에겐 제법 단련을 받은 몸입니다. 실전에도 꽤 익숙해졌으니 안전한 야영장 안에 있으면 만에 하나 위험한 마수가 출몰해도 어떻게든 해결할 수 있겠지요."

"교수님은 선생님의 소중한 분이신 거죠? 그런데도 체면을 따지다니, 선생님답지 않으시네요."

카슈, 기블, 웬디가 차례대로 말했다.

"선생님…… 혼자서 가시겠다니…… 그런 무모한 짓은…… 참아주세요."

"아무리 선생님이라도 그래선 교수님을 못 구할 거예요……."

"후훗, 선생님이시라면 교수님을 포함해서 다들 무사히 데려 와줄 거라고 믿는답니다."

아무래도 린, 세실, 테레사도 같은 의견인 모양이었다.

"얘, 얘들아……? 아니, 대체 왜 그렇게까지 세리카를 걱정해주는 건데?"

"그야 우린 동료잖아요!"

"……아."

글렌의 얼빠진 질문에 카슈가 단순 명쾌하게 대답한 순간, 그제야 깨달았다.

전에 이 학생들이 이런 자신을 받아들여 준 것처럼—.

그들은…… 세리카도 받아들여 준 것이라고…….

"너희들……."

가슴이 뜨거워진 글렌은 잠시 자신에게 시선을 향하는 학생들을 바라보았다.

"……알았다. 이 녀석들을 빌려 가마. 그리고 약속하지. 반드시 이 녀석들을 무사히 데려오겠다고…… 물론 세리카도 포함해서."

그리고 각오를 굳히며 등을 돌린 채 말했다.

"부탁하마. 내게 힘을 빌려줘. 루미아, 시스티나, 리엘. 세리카는 어릴 때부터 함께 있어 준 내 유일한 가족이야. 그러니까……."

애원하는 듯한 글렌의 부탁에 세 소녀는 힘차게 고개를 끄덕이는 것으로 대답했다.

제5장 이야기 속의 마인

당장에라도 쏟아져 내릴 듯한 별 하늘 아래.

나는 앞쪽으로 무한히 이어지는 《별의 회랑》을 달려가면서 기억을 되새겼다.

현재의 나를—.

…….

……글렌과 함께한 행복한 일상을 통해 나는 다시 태어났다.

덕분에 인간이 아니었던 나도 조금은 인간다움을 되찾았으리라.

우여곡절이 많았지만…… 나는 글렌과 함께 보내는 지금 이 시간이 무척 좋았다.

그러나 내 마음속 깊숙한 곳에서 들려오는『내면의 목소리』.

……수수께끼의 사명은 아직도 내 마음을 무겁게 짓누르고 있었다.

—그런 가족놀이를 할 때인가?

—당신에게는, 나에게는 해야만 하는 일이 있잖아?

—사명을 완수하라 —한시라도 빨리 사명을 완수하라 —사명을 완수하라—.

여전히 조금도 떠오르지 않는 사명의 정체.

하지만 그보다 행복한 시간이 이어질수록…….

한 방울, 또 한 방울…… 나를 서서히 잠식해가는 독 같은 무언가.

나는…… 나도 모르는 사이에 『병』에 걸려 있었다.

내가 고독했던 시절에는 상상도 할 수 없었던 『병』.

자신이 강한 줄만 알았던 과거의 나라면 그저 웃어넘겼으리라.

애당초 이런 『병』에 걸릴 일도 없었겠지.

하지만 지금은 감각이 되살아난 만큼 그 『병』이 너무나도 괴로워서—.

그래서—.

"나는…… 이 앞으로 가야만 해!"

나는 달리며 숙이고 있던 고개를 들고 전방을 주시했다.

아득히 먼 저편, 이 공간에 처음 도착했을 때와 마찬가지로 빛의 문이 작게 보였다.

"……글렌……."

가지 말라고, 돌아오라고…….

조금 전에 들었던 애제자의 외침이 불현듯 되살아났다.

"……미안하다."

빛의 문이…… 이 《별의 회랑》의 출구가…… 점점 커졌고—.

"그래도 나는……."

그리고 더는 망설임 없이 그 빛의 문을 지나 그리운 저편으로—.

세리카가 회랑을 빠져나간 것과 거의 같은 시각.

타움의 천문 신전의 최심부인 대 플라네타륨실에서 글렌은 루미아의 보조를 받아 흑마【펑션 애널라이즈】를 발동했다.

'칫…… 뭐야 이게? 대체 뭐가 평범한 플라네타륨 장치라는 거냐고!'

지금까지는 전혀 보이지 않았던 막대한 술식이 플라네타륨 장치의 뒤쪽에서 드러난 것을 확인한 글렌은 경악하며 비지땀을 흘렸다.

마술사들이 쓰는 마술 언어(룬)와 비슷한 것 같으면서도 전혀 다른 룬으로 구축된 그 술식은—.

'모던의 룬을 『하위 룬』이라고 치면…… 이건 『상위 룬』이라고 불러야 하나?'

갑자기 그런 잡념이 들었지만, 어째 정답인 기분이 들었다. 글렌의 눈에는 『하위 룬』에 부족한 문법과 어휘를 『상위 룬』이 가지고 있는 것처럼 보였기 때문이다.

아무튼 이건 역사적인 순간이었다. 술식이 없는 신비한 『마법』— 에인션트 최대의 수수께끼가 지금 이 순간, 루미아의 능력을 통해 평범한 『마술』로 전락한 것이다.

논문으로 정리해서 발표하면 마술 학회를 뒤집어놓을 역

사적인 대발견이 되리라.

'뭐, 애당초 그런 짓을 할 생각은 전혀 없지만 말이지…….'

그렇게 하려면 루미아의 존재와 능력을 세간에 밝혀야 한다. 그러므로 불가능. 실제로 하려고 마음먹는다면 제국 정부에서 입막음을 위한 암살자를 파견할 수준의 이야기였다.

일단 글렌이 술식을 대충 훑어본 결과, 이 플라네타륨 장치에는 영문을 알 수 없는 기능이 산더미처럼 잠들어 있는 듯했지만…… 지금 그걸 일일이 해석할 여유는 없었고, 해석한다고 쳐도 몇 년 단위의 시간이 필요할 것이다. 그런 번거로운 짓을 할 생각도 없었다.

글렌은 시스티나와 루미아의 증언을 떠올리며 기계적으로 모노리스를 조작해 조금 전과 똑같이 빛의 문을 열었다.

문 너머에서 무슨 일이 벌어질지, 뭐가 기다리고 있을지는 알 수 없었다. 따라서 글렌 일행은 다양한 도구와 생존용품을 쑤셔 담은 배낭을 메고 조심스럽게 빛의 문을 통과했다.

그러자 눈 앞에 펼쳐진 광경은— 심연의 어둠 속에서 빛나는 수많은 별.

신비적이고 환상적인, 끝없는 우주 공간이었다.

문처럼 빛으로 이뤄진 회랑이 소실점을 향해 끝없이 쭉 이어져 있었다.

만에 하나라도 회랑에서 발을 헛디딘다면 저 한없이 넓은 별의 바닷속으로 떨어지리라.

'그렇군……. 그때 세리카가 분명 《별의 회랑》이라고 중얼거렸는데…… 제법 잘 어울리는 이름이야…….'

글렌 일행도 조금 전에 세리카가 지나갔을 별의 회랑을 나아갔다.

그리고 그 무한할 것만 같았던 여정이 끝나자—.

일행이 《별의 회랑》 끝에 있었던 빛의 문을 통과한 순간.

"아……."

글렌은 눈 앞에 펼쳐진 광경에 망연자실할 수밖에 없었다.

일행의 뒤에서 사라진 문 옆에는 소형 모노리스가 있었다. 퇴로를 확보하려면 대 플라네타륨실에 있었던 것과 흡사한 형태의 그 모노리스를 가장 먼저 조사할 필요가 있었다.

하지만 그런 중대한 일을 깜빡 잊을 정도로…… 눈앞의 광경은 이상했다.

그곳에는 여기저기에 말라비틀어진 시체, 수많은 미라가 누워있었다.

게다가 너나 할 것 없이 공포와 후회가 가득한 일그러진 표정으로…….

"히익?!"

미라의 존재를 눈치챈 시스티나가 작게 비명을 지르며 글렌의 팔에 매달렸다.

하지만 그도 겁에 질린 시스티나를 배려해줄 정신적인 여유는 없었다.

"……대, 대체 뭐지? 여기는……."

글렌은 격렬하게 동요하는 심장을 애써 가라앉히면서 주위를 다시 확인했다.

이곳은 천장, 바닥, 벽이 전부 돌로 된 갈림길 한복판이었다. 블록 형태로 돌을 쌓은 걸로 봐선 적어도 타움의 천문신전이 아니라는 건 확실했다.

그리고 글렌은 조심스럽게 발밑의 미라를 조사했다.

이 썩다만 독특한 의상과 손에 쥔 지팡이로 예상하건대—.

"……이 녀석들…… **마술사**인가? 게다가 **전부**? 하지만 이 상처는……?"

정체불명의 미라들은 예외 없이 불에 타거나 신체 일부가 훼손된 처참한 상태였다. 이들은 이 상처가 원인으로 목숨을 잃었던 것이리라.

즉, 이건 명백히—.

'……살해당했다? ……누구에게? 과거에 대체 여기서 무슨 일이 있었던 거지? 미라의 상태로 봐선…… 죽은 지 꽤 오랜 시간이 지난 모양인데…….'

그 순간—.

"……큭."

갑자기 현기증과 구역질을 느낀 글렌은 바닥에 한쪽 무릎을 꿇으며 머리를 손으로 눌렀다.

기분이 더러웠다. 공기가 불쾌했다. 농밀한 『죽음』의 냄새. 여기 있기만 해도 몸에서 열기를 빼앗기는 듯한…… 정신이, 목숨이 마모되는 듯한 기척…….

이 층계에는 그런 불길한 것들이 충만했다.

"제기랄……."

틀렸다. 솔직히 두려웠다. 떨림이 멈추지 않았다.

이곳은…… 지옥. 원념과 죽음으로 가득한 저주받은 공간이었다.

틀림없이 살아있는 인간이 발을 들여놔선 안 되는 장소였던 것이다.

여긴 정말로 위험하다. ……오지 말 걸 그랬다.

자신의 이성과는 관계없이, 자연스럽게 그런 후회가 들었지만—.

"서, 선생님……."

'그래……. 이 녀석들 앞에서 교사인 내가 동요하는 모습을 보여줄 순 없어!'

글렌은 불안한 눈으로 이쪽을 쳐다보는 학생들(약 한 명은 평소와 다름없었지만) 앞에서 떨리는 손을 강하게 쥐고 아랫배에 기합을 넣었다.

"자, 그럼 가자! 얘들아! 냉큼 세리카를 찾아서 이런 짜증나는 곳에서 떠나자고."

글렌이 억지로 밝게 말한 순간—.

스르륵…….

뒤에서 뭔가가 기어 오는 듯한 소리가 들렸다.

"……윽?!"

일행은 소리에 반응해서 즉시 고개를 돌렸다.

글렌의 손끝에 깃든 마술의 빛이 그 소리가 난 방향을 비췄다.

그러자 뒤쪽의 길모퉁이에서 긴 금발 머리의 여성이 기어 오는 모습이 보였다.

"너, 세리카야?! 야, 어떻게 된 거야! 정신 차……."

글렌은 그 여자에게 달려가다가 곧 다리를 멈췄다.

아니다. 세리카가 아니다.

스르륵…….

저 여자는…… 왼팔이 없었다.

스르륵, 스르륵…….

덧붙이자면 하반신도 없었고 말라비틀어진 내장을 질질 끌고 있었다.

스르륵, 스르륵, 스르륵…….

여자는 그대로 마치 석상처럼 굳은 이쪽으로 기어 오다가…… 유령처럼 흐트러진 머리카락 사이로 글렌 일행을 원망스러운 듯 올려다보았다.

하지만 눈이 있어야 할 자리에는 안구가 아니라 무한한 어둠이 펼쳐져 있었다.

"꺄아아아아아아아아아아아아아아아아아아아악?!"

시스티나가 비명을 지른 동시에—.

사사사사사사사사삭!

여자가 오른팔을 엄청난 기세로 움직여서 바퀴벌레처럼 재빠르게 기어오더니, 마치 가위에 눌린 듯 굳은 글렌을 향해 오른팔로 바닥을 짚고 크게 도약했다.

『미워— 미워— 미워어어어어어어어! 아아아아아아악!』

그리고 처절한 비명을 지르며 글렌에게 매달렸다.

"윽?!"

여자의 머리카락이 마치 살아있는 것처럼 늘어나더니 글렌의 입을 틀어막고 목을 조였다.

『그여자만없었다면—! 그배신자만없었다면—!』

홀쭉하고 바짝 마른 얼굴로 글렌을 마주 본 여자는 눈구멍에서 피눈물을 흘리면서 영문을 알 수 없는 말을 지껄였다.

'위, 위험해……. 이런 상태로는 주문을 못 써! 게다가 이 힘……!'

목을 조르는 머리카락의 힘이 어마어마했다. 당장에라도 목뼈가 부러질 것 같았다.

"글렌한테서…… 떨어져!"

리엘이 즉시 대검을 들고 여자를 베려고 했지만 갑자기 벽에서 뻗어 나온 수많이 손이 그녀의 온몸을 옭아맸다.

그대로 엄청난 기세로 끌려간 리엘은 벽에 내동댕이쳐졌다.

"아……읏?!"

손은 어마어마한 힘으로 리엘을 벽에 밀어붙였다.

그 부하를 견디지 못한 그녀의 몸이 우둑거리며 비명을 질렀다.

"아……아파……! 이거, 놔……."

"선생님?! 리엘?! 큭…… 《빛 있으라·더러움은 사라질》—."

시스티나가 황급히 마를 쫓는 정화 주문을 영창하려 했다.

하지만 난데없이 발밑의 미라들이 움직이기 시작하더니 그녀의 다리와 등에 재빨리 매달렸다.

"힉?! 꺄아아아아아아아아아아아아악?!"

시체와 뒤엉킨 생리적인 혐오감 때문에 집중력과 주문 영창이 끊겼다.

"싫어! 싫어어어어어! 놔! 이거 놓으란 말야아아아아!"

시스티나는 공황상태에 빠졌다.

이렇게 된 이상 섬세한 정신 집중과 마력 조작이 필요한 마술을 쓰는 건 불가능했다.

이러는 사이에도 미라들은 차례차례로 몸을 일으키기 시작했다.

'젠장, 큰일이다! 이대로는……. 하지만 어쩌면 좋지?!'

글렌의 마음을 절망이 지배한…… 순간—.

"《빛 있으라·더러움은 사라질지어다·정화될지어다》."

늠름하고 낭랑하게 울려 퍼진 마를 쫓는 정화 주문— 백마【퓨리파이 라이트】.

'루미아?!'

시선을 돌리자 루미아가 기도하는 것처럼 손을 맞잡고 주문을 완성한 참이었다.

그런 그녀 또한 난데없이 나타난 사령들이 온몸에 달라붙은 상태였다.

'저, 저런 상황에서 주문을 끝까지 영창했다고?! 엄청난 담력이네…….'

글렌이 놀라서 눈을 부릅뜬 순간—.

루미아가 왼손을 앞으로 내밀자, 신성한 빛이 주위를 밝게 비추었다.

—끼야아아아아아아아아아아아아아아아아아아아아아악?!

이번에는 미라와 망령들이 시선을 피하며 괴로워하기 시작했다.

자신의 온몸에 매달린 망령들을 뿌리친 루미아는 품속에서 작은 향유병을 꺼냈다.

"《송별의 불이여·그들을 황천으로 인도하고·그 여로를 비추어라》."

조금씩 떨어트리듯 뿌린 향유에 갑자기 불이 붙더니 밝은 주황색의 신성한 빛이 소용돌이치며 거칠게 타올랐다.

그것은 망자와 악령만을 씻어내는 정화의 불.

주위로 거칠게 휘몰아치는 불꽃 폭풍은 글렌 일행에게 전혀 화상을 입히지 않았다.

샤아아아아아아아아아아아아아아아아아악?!

아아아아아아아아아아아아아……

망자들만을 태우며 소멸시켰다.

그리고…… 정적이 찾아왔다.

이 자리의 모든 미라와 망령이 남김없이 사라지고 저주받은 독기가 씻겨 나갔다.

"다들…… 괜찮아?"

"……고, 고마워……. 루미아……."

"응. 덕분에 살았어."

시스티나와 리엘이 루미아에게 고마움을 전했다.

"노……놀라운걸. 백마 【세인트 파이어】……. 너, 그런 고위 사제가 쓰는 고등 정화 주문을 쓸 줄 알았던 거냐?"

글렌은 눈을 휘둥그레 뜨고 루미아를 쳐다보았다.

"예……. 옛날에 왕실 교육의 일환으로 어머니께 배웠거든요……."

그리고 루미아는 소중하게 쥐고 있던 작은 향유병을 글렌에게 보여주었다.

"사실 제 실력으로는 이 향유를 촉매로 삼지 않으면 발동할 수 없지만요……."

알렌시아의 향유. 죽은 자에게 바치는 하얀 장송화로 정제한 귀중한 향유였다.

“루미아, 그 향유는…… 요전에 여왕 폐하……, 네 진짜 어머니께서 부적 대신으로 주신 소중한 물건이었잖아. 그런 걸…….”

“괜찮아. 모두를 구하기 위해서였는걸. 어머니도 분명 이해해주실 거야.”

시스티나가 배려하자 루미아는 살포시 웃어 보였다.

그리고 글렌을 향해 힘찬 어조로 말했다.

“자, 선생님. 어서 아르포네아 교수님을 찾으러 가요.”

“……믿음직하구만.”

글렌은 루미아의 머리에 손을 얹고 거칠게 쓰다듬어주었다.

“미안. 솔직히 이곳의 이상한 분위기에 압도당했던 모양이야. 하지만 더는 그런 꼴사나운 모습은 보이지 않을 테니까…… 안심해.”

“예. ……믿어요.”

두 사람은 그런 식으로 부드러운 미소를 나누었다.

“나…… 왠지 설 자리가 없어……. 점점 차이가 벌어지는 것 같아…….”

“응?”

시스티나가 눈을 가늘게 뜨고 비지땀을 흘리자 리엘이 이상하다는 듯 고개를 살짝 갸웃했다.

근처에 있던 소형 모노리스를 조사한 글렌은 루미아의 힘만 있으면 언제든지 빛의 문을 열고 귀환할 수 있다는 것을 확인했다.

그리고 일행은 신중히 통로 안쪽으로 이동했다.

다행히 길을 헤맬 일은 없었다. 먼지가 쌓인 통로에는 아마도 세리카의 것으로 보이는 새로운 발자국이 남아있었기 때문이다. 통로를 지나고, 방으로 보이는 공간을 빠져나오고, 미로처럼 복잡한 통로를 몇 번 지나자 마침내 모습을 드러낸 계단을 내려갔다.

'……그런데 그 녀석…… 대체 어디로 가려는 거지?'

글렌은 세리카의 발자국을 쫓으면서 의문이 들었다.

세리카의 걸음걸이에는 망설임이 없었다.

마치 이곳을 알고 있는 듯한…… 그런 걸음걸이였다.

의문은 그걸로 끝이 아니었다.

지금 일행이 들어와 있는 이곳은 아무래도 수많은 원형 층계가 위아래로 쌓인…… 마치 동전을 쌓아서 만든『탑』같은 구조물인 모양인데…….

일행이 층계의 끄트머리 쪽에 도착한 김에 난간을 통해 바깥을 확인하자 차갑고 거친 바람이 불어왔다.

어느새 해가 저물었는지 끝없는 밤하늘이 펼쳐져 있었다.

고개를 들자 마치 해골처럼 커다랗고 새하얀 달도 보였다.

"……여긴 대체 어디지?"

아래쪽은 너무 멀어서 그저 새카맣게만 보였다.

아무래도 자신들은 터무니없는 곳으로 전이된 모양이었다.

"애초에 이 『탑』은…… 대체 무슨 용도의 시설인 걸까요?"

루미아의 소박한 의문에 글렌은 대답하지 못했다.

확실히 이 탑은 외부인을 거절하는 것처럼 미궁 같은 복잡한 구조였지만…… 동시에 주거지 같은 방과 구역도 다수 존재했다. 다양한 흔적으로 예상해보건대 적어도 여기서 사람이 살았던 건 틀림없으리라.

미로이자 도시.

글렌은 여전히 고대인의 사고방식은 도통 이해할 수 없었다.

"……켁……."

그리고 변함없이 방과 통로 여기저기에는 미라가 된 마술사의 시체가 쌓여 있었다. 하나같이 외적인 요인으로 신체가 심하게 훼손된 상태로…….

게다가 가끔 움직이면서 망령들을 불러 모아 일행을 습격하기도 하니 참으로 골치가 아팠다.

그러나—.

"이이이이야아아아아아아아아아아아아아아압!"

리엘의 검이—.

"《거절하고 가로막아라·폭풍의 벽이여·그 다리에 안식을》. 루미아 지금이야!"

시스티나의 마술이—.

"응! 《송별의 불이여·그들을 황천으로 인도하고·그 여로를 비추어라》!"

루미아의 정화 주문이 미라들을 모조리 쓸어버렸다.

리엘의 검이 미라들을 글자 그대로 날려버리는 사이에 시스티나가 바람의 주문으로 움직임을 봉쇄하고 루미아가 그 바람에 향유를 실어서 정화의 불꽃을 붙였다.

폭풍을 탄 성스런 불꽃이 통로를 가득 메운 미라들을 부드럽게 감싸며 정화하고, 정화하고, 또 정화했다.

물량에 의지한 미라와 망령의 행진도 여기에는 견딜 재간이 없었다.

죽었으면서도 현세에 빌붙은 그들은 소녀들의 손에 의해 모조리 매장 당했다.

"뭐랄까…… 너희들, 진짜 굉장하구나……."

루미아의 담력에는 진심으로 감탄했다. 아직 기량은 부족하지만 설령 죽음이 코앞까지 다가온 상황에서도 냉정하게 끝까지 주문을 외우는 강인한 정신력……. 군에서도 이 정도 경지까지 도달한 자는 좀처럼 보기 드물었다.

반대로 시스티나는 아직 정신적인 면이 아쉽지만 상황에 알맞은 주문으로 일행을 몇 번이나 위기에서 구해냈다. 기술적인 면에서는 역시 어마어마한 재능이 느껴졌다.

그리고 글렌이 가장 놀란 건 리엘이었다.

그가 마도사였을 때의 리엘은 제멋대로인 데다 멧돼지처럼 돌진해서 싸우기만 할 뿐이었다.

하지만 지금의 리엘은 글렌과 보조를 맞추면서 루미아와 시스티나를 지키고, 주문을 쓸 시간을 버는…… 일행과의 연계를 의식하는 것처럼 보였다. 예전의 그녀였다면 상상조차 할 수 없었던 진보였다.

이 『탑』에 들어온 후로 세리카를 쫓느라 꽤 깊은 곳까지 진행했다.

글렌 혼자서는 도저히 여기까지 올 수 없었으리라.

'이거 참, 의외로 내 역할이 끝날 날이 머지않았을지도…….'

글렌은 슬쩍 쓴웃음을 지으며 학생들을 이끌고 앞으로 나아갔다.

얼마나 걸었을까.

시간 감각이 모호해질 정도로 걸었을 무렵.

갑자기 앞으로 쭉 뻗은 통로 안쪽에서 낮은 땅 울림 소리가 들렸다.

"……!"

그 안쪽에는 아치형 출입구가 무한한 어둠을 내포하고 있었다.

"선생님?! 방금 그건……."

"……그래, 아마 세리카의 마술이겠지……. 싸우는 중인가?"

"서두르죠! 선생님!"

발자국을 보아하니 저 통로 안쪽에 세리카가 있는 건 틀림없었다.

글렌 일행은 일제히 달렸다.

그리고 아치형 출입구를 통과한 순간—.

"아앗?!"

글렌의 눈 앞에 펼쳐진 것은 마치 투기장 같은 광장이었다.

원형 필드 여기저기에 불꽃이 격렬하게 타올랐다.

글렌 일행의 맞은편, 투기장으로부터 아득히 저 너머에는 검게 번들거리는 돌로 봉인된 거대한 문이 우뚝 솟아 있었다.

그리고 문 앞에는…….

"하아아아아아아아아아아아아아아아아아아앗!"

세리카가 수많은 망령과 망자를 상대로 싸우고 있었다.

그 장소에 대체 얼마나 많은 원념과 망집이 잠들었던 것일까.

투기장에서 느껴지는 불길함은 지금까지 일행이 지나온 길과 비교할 수준이 아니었다.

미라가 된 망자들이, 악령이 된 망령들이 계속 끝없이 출몰해서 세리카를 공격했다. 마치 사령의 도가니가 된 것처럼…….

하지만 세리카는 그런 해일 같은 망령들의 접근을 털끝만큼도 허락하지 않았다.

오른손으로는 검을, 왼손으로는 마술을 행사했다.

"흡!"

찰나의 순간에 펼쳐진 수십 번의 검격이 세리카를 붙잡으려 한 미라들을 산산이 조각냈다.

"《《《꺼져》》》!"

단 한 마디의 주문으로 발동한 흑마【플라스마 캐논】,【인페르노 플레어】,【프리징 헬】— 상위 B급 군용 어설트 스펠이 맹위를 떨쳤다.

극대 전격포가, 끓어오르는 작렬 업화의 파도가, 절대영도로 반짝이는 냉기의 결계가 세리카에게 짓쳐 드는 망령의 무리를 물리적으로 파괴하고, 파괴하고, 또 파괴했다.

삼중창(트리플 스펠).

이것이야말로 세리카 아르포네아가 자랑하는 절기 중 하나.

모든 것을 파괴하고 모든 존재를 굴복시키는 와중에 홀로 고고하게 서 있는 그 절대적인 모습은— 마치 마왕처럼 보였다.

"괴, 굉장해……."

"이……이게 아르포네아 교수님의…… 전투?"

"……!"

인간의 규격을 벗어난 세리카의 전투 방식에 루미아도, 시스티나도, 리엘조차 숨을 삼키고 넋을 잃었다.

'굉장해……. 역시 세리카는 굉장해……. 나 같은 건 평생…… 아니, 인생을 대여섯 번쯤 다시 살아도 저 영역에는 도달하지 못할 거야……. 그런데…….'

글렌은 침을 삼키며 갑자기 든 위화감에 눈살을 찌푸렸다.

'……저 녀석, 왜 저렇게 초조해하는 거지……?'

확실히 세리카의 장기는 엄청난 위력의 파괴 주문이었다.

하지만 세리카의 마술에는 단순한 파괴를 초월한 어떤 종류의 아름다움…… 화려함이 존재했다.

마치 장인이 혼을 담아 쏘아 올린 불꽃을 감상하는 듯한…… 파괴의 극치 속에서 보는 이의 마음을 빼앗는 예술성이 담겨 있었다.

하지만 방금 세리카가 쓴 마술에는 그런 화려함이 없었다.

그저 힘에만 의존해서 투신처럼 날뛰는 그 모습은 오로지 무시무시하기만 할 뿐…….

지금의 세리카는 그야말로 지긋지긋한 소문과 일화로 언급되는 《잿더미의 마녀》 그 자체였다.

세리카는 눈앞에서 몰려드는 망령들을 게슴츠레한 눈으로 흘겨보았다.

『미워어어어어어―! 네가미워어어어어어어―!』

『너때문에―! 너때문에에에에에에에―!』

『네가모든것을빼앗아갔어! 모든것을파괴했어! 우리의빛나는영광을, 번영을, 안녕을, 전부, 전부, 전부, 전부! 네가아아아아아아아아―!』

『용서못할배신자―! 저주를! 그대에게저주르으으을―!』

그런 세리카에게 날아드는 것은 평범한 사람이었다면 그

자리에서 정신이 완전히 파괴될 정도로 어마어마한 증오와 원념이었다.

하지만 실체화해서 그녀의 존재 자체를 짓뭉개려고 하는 대량의 저주 앞에서—.

"《시끄러워》! 《닥쳐》! 《내 알 바 아니야》아아아!"

『『『끼야아아아아아아아아아아아아아아아아아아아악—!』』』

그것조차 접근을 허락하지 않는 세리카의 파괴 주문이 거칠게 휘몰아쳤다.

작렬한 폭염이 천장을 태울 기세로 불기둥을 만들어서 망자들을 원념과 함께 송두리째 불살랐다.

"몇 번이나 말했을 텐데! 난 너희들 따윈 몰라! 적당히 좀 길을 열라고!"

하지만 그 증오만큼은 결코 사라지지 않는 모양이었다.

망자와 망령들이 차례차례 계속 출몰해서 세리카의 앞길을 막아섰다.

마치 이 앞으로는 한 발짝도 접근을 허락하지 않겠다는 것처럼…….

"나 원 참, 언제까지 미련스럽게 현세에 들러붙어 있으려는지…… 좋다. 지옥으로 떨어트려 주마, 송사리들."

세리카는 더는 못 놀아주겠다는 듯 경멸하는 눈으로 손가락을 한 번 튕겼다.

어느 틈에 **그것**을 구축했던 것일까.

레이 스팟

필드 여기저기에 만들어진 수많은 영점(靈点)을 연결하는 것처럼, 검게 빛나는 마력선이 종횡무진 질주했고…… 단숨에 그 자리에 육망성 법진을 형성했다.

그러자 필드 전체가 심연으로 물들고 영적인 나락이 형성되었다.

“흥……. 허무로 가는 편도 티켓이다. 받아라, 떨거지들아.”

이 마술의 이름은 소환의(召喚儀) 【게헨나 게이트】.

현세와 인연이 없는 영적 존재를 즉시 허무의 나락으로 떨어트리는 외법(外法).

원래는 백마 【세인트 파이어】 같은 정화 주문처럼 불사자에 대한 대항수단으로 고안된 것이었지만……. 너무나도 흉악하기 짝이 없는 콘셉트 탓에 금주로 지정받은 마술이었다.

현세를 헤매는 영혼들을 섭리의 수레바퀴로 돌려보내서 구제하려는 정화 주문과는 설계 이념 자체가 달랐다.

이 마술이 망자들에게 선사하는 것은— 영원한 『무(無)』.

『싫어! 싫어어어어어어어어어어어어어어어어어—!』

『살려줘! 떨어지고싶지않아! 그곳에는떨어지고싶지않아아아아아아아아아—!』

『아아아아아아아아아아아아아아아아아아아아아아아아악—!』

아비규환의 지옥도.

멈출 줄 모르던 원념과 증오가 지금은 공포와 절망으로 단숨에 덧칠되었다.

망자들은 허무의 나락을 향해 저항할 도리도 없이 일방적으로 흡수돼서 사라졌다.

원한도, 집착도, 원념도…… 더는 아무런 관계가 없었다.

나락 결계는 그 모든 것을 하나도 남김없이 집어삼키고 빨아들였다.

그야말로 망자들에게 내리는 무자비한 제재…….

"흥…… 날 방해하니까 그런 꼴을 당하는 거다."

이윽고 거짓말처럼 찾아온 정적 속에서 세리카는 홀로 짜증스럽게 혀를 찼다.

이제 이곳에는 흘러넘칠 듯한 증오도, 미친 듯한 원념도 집착도…… 아무것도 남지 않았다.

그저 무색의 허무만이 이 자리를 지배하고 있었다.

"세리카!"

사령들을 송두리째 전멸시키고 멍하니 서 있는 세리카 곁으로 글렌 일행이 달려갔다.

"……글렌……?"

세리카는 완만한 동작으로 그들을 돌아보았다.

그녀의 암울한 얼굴에는 평소의 패기가 남아 있지 않았다.

"……네가 어떻게 여기에……?"

"그건 내가 할 말이야! 너야말로 왜 이런 곳에 혼자 어슬렁어슬렁 들어온 건데!"

글렌은 세리카의 멱살을 잡고 분노를 터트렸다.

"난 딱히 걱정한 적 없지만, 애들이 하나같이 널 걱정하더라! 난 딱히 걱정한 적 없지만!"

"서, 선생님…… 두 번이나 말씀하실 필요는 없는데……."

흥분한 글렌을 루미아가 쓴웃음을 지으며 진정시켰다.

"아무튼, 얼른 돌아가자. ……참 나, 쓸데없이 사람 고생시키기는……."

글렌은 엄청나게 화가 나긴 했어도 어딘지 모르게 안도한 표정이었다.

"잠깐, 글렌! 내 말 좀 들어봐! 마침내…… 마침내 찾았어!"

하지만 세리카는 갑자기 밝은 얼굴로 기쁘게 외쳤다.

……누가 봐도 이 상황을 얼버무리려는 듯한 무기질적인 표정이었다.

"뭐어……? 찾았다니…… 대체 뭘?"

한시라도 빨리 이 『탑』에서 벗어나고 싶은 글렌은 누가 봐도 귀찮다는 태도로 대답했다.

"내 잃어버린 과거의 단서 말야!"

"……뭐라고?"

세리카의 예상치 못한 발언에 글렌은 그 자리에서 굳어버릴 수밖에 없었다.

"기억났어……. 『타움의 천문 신전』 최심부…… 대 플라네타륨실에서 그 빛의 문이 출현했을 때…… 아주 조금이지만 기억이 돌아왔어…….”

세리카는 뺨을 상기시키며 글렌에게 얼굴을 바짝 들이대고 말했다.

“나는…… 옛날에 그 문을…… 그 《별의 회랑》을 왕래한 적이 있었어! 틀림없어! 어렴풋한 기억이지만!”

“어…….”

“바로 조금 전까진 아무 기억도 없었는데…… 이런 일은 약 4백 년가량 살아오면서 처음이었어!”

그리고 굉장히 신이 난 기색으로 양팔을 펼치고 한 바퀴 빙글 돌았다.

“그리고 글렌! 여기가 어딘지 알겠어?!”

“어디라니…… 무슨『탑』같기는 한데…….”

“흐흥~. 여긴 말이지……. 사실 알자노 제국 마술학원의 지하 미궁이야!”

“……엥?”

지하 미궁…… **지하**?

세리카의 느닷없는 발언에 글렌의 뇌내 연산 처리 속도가 따라잡질 못했다.

“더구나 여긴 지하 89층…… 흑마【코디네이트 디텍션】으로 위치와 좌표를 확인했으니까 틀림없어!”

그런 글렌을 내버려 두고 세리카는 흥분한 말투로 말을 쏟아냈다.

"이제 알겠어?! 지금까지 내가 절대로 돌파하지 못했던 지하 10층부터 49층을…… 《어리석은 자에 대한 시련》이라고 이름 붙였던 계층을 가볍게 뛰어넘은 거야!"

세리카가 이토록 흥분한 것도 당연했다.

지금까지 계속 지하 미궁에 도전해왔던 그녀.

하지만 절망적일 정도로 긴 여정, 무한히 샘솟는 강대하기 짝이 없는 수호자, 미궁 안에 설치된 치명적인 함정들이 항상 그녀의 앞길을 가로막았다.

게다가 그 미궁 내부의 구조와 함정의 위치도 어째선지 정기적으로 변화하는 탓에 지금까지 작성한 지도와 텔레포터가 전부 무용지물이 되기도 했다. 침입자를 막는 것만이 목적이라는 의도가 철철 흘러넘치는 계층…… 그것이 바로 《어리석은 자에 대한 시련》.

그런 성가시기 짝이 없는 특성 때문에 세리카는 지금까지 몇 번이나 탐색을 도전해도 지하 49층을 돌파할 수 없었다.

어떨 때는 지하 15층 근처에서 철수한 적도 있을 정도였다.

"지하 49층…… 그 지긋지긋한 《어리석은 자에 대한 시련》만 돌파하면 이젠 거리낄 것 없지! 기뻐해라, 글렌! 나는…… 마침내 이 지하 미궁의 수수께끼를 해명할 수 있을 거다!"

세리카의 말은 글렌에게 닿지 않았다. 지금의 그에게는 생각할 일이 너무 많았다.

여기가 지하 미궁? 지하?

조금 전에 난간에서 분명히 하늘이 보였는데? 그런데 지하라고?

애초에 타움의 천문 신전과 마술학원의 지하 미궁이 무슨 연유로 이어진 거지?

그 플라네타륨 장치는 대체 정체가 뭐야?

세리카가 과거에 왕래했다고 한 《별의 회랑》의 정체는?

세리카가 이렇게까지 지하 미궁에 집착하는 이유는?

아니.

애초에…… **세리카의 정체는 대체 뭐지**?

'……하지만 지금 그딴 건 아무래도 상관없어.'

글렌은 그런 걸 따지기보다 가장 먼저 해야 할 일이 있었다.

그것은—.

"……역시…… 내 과거는…… 잃어버린 사명은…… 그리고 불로의 비밀은…… 이 지하 미궁이 있었어……. 『목소리』가 말했던 대로야……."

그런 영문 모를 말을 잠꼬대처럼 중얼거리면서—.

"그래……. 왠지…… 기억이 나……. 저거야……. 저 『문』이 있어……."

마치 빨려 들어가는 것처럼 투기장 안쪽의 거대한 문으로 걸어가는 세리카의 손을—.

"저 문 너머에, 틀림없이…… 내 모든 것이 있을 거야. 드디어…… 드디어…….”

“안 돼.”

잡아당기는 일이었다.

“……글렌……?”

글렌에게 손을 잡힌 세리카는 의아한 시선을 보냈다.

“……돌아가자, 세리카.”

“왜, 어째서……? 이제야…… 내 정체를 알 수 있을지도 모르는데?”

“왜 저 『문』 너머에 네 과거가 있다고 생각하는지 난 전혀 모르겠다만…….”

당황하는 세리카에게 글렌은 한순간 말을 할지 말지 망설였다.

“솔직히 말할게. 세리카…… 네 잃어버린 과거라는 건…… 아마 진짜 변변찮은 과거였을 거다.”

글렌은 세리카를 똑바로 바라보며 진지한 얼굴로 그렇게 말했다.

“여기에 왔을 때 망자들이 누군가를 엄청 원망하더군. 누굴 원망하는 건지는 몰랐는데…… 아까 네가 싸우는 걸 보고 확신했어. 놈들이 원망한 건 너야.”

“……큭?!”

“너도 놈들이 하는 소린 들었지? 대체 무슨 짓을 저질러야 그 정도로 원망을 받는 거지? 난 상상조차 안 간다만…….”

"그, 글렌……."

"하지만 그딴 건 아무래도 상관없어. 이곳의 썩을 망령 놈들이 아무리 널 증오하건, 원망하건 내 알 바 아니야. 넌…… 내 스승이야. 그 누구도 아닌."

"하, 하지만…… 글렌! 나, 나는……! 나……는……."

세리카는 그대로 고개를 숙이고 입을 다물었다.

"야, 세리카. 그만 돌아가자. 이제 됐잖아? 네 과거 같은 건. 이제 잊어버려. 설령 네 정체가 뭐가 됐든 난……."

"싫……어……."

그런 글렌의 말을 위에서 틀어막듯 세리카는 몸을 떨며 어린애처럼 거절했다.

"싫어……! 그치만…… 그치만, 그럼 난 언제까지나…… 혼자……."

뭔가를 말하려다가 목구멍으로 삼킨 세리카는 갑자기 글렌의 손을 뿌리치더니 문을 향해 달려갔다.

"앗?! 야! 세리카!"

세리카는 등으로 글렌의 고함을 들으면서 문을 향해 똑바로 나아갔다.

'저 문이야……! 저 문 너머에, 틀림없이 내가 원하는 모든 것이 있을 거야……!'

세리카는 달리면서 기억을 떠올렸다.

"《그대는 섭리의 원환으로 귀환하라·—."

4백 년간의 세월을—.

길고, 괴롭고, 고통스러웠던 나날을—.

몇 번이나 자살할까 고뇌했던 발자취를—.

"《오대원소는 오대원소로·—."

이 4백 년간 줄곧 세리카를 충동질했던 『내면의 목소리』.

어느 날…… 지금까진 그저 사명을 다 하라고, 역할을 완수하라고, 해야 할 일을 하라는 말밖에 하지 않았던 『내면의 목소리』가…… 갑자기 변했다.

……잊을 수도 없었다. 지금으로부터 약 10년 전. 가벼운 변덕으로 거둬들인 글렌을 부양하기 위해 알자노 제국 마술학원에서 교수로 일하기 시작했을 무렵…….

임무로 학교의 지하 미궁에 발을 들여놓은 순간.

—이 지하 미궁의 최심부로 가라고.

—이 지하 미궁의 최심부에야말로 당신의 사명이 있다고.

그 후로 세리카는 병적일 정도로 마술학원의 지하 미궁 탐색에 열을 올렸다.

이 4백 년간 그녀를 괴롭혀온 사명의 정체를 밝히기 위해…….

그것이 세리카 아르포네아가 지하 미궁에 집착한 원초적인 이유였다.

"—·상과 섭리를 잇는 연은 괴리하라》!"

하지만—.

진심으로는—.

……지금의 그녀는 자신의 정체와 과거와 사명 따윈 아무래도 상관없었다.

기억이 없어도. 과거가 없어도. 사명을 떠올리지 못해도—.

지금의 세리카는 외톨이가 아니었다. 글렌이 있었다.

누군가와 함께 걸어갈 수 있었다.

딱히 자신의 존재 이유와 기댈 곳을 과거와 사명에 바랄 필요는 없었다.

그걸 모른다고 해서 불안하게 여길 필요도, 짜증을 느낄 필요도 없었다.

그러하기에—.

그녀가 원했던 것은…… 훨씬 더 어이가 없을 정도로 단순한 것.

"이걸로!"

그리고 세리카의 흑마 개량형【익스팅션 레이】가 발동했다.

그녀가 내민 왼손에서 모든 것을 붕괴, 소멸시키는 거대한 빛의 충격파가 쏟아졌다.

거칠게 날뛰는 빛의 격류가 그녀의 앞을 막아서는 문과 직격했다.

세계가 하얗게 타오르고 시야가 새하얗게 물들었다.

…….

이윽고 모든 빛이 사라진 순간—.

정적.

"……어, 어째서……?"

세리카는 아연실색한 얼굴로 그것을 쳐다보았다.

그런 우스꽝스러운 그녀를 거부하는 것처럼…… 비웃는 것처럼…… 그 문은 상처 하나 없이 여전히 앞을 막아서고 있었다.

"어째서야! 왜 파괴되지 않는 거지?! 제기랄! 이러면 이 문 너머로 못 가잖아!"

문으로 다가간 세리카는 어지간히 분했는지 문을 주먹으로 때렸다.

"……소용없어. 너 정도쯤 되는 인간이 에테리오 코팅을 잊은 거야? ……고대인의 건조물은 물리적인 방법이나 마술로는 파괴하지 못해."

글렌이 계속 문을 때리는 세리카의 주먹을 뒤에서 붙잡았다.

그리고 눈앞에 우뚝 솟은 문을 올려다보았다.

새카만 돌로 만들어진 벽 같은 거대한 문.

표면에는 고대 문자와 수수께끼의 문장, 장식, 도형이 빼곡히 새겨져 있었는데…… 대체 뭘 어떻게 해야 이 문을 열 수 있을지 감도 잡히지 않았다.

하지만 그걸로 충분하지 않을까.

"놔! 이거 놓으라고! 글렌! 나는……!"

글렌은 피가 흐르는 주먹을 휘두르면서 어린애처럼 떼를 쓰며 날뛰는 세리카를 문으로 밀어붙였다. 마술을 쓰지 못하는 세리카는 평범한 여자에 불과했다. 남자인 글렌의 완력을 당해내지 못하고 간단히 제압당했다.

"……포기해. ……그만 포기하라고."

서로의 숨결이 닿을 듯한 거리에서 글렌은 입을 열었다.

"……대체 뭐가 그렇게 불만인 거냐고! 세리카!"

"……!"

책망하는 듯한 글렌의 말투에 평소의 초연한 태도에서는 상상도 못 할 연약한 표정으로 세리카가 고개를 숙인…… 순간—.

『그 고귀한 문에 손을 대지 마라, 천한 것들.』

지옥의 밑바닥에서 울려 퍼지는 듯한 목소리가 낭랑하게 들렸다.

『**어리석은 자**와 **문지기**가 이 문을 지나가는 것은 불가능. **땅의 백성**과 **천인**(天人)만이 가능. ……그대들에게는 자격이 없다.』

"어……?"

일동은 무심코 눈을 크게 떴다.

갑자기 **그자**가 어둠 속에서 투기장 한복판에 출현한 것이다.

붉은색 로브로 온몸을 감싼 수수께끼의 존재. 그 로브는 기장이 긴 데다 후드 안쪽은 무한한 심연이라 표정을 확인

할 수 없었다. 눈빛조차 보이지 않았다.

그자의 온몸에서 피어오르는 어둠의 영기(靈氣)(오라).

마치 어둠 그 자체가 로브를 걸치고 인간의 모습을 한 듯한…… 그런 마인(魔人)이었다.

'이……이런!'

그 마인과 직면한 순간, 글렌은 자신의 심장이 비명을 지르는 것을 느꼈다.

"힉?!"

"선생님……! 저 사람은……!"

시스티나와 루미아도 마인에게서 이질감을 느낀 모양이었다.

리엘조차 경계심을 드러내며 바닥에 몸을 납작 웅크린 채 검끝을 떨고 있었다.

'제, 제기랄……! 제길! 제길……! 저 녀석은…… 위험해!'

보자마자 피부로 알 수 있었다.

자신과 저 마인은 존재로서의 규격이 근본적으로 달라도 너무 달랐다.

예를 들어서 마술을 전혀 못 쓰는 일반 시민이 강대한 힘을 지닌 마술사의 악의에 노출된 듯한…… 그런 상황과 흡사한 절망감을 저 마인을 보자마자 느꼈다.

전직 마도사로서 늘 자신보다 격이 높은 상대와 싸우고 살아남은 직감이 경고했다.

저 마인 앞에서 세리카를 포함한 자신들이 펼치는 마술

따윈…… 틀림없이 애들 장난이나 다를 바 없을 거라고…….

아마도 자신들과 저 마인은…… 전제로 삼은 룰 자체가 다른 것이다.

"……하! 누구냐? 넌……."

하지만 얄궂게도 세리카는 아니었다.

자신들 앞에 나타난 마인이 얼마나 어려운 적인지 이해하지 못한 듯했다.

문에 대한 집착 때문에…… 그녀는 누가 봐도 평소의 냉정함을 잃고 있었다.

"뭐, 아무렴 어때. 대화가 통할 것 같은 놈이 나왔으니 마침 잘됐군. 이봐, 너. 이 문을 여는 법을 알아? 알고 있다면 말해. 말 못 하겠다면 이 세상에서 지워주마."

『……당신은…….』

세리카를 인식한 마인이 갑자기 압도적인 존재감을 누그러트렸다.

『……마침내 돌아왔는가, 공허(세리카)여. 내 주인으로서 합당한 자여.』

"……뭐?"

세리카는 갑자기 이름을 부르는 바람에 당황했다.

『허나…… 과거의 당신이라면 상상도 못 할 그 비참한 꼬락서니……. 지금의 당신은 그 문을 지나갈 자격이 없소. ……그러니 물러나길 바라오.』

"무……무슨 소리야! 넌 날 알아?!"

『사라져라. 지금의 그대에게 용건은 없다.』

그리고 태도를 바꿔서 세리카를 완전히 무시한 마인은 당황한 글렌 일행에게 몸을 돌렸다.

어느새 꺼낸 건지 마인은 양손에 두 자루의 도를 들고 있었다.

왼손에 진홍의 마도(魔刀). 오른손에는 칠흑의 마도.

두 자루 모두 언뜻 보기에도 불길한 저주와 마력이 흘러넘치는 것 같았다.

『어리석은 자의 백성이여. 이 성역에 발을 들여놓은 이상 살아서 돌아갈 생각은 버려라. ……그대들은 그저 내 쌍도의 녹이 될지니. 망자가 돼서 이 《비탄의 탑》을 영원히 맴돌지어다.』

마인은 글렌 일행을 향해 명백한 적의와 살의를 드러냈다.

홍수처럼 쏟아지는 압도적인 존재감이 눈 깜짝할 사이에 그들을 집어삼켰다.

"히익?!"

완전히 겁에 질린 시스티나가 글렌에게 매달렸다.

"……으, 으…… 아……?!"

마음이 굳센 루미아도 얼굴이 새파랗게 질린 채 어깨를 떨면서 멍하니 서 있었다.

"하아……! 하아……! 하아……."

항상 가면 같은 표정의 리엘조차 안색이 죽어서 과호흡 증세를 보였다.

'하, 하하…… 웃기지 마. 누가 너 같은 놈을 상대해줄까 보냐!'

철수다. 글렌은 즉시 결단을 내렸다.

'세리카! 나랑 네가……!'

그리고 어떻게든 학생들이 달아날 틈을 만들려고 세리카에게 눈짓을 보냈지만—.

"사람 말을 들어!"

전혀 눈치채지 못한 세리카는 흉흉한 눈으로 마인에게 돌진했다.

"이제 됐어! 말할 생각이 없다면 강제로라도 들어주마!"

"아앗?! 그만둬! 세리카……!"

세리카는 글렌이 말리는 것도 듣지 않고 낭랑하게 주문을 외쳤다.

"《죽어》!"

흑마【프로미넌스 필러】.

새빨갛게 빛나는 초고열의 불꽃이 하늘을 태우는 불기둥으로 변해서 마인을 단숨에 집어삼켰다.

『……하찮구나.』

마인이 부드럽게 휘두른 왼손의 마도가 세리카의 마술을 베고…… 소멸시켰다.

『그런 **어리석은 자의 송곳니**에 의지할 줄이야……. 참으로 나약하구나. 그대가 자랑하는 **왕의 검**은 어디로 갔느냐 과거의 그대는 이미 죽은 건가?』

'아앗?! 지금, 저 자식이 대체 뭘 한 거지?!'

글렌은 눈을 부릅떴다.

현상만 놓고 보자면 세리카의 어설트 스펠을 소멸시켰다.

……고작 그뿐이었다.

하지만 늘 자신보다 격이 높은 상대와 싸우고 살아남은 마도사로서의 감은, 겨우 그것만으로 정리할 수 있는 현상이 아니라고 외쳤다.

세리카는 그런 글렌의 반응은 아랑곳하지도 않고 신속한 움직임으로 마인에게 달려들었다.

"하! 대항(카운터) 주문 솜씨는 제법이구나!"

"아니야! 세리카! 모르겠어?!"

그렇다. 흑마【프로미넌스 필러】는 B급 군용 마술.

근대의 군용 마술 중 B급은 소멸시킬 수 없다. 막을 수밖에 없는 것이다.

일정 위력 규격(레벨)을 넘는 어설트 스펠은 소멸시킬 수 없기 때문이었다.

그렇다면—.

"저건 카운터 스펠 같은 게 아니야! 훨씬 더 이질적인 별개의—."

하지만 머리에 피가 몰려서 냉정한 판단을 할 수 없는 세리카에게 글렌의 목소리는 닿지 않았다.

"하아아아아아아아아아아아아아아아아아아아아아아앗!"

세리카는 미스릴 검을 들고 마인의 품속으로 단숨에 뛰어들었다.

이미 그녀는 《로드 익스페리언스》로 과거에 《검희(劍姬)》라고 칭송받던 영웅의 검술을 자신에게 빙의시켜서 적수를 찾기 어려운 검사로 변모했다.

지금의 그녀에게 근접전으로 이길 수 있는 자가 이 세상에 존재할 리…… 없었다.

"그 더럽게 건방진 목을 날려주마! 알고 싶은 건 네 머리에서 직접 알아내면 될 테니!"

세리카는 질풍처럼 마인에게 육박했다.

『빌려온 기술과 검으로 자만하는가. ……부끄러운 줄 알라.』

마인도 왼손의 마도를 휘두르며 날카롭게 전진했다.

카아아아아아아아아앙!

날카로운 소리와 함께 세리카의 검과 마인의 도가 맞부딪치며 서로 스쳐 지나간 순간—.

"아……."

세라카가 갑자기 당황했다.

"뭐, 뭐야…… 이게…… 어떻게……?"

세리카는 당황하면서도 등을 돌려 마인에게 검을 겨눴다.

그 자세에서는 조금 전까지 보였던 최강 검사의 품격이 눈곱만큼도 느껴지지 않았다.

"어……어째서 내 마술이 해제(디스펠)된 거지……? 지, 지금 무슨……."

『내 왼손의 붉은 마도는 마술사 살해자(위 · 자이어)……. 그런 약아빠진 어린애 장난은 나에게 통하지 않는다.』

마인은 세리카를 돌아보며 낭랑하게 선언했다.

『나는 그 검의 진짜 주인에게 경의를 표하노라. 방금 일합으로 이해했다. 그 검의 주인…… 지금은 죽고 없는 어리석은 자의 아이여……. 인간의 몸으로 용케도 그 영역까지 도달했구나.』

마인은 이 자리에 없는 누군가에게 기도를 바치는 것처럼 도로 원을 그렸다.

『천위(天位)의 자리에 있는 나 또한 그 검에 깃든 기량에는 경외심을 품지 않을 수 없구나…….』

그리고 당황한 세리카에게 천천히 쌍도를 겨누었다.

『……까닭에 그러한 모독은 용서할 수 없다. 세리카여……! 그대는 도대체 어디까지 타락한 것인가. 나는 그대에게 실망감과 분노를 억누를 수 없도다!』

"제길……! 《뇌광신(雷光神)의 철퇴여》!"

순간적으로 뒤로 물러난 세리카가 마인에게 왼손을 겨누고 흑마 【플라스마 캐논】을 영창했지만—.

『역시 하찮구나.』

마인이 왼손에 들고 있는 마도에 닿은 뇌격이 허무하게 흩어진 순간, 마인의 모습이 잔상을 남기고 사라졌다.

그리고 순식간에 세리카 뒤에서 나타나더니 오른손의 마도를 벼락처럼 내리쳤다.

"치잇?!"

가까스로 반응한 세리카가 몸을 뒤로 굴려서 그 참격을 피했지만…… 마인의 도가 그녀의 등에 희미한 찰과상을 남겼다.

"……아……?!"

다음 순간, 온몸에서 영혼이 빠져나간 것 같은 감각이 엄습했다.

구르는 반동을 이용하여 다시 일어서려 했지만 몸에 힘이 들어가지 않았다.

세리카는 그대로 팔다리를 늘어트리고 꼴사납게 널브러졌다.

"뭐……? 뭐지……? 히, 힘이……?"

『……내 오른손의 마도는 영혼(소·루트) 포식자……. 내 칼날에 닿은 이상 네놈은 끝이다…….』

무방비하게 쓰러진 세리카에게 다가간 마인은 오른손의 마도를 그녀의 목덜미에 가져다 댔다.

힘을 잃은 세리카와 반대로 마인이 두른 어둠의 오라는 조금 전과 비교해도 명백히 강해져 있었다.

"……으…… 아……."

자신의 목덜미에 닿은 차가운 감촉에 세리카는 공포를 느꼈다.

손가락 하나 까딱할 힘도 없는 그녀로서는 이제 저항할 방법이 없었다.

『예상이 빗나갔는가……. 지금의 그대에게는 내 주인이 될 자격이 없다. ……얌전히 잠들도록.』

"……큭?!"

세리카는 자신의 목 바로 옆에 있는 칼날을 멍하니 쳐다보았다.

이 마인이 살짝 긋기만 해도 세리카의 목은 깨끗하게 떨어지리라.

……끝이다.

지나치게 긴 삶에 지쳐서 그토록 그려왔던 종언이 눈앞까지 다가왔다.

그러나―.

죽음을 앞에 둔 세리카의 머릿속에 떠오른 것은…… 글렌과 함께 보낸 약 십몇 년간의 평범한 일상이었다.

"……아."

지금까지 4백 년간, 단 한 번도 이런 생각을 해본 적이 없었다. 그 반대라면 헤아릴 수 없을 만큼 많았는데, 왜 이제 와서 이런 생각이 드는 것일까.

즉, 세리카는—.

"……죽고 싶지…… 않아……."

그 감정을 확실히 자각한 순간, 세리카의 눈에서 눈물이 뚝뚝 흘러내렸다.

"……시, 싫어……. 나는…… 아직……."

이런 곳에서, 고작 이런 식으로 죽을 거라면, 나는 대체 뭘 위해서—.

『참으로 초라하구나.』

그런 꼴사나운 세리카의 독백을 일축한 마인이 도를 움직였고—.

'……도와……줘! ……글렌……!'

무심결에 그런 생각을 떠올린 세리카가 눈을 질끈 감고, 차가운 칼날이 그녀의 목덜미에 닿은…… 바로 그 순간—.

"웃기지 말라고! 이 썩을 놈아아아아아아아아아아아아아아아아아아아아아아아!"

울부짖는 여섯 차례의 총성과 함께 공간을 가로지르는 여섯 가닥의 화선(火線).

퀵 드로(Quick-draw)에서 이어진 글렌의 패닝(Fanning)이었다.

『으음?!』

기습이 효과가 있었는지 첫 번째 탄환이 마인의 심장이 있는 부위를 관통했다.

찰나의 순간, 신속하게 회전한 쌍도. 약동하는 다섯 가닥의 참격.

그야말로 초절 반응, 전광석화의 절기. 마인은 날아오는 남은 다섯 발의 탄환을 단숨에 모조리 튕겨내고 거의 천장까지 도약하더니 글렌에게서 크게 거리를 벌렸다.

"괜찮아?! 세리카!"

그 틈에 글렌은 쓰러진 세리카를 감싸듯 마인과 대치했다.

세리카에게서 대답은 없었다. 아무래도 기절한 모양이었다.

『뭐지? 그 묘한 무기는…….』

그리고 마인이 글렌을 경계하며 주의 깊게 도를 겨눴다.

『폭렬 마술로 납탄을 날리는 마도기인가? 시건방진 놈…… 더는 방심하지 않을 터인즉.』

마인은 건재했다. 아무런 대미지도 없는 분위기였다.

"제기랄! 왜 안 쓰러지는 거야! 심장에 구멍을 내줬는데!"

글렌은 초조함을 느끼며 총알이 떨어진 권총의 핀을 뽑아서 프레임과 총신을 분리, 텅 빈 실린더를 떨어트리고 예비 실린더를—.

하지만 마인이 글렌의 탄창 교환을 얌전히 기다려줄 리 없었다.

『좋다! 어리석은 자의 송곳니로 어디까지 저항할 수 있을지 실컷 시험해 보아라!』

진공조차 가르는 속도로, 평범한 한 걸음으로 글렌과의

간격을 좁혔다.

'아차……?!'

권총의 재장전을 끝내려면 한참 멀었다.

이미 글렌은 쌍도의 간격 안에 들어와 있었다.

잔인하게도 글렌을 몇 개의 살덩이로 해체하려는 순간―.

"시스티!"

"《모여라 폭풍·철퇴가 되어서·때려눕혀라》!"

시스티나가 재빨리 주문을 외쳤다.

그 옆에서는 루미아가 바짝 달라붙어서 시스티나의 왼손에 자신을 손을 포개고 있었다.

시스티나의 흑마 【블래스트 블로】가 글렌에게 달려드는 마인을 요격했다.

루미아의 『감응 증폭 능력』을 더한 바람의 철퇴가 자아내는 위력은 그야말로 무시무시했다.

바람의 철퇴가 파멸적인 충격파를 주위에 흩뿌리며 마인을 향해 날아들었지만―.

『……하찮군.』

그조차 마인이 왼손으로 휘두른 도에 닿은 순간 산산이 흩어졌다. 마인의 로브를 펄럭이게 한 것은 평범한 산들바람이었다.

"세상에?! 루미아의 힘을 더했는데도?!"

시스티나는 절망적인 비명을 질렀다.

"문제없어. 이이이이야아아아아아아아아아아아아아아압!"

하지만 그 틈에, 마인에게 열풍처럼 달려든 리엘의 온 힘을 담은 참격이 짓쳐 들었다.

하지만 마인의 반응은 천둥보다도 빨랐다.

그 참격을 왼손의 마도로 막고 오른손의 마도로 리엘을 베려 한 순간—.

『읍?!』

갑자기 형태가 무너진 리엘의 대검이 허공에 퍼지면서 한 순간 마인의 시야를 차단했다.

그녀의 대검은 유적 밖에서 바위를 재료로 삼아 연금술로 연성한 물건이었다.

마인이 든 왼손의 도가 접촉한 마술을 무효화한다는 것을 감으로 눈치챈 리엘이 직감적으로 그 효과를 이용한 것이었다.

대검의 잔해가 마인의 시야를 차단한 것은 고작 한순간.

—그래도 한순간.

리엘이 진짜 노리던 것은—.

"야아아아아아아아아아아아아아아아아아아압!"

엎드린 채로 의식을 잃은 세리카 옆의 미스릴 검이었다.

그걸 역수로 쥐고 작은 몸의 탄력을 쥐어 짜내서 있는 힘껏 베어 올렸다.

자신도 소용돌이처럼 회전하는 기세로 마인의 오른쪽 허

리에서 왼쪽 어깨까지를 갈랐다.

『으윽?!』

회심의 일격이 마인의 몸에 깊이 파고들었고…… 마인의 몸이 그대로 크게 날아갔다.

한순간의 차로 늦게 발생한 검압이 주위에 파공성을 울렸다.

……보통이라면 이걸로 끝났으리라.

저런 맹렬한 참격을 정통으로 맞았는데 살아있을 리 없었다. 즉사다.

하지만 예상했던 대로—.

『훌륭하다.』

마인은 글렌 일행과 멀리 떨어진 곳에서 여유 있게 착지했다.

『설마 어리석의 자의 민초들에게 두 번을 빼앗길 줄은…… 나도 아직 미숙한가.』

그리고 다시 빈틈없이 쌍도를 겨누며 일행을 향해 한 걸음씩 다가왔다.

움직임에는 역시 아무런 영향도 없었다. 상처를 입은 기색이 전혀 보이지 않았다.

"너, 일을 너무 열심히 하는 거 아냐? 좀 쉬라고……."

글렌은 그제야 재장전을 마친 권총을 겨누고 허세로 농담을 던졌다.

온몸에서 식은땀을 폭포수처럼 흘리면서 머릿속으로는 마

인의 정보를 정리했다.

마인이 왼손에 든 마도는 닿기만 해도 모든 마술을 즉시 무효화할 수 있는 모양이었다. 그러니 마술적인 수단으로는 전혀 대책을 세울 수 없었다.

마인이 오른손에 든 마도는 살짝 스치기만 해도 전투 불능 상태에 빠지는 모양이었다. 아마도 영혼에 직접 간섭하는 것이리라. 단순한 만큼 강력하고 성가시기 짝이 없는 효과였다.

그리고 아무리 치명상을 입어도 죽지 않는 불사성과 마인 본인의 압도적인 무예가 저 쌍도의 특성을 한계까지 끌어내고 있었다.

'요컨대…… 이 녀석이야말로 궁극의 마술사 킬러라는 뜻이지!'

너무나도 강했다. 공수에 전혀 빈틈이 없었다.

특히 글렌과의 상성은 최악. 이길 수 있다는 생각이 전혀 들지 않았다.

『……간다, 어리석은 자의 아이들이여. 나의 공세를 견뎌보아라. 《■■■―》…….』

대체 무슨 술식인 것일까.

마인이 처음 듣는 발음으로 뭔가를 나직하게 읊조리기 시작하자, 머리 위에 형성된 태양처럼 밝게 타오르는 구체가 이곳을 마치 대낮처럼 눈부시게 비추었다.

저 구체가 터무니없는 열량을 내포하고 있는 건 틀림없었다. 그야말로 작렬의 태양. 세리카의 장기인 화력 주문, 흑마【인페르노 플레어】도 비교가 안 될 정도로…….

"마, 말도 안 돼……. 너, 대체 어디서 그런 마력을……!"

글렌은 아연실색했다. 확실히 마인은 강적이었지만 그렇다 쳐도 이 마술은 도가 지나쳤다.

'저 녀석 자신도 영문을 알 수 없는 마술을 쓰다니…… 완전 반칙이잖아! 이 망할 자식!'

그 순간, 글렌은 광대의 아르카나를 꺼내려 하다가…… 망설였다.

마인의 저 마술은 아직 마력을 조작하는 단계…… 아마도 발동 전이리라.

그렇다면 아직 늦지 않았다. 글렌의 오리지널【광대의 세계】로 봉쇄할 수 있을 터…….

'하지만 지금 저걸 봉쇄해서 어쩔 건데? 그다음은!'

남은 전력은 글렌의 권투와 총과 리엘의 검술뿐이다.

이 순간을 모면한 결과, 이쪽의 전력도 급감한다면 어차피 외통수에 몰리게 된다.

그래서【광대의 세계】를 쓰는 것을 한순간 망설였지만—.

『《—■■■■》……죽어라.』

마인은 고작 그 한순간 만에 수수께끼의 마술을 완성했다.

"아차!"

마인의 머리 위에서 한층 더 강하게 빛나는 태양.

작렬의 극광이 글렌 일행의 시야를 태우며 모든 것을 집어삼켜 태우려고—.

…….

"……어?"

태우려고 한 순간—.

어느새 세계가 빛과 색을 잃은 모노톤으로 물들어 있었다.

마인도, 머리 위의 태양조차…… 정지했다.

모든 것이 잿빛으로 변한 무음의 세계에서 색과 소리를 잃지 않은 것은 글렌 일행뿐이었다.

"뭐, 뭐야 이게……."

"……선생님? 이, 이건…… 대체 무슨 상황……."

『……당신들. 이쪽이야. 얼른 와.』

전혀 이해할 수 없는 현상에 당황하고 있던 일행은 갑자기 뒤에서 들린 목소리 쪽으로 일제히 고개를 돌렸다.

그리고 동시에 숨을 삼켰다.

"아……."

『이 상태는 그리 오래는 유지 못 해. 어서 이곳을 벗어나자.』

그곳에 있는 건…… 소녀였다.

다 타버린 재처럼 새하얀 머리카락. 어둡고 혼탁해진 붉은 산호색 눈동자. 몹시 얇은 옷가지.

그리고 등에 달린— 이 세상의 존재하는 생각이 들지 않는 이형의 날개.

『뭘 그렇게 멍하니 있는 거야. 어서. 저 녀석은 이 성역에 발을 들여놓은 어리석은 자의 백성을 용서하지 않아. 지옥 끝까지 따라올 거야. 그러니까…….』

"너, 너는?!"

글렌에게는 낯이 익었다.

"제1 제의장의, 천공의 타움상 앞에 있었던…… 환각이 아니었어?!"

『……흥. 인간이란 참으로 무지몽매하구나. 이해할 수 없는 일, 자신에게 불리한 일이 생기면 바로 현실에서 눈을 돌리다니…… 참으로 어리석어.』

소녀는 경멸하는 듯한 어두운 눈으로 글렌을 흘겨보고 코웃음을 쳤다.

"저, 저기…… 넌 대체 뭐야……?"

시스티나는 떨면서 소녀에게 물었다.

"뭐가…… 어떻게 된 거야? 넌 왜…… 그런 모습을……?"

그 질문은 시스티나에게만 국한된 것이 아니었다.

이 자리의 모두가 같은 의문을 품고 있었다.

"넌…… 왜? 왜 **루미아랑 얼굴이 똑같은 거냐구!**"

시스티나의 지적대로 그 소녀의 얼굴은— 루미아와 판박이였다.

제6장 이름 없는 남루스

『……나? 흠, 지금은 남루스라고 해.』

글렌 일행은 루미아와 똑 닮은 이형의 소녀를 따라서 투기장을 벗어났다.

초조함에 내몰리면서 다리를 움직여 마인과 상당히 거리를 벌린 후 일단 안심하고, 당연히 모두가 품었던 의문에 그 소녀는 그런 식으로 대답했다.

"……무명(無名)(남루스)이라."

명백한 가명에 글렌은 어이가 없어서 탄식했다.

그 모든 것이 정지한 잿빛 세계는 어느새 원래대로 돌아왔고 주위는 여전히 마술의 빛에만 의지해야 하는 어둠의 세계였다.

글렌은 기절한 세리카를 업고 일행을 안내하는 남루스의 뒤를 따랐다. 루미아는 글렌의 바로 옆에 있었고 시스티나는 뒤에서 흠칫거리며 따라왔다.

일행의 후위를 맡은 리엘은 빈틈없이 뒤를 경계했다. ……졸린 얼굴로.

도와주겠다고, 따라오라고 말했던 이형의 소녀— 남루스.

글렌은 신용할 수 있느냐 없느냐를 따지자면 전자에 해당한다고 생각했다.

일행에게 해를 끼칠 생각이었다면 일부러 그런 상황에서 도와줄 필요는 없었다. 그런 영문을 알 수 없는 힘을 쓰면서까지 도와준 걸로 봐선 본인 말대로 그런 의도가 있었던 것이 틀림없으리라.

그러나—.

"이봐…… 넌 대체 정체가 뭐야? 그 이상한 날개는 뭐지? 왜 우리를 도와준 건데? 조금 전의 위험한 마인과 우리를 구해준 잿빛의 세계는 또 뭐고? 넌 어떻게 우리를 알고 있는 거지? 응? 넌 왜 루미아랑 똑같이 생긴 건데? 무슨 관계라도 있는 거야?"

『…….』

자신을 남루스라고 소개한 소녀는 글렌의 질문에 완전한 침묵을 고수했다. 그저 울적한 눈으로 한 번 힐끗 쳐다봤을 뿐, 완전히 늪에 말뚝을 박는 듯한 기분이었다.

아무리 질문을 해봤자 소녀의 개인 정보는 전혀 얻지 못할 것 같았다.

"칫…… 귀여운 구석이 없는 녀석이구만."

등에 이형의 날개가 달린 것을 제외하면 정말로 루미아와 외모가 똑같았다.

하지만 눈초리와 태도는 완전히 달랐다. 세상에 비관하

고, 실망하고, 마음이 닳고 닳은 루미아라고 해야 할까? 남루스는 왠지 신경에 거슬리는 우울하고 퇴폐적인 분위기를 풍기고 있었다.

"참 나, 똑 닮은 누구랑은 완전히 다르구만. ……그런 식으로는 인기 없을걸?"

『심한 말투네. 난 딱히 당신들에게 심술을 부리려고 아무 말도 안 하는 게 아니야.』

"……그게 무슨 뜻이지?"

『모르겠어? 말하지 않는 게 아니라 못 하는 거야. 당신들이 지금 품고 있는 의문에 일일이 대답했다간 나중에 큰일이 벌어질 테니까.』

"뭐……?"

『때로는 아는 것이 최악의 사태를, 모르는 것이 최선의 결과를 불러올 때도 있어. 애당초 난 이렇게 당신들 앞에 모습을 드러낼 생각도 없었다구. 내가 당신들에게 해줄 수 있는 건 필요 최저한의 도움뿐…… 이해했어?』

……모습을 드러낼 생각이 없었다고?

그렇다면 며칠 전에 혼자서 행동하던 글렌 앞에 모습을 드러낸 건 어째서일까.

"……나 원 참, 전혀 영문을 모르겠다고. 가짜 루미아 씨."

『그래? 그럼 딱 하나만 가르쳐줄게. ……나에 대해서.』

남루스는 띄엄띄엄 입을 열기 시작했다.

『지금의 난 세계 각지의 유적과 연결된 레이라인에 들러붙은 잔류사념 같은 존재. 육체는 잃어버린 지 오래야. 그러니 이 모습은 실체처럼 보여도 실체가 아니야. 그리고 조금 전에 당신은 날 환각이라고 했었는데…… 따지고 보면 그다지 틀린 말도 아니겠지.』

글렌은 얼굴을 찡그리고 한숨을 내쉴 수밖에 없었다.

아니다. 글렌이 알고 싶은 것은, 듣고 싶었던 것은 그런 게 아니었다.

『유적의 레이라인에 들러붙은 사념체인 탓에 난 이 나라의 유적이라면 어디든 모습을 드러낼 수 있어. 그게 내 정체. ……어때? 참고가 됐어?』

"예~ 예~. 엄청 참고가 됐습다~. 이제 됐어, 빌어먹을."

그야말로 시간 낭비였다. 글렌은 답답한지 혀를 찼다.

"선생님, 남루스 씨에게 그런 태도를 보이시는 건……."

"야, 야. 루미아. 이런 더럽게 수상한 녀석의 편 따윈 들지 말라고……."

글렌은 변함없이 사람이 좋은 루미아의 태도에 한숨을 내쉬었다.

"애초에 잘 보라고. 이 녀석의 이 징그러운 날개. 이건 또 뭐야? 넌 구역질도 안 나?"

글렌은 불쾌한 얼굴로 남루스의 날개를 힐끗 쳐다보았다.

"어? ……징그럽……나요? 확실히 좀 특이하긴 해도……."

"선생님. 너무 예민하신 거 아니에요? 징그럽다는 건 말이 지나치시잖아요. 오히려 나비 같아서 예쁜데."

루미아는 고개를 살짝 갸웃거렸고 시스티나는 게슴츠레한 눈으로 글렌의 말투를 비난했다.

"뭐어?! 예쁘다고?! 이 뒤틀린 심해어 같은 날개가?! 너희들, 제정신이야?"

"……선생님이야말로 무슨 소릴……. 눈, 괜찮으세요?"

그대로 시스티나와 글렌은 말다툼을 시작했다.

"죄송해요, 남루스 씨. 지금 선생님은 저희 때문에 필사적이라 여유가 없으신 걸 거예요. 평소의 선생님은 훨씬 더 다정하신 분이랍니다."

『나도 알아.』

남루스는 미안하다는 얼굴로 사과하는 루미아에게 어째선지 그런 식으로 대답했다.

"그보다 고맙다는 말씀을 드리는 게 늦었네요. 정말 고맙습니다. 남루스 씨. 저희를 구해주셔서."

그러자 남루스가 갑자기 걸음을 멈추고 루미아를 돌아보았다.

일행도 따라서 걸음을 멈추었다.

"남루스 씨가 왜 저랑 똑같은 모습이신 건지는 모르겠지만……. 같은 모습이라서 그런지…… 전 왠지 당신이 남 같은 기분이 들지 않아요."

『…….』

“어쩌면 저흰 전생에 자매였을지도요?”

그건 딱히 아첨이나 입바른 소린 아니었다.

루미아는 그저 느낀 대로만 말한 것뿐이었다.

하지만 남루스는 그런 그녀에게 가까이 다가오더니—.

『난 있지……. 당신이 정말 싫어, 루미아.』

적의와 증오가 가득한 표정으로 루미아를 노려보았다.

『자매라니, 진짜 구역질이 날 것 같아. 조금 전에 당신만 죽어버렸으면 좋았을 텐데…….』

갑자기 악의를 드러내자 제아무리 루미아라도 말을 잃고 굳어버릴 수밖에 없었다.

즉시 긴장감이 감돌았다. 시스티나는 숨을 삼켰고 글렌은 등 뒤에 숨긴 총을 쥐었다. 리엘은 미스릴 검을 겨누며 당장에라도 달려들 듯한 자세였다.

『……걱정하지 마. 그녀에게 위해를 가할 생각은 없어. ……아니, 어차피 이 몸으론 아무것도 할 수 없으니…… 그냥 푸념이야.』

긴장한 글렌 일행을 대충 훑어본 남루스는 다시 차가운 시선으로 루미아를 노려보았다.

『지금의 당신에게 이런 말을 해봤자 의미가 없다는 건 나도 알아. ……그래도 말하지 않고는 견딜 수가 없어. 당신만 없었다면……!』

일방적으로 그렇게 말한 남루스는 루미아에게서 시선을 돌리고 다시 걸음을 옮기기 시작했다.

“당신은…… 굉장히 다정하신 분이네요.”

하지만 루미아는 왠지 쓸쓸해 보이는 남루스의 등을 향해…… 그렇게 말을 걸었다.

『……그게, 무슨……?』

“그야 당신은 그 정도로 절 미워하면서도…… 저도 구해주셨는걸요.”

『……그냥, 돕는 김에…….』

“저는…… 당신이 왜 그렇게 절 미워하시는지는 모르겠어요. 그러니 안이하게 사과드릴 수는 없겠죠. ……거짓말이 될 테니까요.”

그리고 루미아는 남루스의 등을 똑바로 바라보며 단언했다.

“그러니…… 적어도 고맙다는 말은 하게 해주세요.”

『…….』

“저를, 저희를 구해주셔서 감사해요.”

……그러자 갑자기 남루스의 모습이 어둠에 녹아들면서 사라졌다.

“어? 잠깐!”

『……잠시만 사라질게. 머리 좀 식히고 올 테니까.』

남루스는 당황하는 글렌에게 차가운 목소리로 말했다.

『걱정하지 마. 난 당신들이 고대 유적이라고 부르는 곳이라면 대부분 있으니까. 이대로 내가 알려준 곳에 가봐. 그럼 이만…….』

메아리처럼 주위에 울리는 목소리로 그런 말을 남긴 남루스는 완전히 모습을 감추었다.

"이거 참…… 대체 뭐냐고, 저 녀석은……."

글렌은 머리카락을 헤집으며 기가 막힌 듯 한숨을 내쉬었다.

이번 사건은 정말로 영문을 알 수 없는 점투성이였다.

제아무리 글렌이라도 진저리를 친…… 순간—.

"……으……응……?"

등에서 누군가가 움직이는 느낌.

글렌의 등에 업힌 세리카가…… 천천히 의식을 되찾았다.

"……글, 렌……? 여, 여기는……?"

"세리카…… 이제야 정신을 차렸구만."

글렌은 안도의 한숨을 내쉬었다.

시스티나와 루미아와 리엘도 안도한 표정이었다.

"야, 기분은 좀 어때?"

"……최악이야."

그렇게 물어보자 세리카는 글렌의 등에 머리를 기대고 힘없이 중얼거렸다.

그녀의 등에 난 상처는 이미 루미아의 힐러 스펠로 완벽하게 치료한 후였다. 그런데도 상태가 좋지 않은 모양이었다.

"그 마인의 마도는…… 벤 상대의 영혼을 흡수해서 자신의 힘으로 바꾸는 구조인 모양이더군……. 아무래도 난 영혼…… 에테르체(體)를 대량으로 흡수당한 것…… 같아…….”

그랬던 건가. 마인이 규격 외의 마술을 단독으로 쓴 것에는 그런 배경이 있었나 보다.

한 가지 의문이 사라졌다.

상대에게 피해를 줄수록 강해지다니, 진짜 치사하다.

“……영혼의 손상은 자연 재생을 기다리는 수밖에 없어. 하지만…… 이 정도쯤 되면…… 하, 하하…… 난…… 이제 두 번 다시, 마술을…… 못, 쓰게…… 될지도…….”

“……바보 같은 소리 하지 마.”

그렇게 말하면서도 글렌은 웃을 수 없었다.

영혼의 손상. 마술사에게는 더할 나위 없는 치명상이었다. 영적인 감각으로 마술을 쓰는 마술사에게 영혼— 에테르체의 상태는 절대적인 영향을 미치기 때문이다.

앞으로 마술을 전혀 못 쓰게 되는 정도는 아니더라도…… 뭔가 장애가 남는 건 충분히 있을 법한 이야기였다.

한동안 무거운 침묵이 감돌았다. 기계적으로 다리를 움직여서 통로를 나아갔다.

발소리만 허공에 울려 퍼졌다.

“저기…… 글렌. 그러고 보니 그 녀석은……? 그 마인은…… 어떻게 됐지?”

갑자기 세리카가 입을 열었다.

"지금 간신히 따돌린 참이야. 남루스라는 이상한 녀석이 우리를 구해줬거든."

"……남루스?"

처음 듣는 이름이 나오자 세리카는 눈살을 찌푸렸다.

"그게 누구지? ……아니, 이런 곳에 우리 말고 또 누가 있었던 거야?"

"음~ 뭐랄까…… 설명하기 난감한걸. 어째 인간은 아닌 것 같은 이상한 녀석이었는데…… 느닷없이 우리 앞에 나타나더니…… 야! 남루스! 듣고 있어? 좀 나와 봐!"

글렌은 허공을 향해 말을 걸었다.

"……음? 안 나오네……. 그 녀석, 대체 뭘 하는 거지?"

잠시 기다려봤지만 어째선지 남루스는 전혀 모습을 드러내려 하지 않았다.

"뭐…… 아무렴 어때. 정체가 뭐가 됐든. 이런 곳에 누가 있었다니, 믿기지는 않지만……, 네가 믿고 의지한다면…… 그걸로…… 충분해……. 그보다…… 쿨럭! 콜록!"

그 순간, 세리카가 괴로운 듯 기침을 했다. 에테르체의 손상으로 육체와 영체에 무거운 균열이 생겨서 몸에 영적인 변화를 초래한 것이다.

"어? 잠깐! 괜찮아? 세리카!"

"난 됐으니까 신경 쓰지 마. 그보다……."

세리카는 잠시 뭔가를 각오한 것처럼 입을 다물더니……

분명하게 말했다.

"난 이제 짐밖에 안 돼……. 그냥 두고 가."

글렌은 경악할 수밖에 없었다.

"……난 이제…… 보다시피…… 당분간 혼자서는 제대로 움직일 수도 없어……."

평소였다면 자신감과 패기가 넘쳤을 목소리가 지금은 그저 연약하기만 했다.

그곳에 있는 건 더 이상 최강의 마술사가 아니었다.

지금 글렌의 등에 업혀 있는 것은…… 상처 입고, 좌절한, 평범하기 이를 데 없는 약한 여자일 뿐이었다.

"……그게 가능하겠냐. 멍청아."

글렌은 짜증스러운 말투로 세리카에게 독설을 내뱉었다.

"이 상황을 보건대…… 그 마인은 우리를 쫓아오고 있는 거지?"

"남루스가 그 자식은 마음이 좁고 음험한 스토커라 그 투기장에 무단 침입한 우리를 지옥 끝까지 쫓아올 거라더군. 하지만……."

남루스에게서 얻은 몇 안 되는 정보를 따르자면 지금의 그 마인은 지하 미궁의 지하 50층부터 89층까지의 심층 영역, 《문지기의 초소》에 묶여 있는 존재인 모양이었다. 또한 마인은 그 영역에서 벗어날 수 없다고 했다.

"……그런 고로 냉큼 이 빌어먹을 미궁에서 탈출하기만 하면 되는 거야. 남루스 씨가 그 투기장에서 가장 가까운 탈출 지점을 알고 있다더라."

"……그럼…… 더더욱……."

세리카는 힘없이 글렌의 어깨를 잡았다.

"이런 내가 있으면…… 도망치는 속도도…… 전투도…… 불리해질 테니……."

"그래. 완전히 네 말대로야. 빌어먹을."

"……그렇지? 그러니까……."

"그래도 거절하겠어."

글렌은 세리카를 업은 채 계속 걸었다. 그 걸음걸이에 망설임은 추호도 없었다.

"……부탁이니까…… 이럴 때 정도는…… 내 말을 들어! 이대로 가다가는……."

"시끄러! 닥쳐! 입 좀 다물어!"

하지만 글렌은 세리카를 질타하면서 억지로 고쳐 업고 담담히 걸음을 옮겼다.

"난 무슨 일이 있어도 널 데려갈 거야! 그리고 이 빌어먹을 미궁에서 탈출하겠어! 이 방침은 변경 안 해! 이 탐색대의 대장 명령이야! 불만 있냐? 짜샤!"

글렌의 고함에 한순간 몸을 움츠렸던 세리카는 이윽고 기가 막혔다.

"어째……서? 왜 그렇게까지 해서 나를……?"

그리고 연약한 목소리로 중얼거리자—.

"가족이니까!"

글렌은 바로 단호하게 외쳤다.

"만약 너랑 내 입장이 반대였다면 넌 날 억지로라도 끌고 갔을 거야! 아무리 생존율이 낮더라도!"

그리고 목소리 톤을 낮추며 언짢은 듯 중얼거렸다.

"……가족이라는 건 그런 거잖아?"

"글렌……."

세리카는 잠시 멍한 얼굴로 글렌의 등에 몸을 기댔다.

"……우린…… 가족인가……?"

"아니면 또 뭐가 있겠어?"

"정말……? 정말로, 진짜……?"

"끈질기네……. 내가 그렇다고 하잖아."

"……그런, 가……. 우린…… 가족인가……. 하하……. 훌쩍…… 히끅……."

그러자 안도한 것처럼 깊게 숨을 내쉰 세리카는 글렌의 등 뒤에서 조용히 오열했다.

"……왜 울어?"

"사실…… 난…… 줄곧…… 무서웠어……. 가족이라고 여기는 건…… 나 혼자만이 아닐까 싶어서……."

"이 바보가……! 왜 그렇게 되는 건데!"

"그야…… 난 아무리 생각해도 인간이 아니잖아……."

"뭐어?!"

그리고…… 세리카는 울먹이는 목소리로 마침내 자신의 속마음을 조금씩 토로했다.

세리카는 이야기했다. 자신의 약 4백 년에 걸친 긴 삶을―.

불안함과, 분노와, 고독과, 싸움으로 얼룩진 끝없는 가시밭길을―.

그 길을 걷는 자신을 계속 괴롭혀온, 충동질했던 『내면의 목소리』― 정체를 알 수 없는 사명의 존재를…….

그리고 그 『내면의 목소리』가 어느 날 갑자기 이렇게 말했다.

글렌을 양육하기 위해 마술학원의 교수가 된 세리카가 탐색 의뢰를 받고 지하 미궁에 발을 들여놓은 순간― 이 지하 미궁의 가장 깊숙한 곳에 바로 그녀의 사명이 있다고…….

"그래서 넌 이런 빌어먹을 미궁에 집착했던 거야? 그 『내면의 목소리』가 수작을 부려서?"

"……처음에는 그랬지."

"처음에는?"

세리카의 묘한 말투에 글렌은 고개를 갸웃했다.

"처음에는 확실히 『내면의 목소리』가 시키는 대로 무모한 짓을 했었지……. 하지만…… 지금의 난 아직도 떠올리지 못하는 사명 따위…… 이제 거의, 아무래도 상관없었어……."

"그럼! 왜 그런 무모한 짓을 계속했던 건데!"

글렌의 질문에―.

"그러니까…… 무서웠다고 했잖아……."

세리카는 모기처럼 작은 목소리로 중얼거렸다.

"너와 함께 살면서…… 난…… 점점 무서워졌어……. 원인을 알 수 없는 불로 체질……『이모탈리스트』……. 내가 사는 시간과…… 네가 사는 시간은 달라……. 나와 넌 다르다고……. 어렸던 네가 차츰 성장할 때마다…… 늘 이런 생각이 강하게 떠올랐어…….『아아, 역시 너와 난 다른 존재』라고……."

그렇다. 그것이야말로—.

"그래서…… 넌 마음속으로는 날…… 가족으로…… 인정하지 않는 게 아닐까 해서……. 자신과 완전히 다른 생물처럼 여기는 게…… 아닐까 해서……. 이런 내가 불쌍하니까 곁에 있어 주는 게…… 아닐까 해서……."

긴 고독 속에서 약해진 세리카가 걸린『병』의 정체였다.

"글렌…… 나는……."

세리카의 가냘픈 팔이 글렌의 목을 강하게 감싸 안았다. 뒤통수에 닿은 그녀의 이마. 뜨거운 뭔가가 그의 뒤통수로 느껴졌다.

"……이제『내면의 목소리』같은 건…… 기억나지도 않는 사명 같은 건…… 아무래도 상관없었어……. 그저 난…… 너와…… 함께 있을 수만 있다면…… 그걸로 충분했어……."

"……."

"……난…… 너와 같은 시간을 살아가는, 같은『인간』

이…… 되고 싶었던 거야…….”

세리카의 그런 연약하고도 슬픈 독백에, 모든 것을 깨달은 글렌은 자기도 모르게 눈을 감고 이를 악물었다.

“……그래서였냐.”

그녀는 자신의 불로 체질을 해명하기 위해, 『이모탈리스트』에서 인간이 되기 위해 지하 미궁을 찾았던 것이다.

이 체질은 틀림없이 잃어버린 사명과 관계가 있을 테니까.

글렌에게 자신을 인간이라고, 진짜 가족으로 인정받고 싶어서…….

타움의 천문 신전에 같이 갈 생각이 든 것도 그래서였다.

타움의 천문 신전에는 시공간 전이 마술, 시간과 관련 있는 고대의 비술이 잠들어 있다는 소문이 있었으니까. 지하 미궁 탐색에 차질을 빚고 있던 차에 여기라면 자신의 체질을 해명하는데 뭔가 힌트가 있지 않을까 싶어서 따라왔던 것이리라.

참으로—.

“바보……. 정말 바보였어…….”

글렌은 분노를 드러내며 떨리는 목소리로 그렇게 말했다.

“……글렌?”

“……그딴 걸로 고민하는 너도…… 그런 네 갈등을 몰라준 나도…… 진짜 바보였다고! 젠장……! 빌어먹을……!”

그러고 보니 전에도 그런 일이 있었다.

글렌이 마술을 혐오하게 되자 덩달아 자신까지 싫어진 것이 아닐까 제멋대로 착각했던 세리카는, 글렌을 억지로 마술강사로 취직시켰다. 마술을 좋아했던 시절을 떠올려줬으면 해서…….

세리카 아르포네아. 글렌이 동경했던 최고의 마술사이자—마법사.

글렌이 동화 속에 나오는 『정의의 마법사』를 동경했던 건…… 원래는 세리카 같은 마법사가 되고 싶었기 때문이다.

글렌에게 세리카는…… 평생을 걸고 그 등을 좇아야 하는 위대한 존재이자, 신성불가침의, 이야기 속에서 살아가는 영웅(히어로) 그 자체였다.

그래서 잠시 잊고 말았다. 세리카도 사상최강의 마술사 이전에, 지고의 마술사 이전에 한 사람의 여성이라는 것을…….

4백 년이라는 정신이 아득해질 법한 긴 시간 끝에 마모되고, 약해진, 지극히 평범한 인간이었다는 사실을…….

그녀의 불안감을 완벽하게 없애줄 수단이 글렌에게는 없었다. 그녀가 바라는 것을 완벽하게 증명할 수단이 글렌에게는 없었다.

그래서—.

"너와 난, 가족이야."

그래서 몇 번이든 말해주기로 했다.

"너와 난 가족이야, 세리카. 애당초 가족이 아니라면 대체 뭐라는 거야? 진심으로."

몇 번이든—.

"너…… 나랑 같이 산 10년 이상의 세월 동안 대체 뭘 본 거야? 진짜 바보 아냐? 불안한 게 있으면 솔직히 말해. 그런 더럽게 시시한 고민을 털어놓기도 하고 때론 싸우기도 하는 게 가족이잖아? 그런 것도 몰라?"

몇 번이든. 몇 번이든—.

"네가 무슨 애냐…… 대체 몇 살이야? 정말이지 이 치매 할망구는……. 아~ 이거 진심으로 당분간은 가족인 내가 보살펴줘야겠는걸~."

그녀가 불안해할 때마다 몇 번이든—.

"……넌 지금 그대로도 충분해, 세리카. 전혀 신경 쓸 필요 없다고. 네가 『이모탈리스트』건, 인간이 아니건, 신이건, 악마건, 마왕이건 간에…… 넌 내 단 하나뿐인…… 소중한 가족이니까."

글렌은 담담한 말투로, 마음을 담아서 말을 자아냈다.

세리카가 알아줄 때까지, 안심해줄 때까지 몇 번이든…….

"넌…… 지금 그대로도 충분해."

"그런……가……."

글렌의 말을 가만히 듣고 있던 세리카는 마치 꿈이라도 꾸는 기분으로 숨을 내뱉었다. 그리고—.

"……난…… 왜 그런 간단한 것도…… 모르……고……."

"……세리카?"

그대로 다시 깊은 잠에 빠져들었다.

"나 원 참…… 쓸데없이 사람 귀찮게 하기는……."

글렌은 토라진 것처럼 말을 내뱉고 세리카의 몸을 소중히 고쳐 업었다.

소녀들은 그런 글렌과, 그의 등에서 어린애처럼 고른 숨소리를 내며 잠든 세리카를 흐뭇하게 바라보았다.

"……칫. 뭘 쳐다보냐?"

학생들의 시선을 느낀 글렌은 부끄러운 듯 고개를 돌렸다.

그리고—.

『……고마워, 글렌.』

"으헉?!"

어느 틈에 글렌의 옆에 나타난 남루스가 갑자기 그런 말을 꺼냈다.

"멍청아! 사람 놀라게 하지 마! ……어라? 고맙다고? 엥? 그건 또 무슨 뜻이냐?"

『……글쎄?』

그대로 남루스도 고개를 홱 돌려버렸다.

일행은 지하 미궁을 계속 이동했다.

뒤에서 쫓아오고 있을 위협에 공포를 느끼며 묵묵히…….

하지만 이대로 아무 일 없이 끝나길 바라는 마음을 비웃

듯 마침내—.

“……왔군.”

『응.』

회랑을 걷던 글렌이 갑자기 걸음을 멈추고 뒤를 돌아보았다. 강대하고 불길한 힘을 지닌 누군가가 근처까지 온 기척이 피부로 저릿저릿하게 느껴졌다.

『……아직 멀리 있어. 하지만 따라잡히는 건 시간문제겠지.』

“서두르면 따돌릴 수 있을까?”

『무리야. 아직 목적지까지는 제법 거리가 있어. ……당신들이 여기에 올 때 쓴 문보다는 가깝지만…… 그래도…….』

그렇다면 남은 방법은 단 하나…… 요격하는 것뿐이었다.

“내가 여기에 남으마. 너희는 세리카를 데리고 어떻게든 이 지하 미궁에서 탈출해.”

비장한 각오로 그렇게 말한 글렌은 잠든 세리카의 몸을 벽 근처에 내려놓았다.

“아, 안 돼요! 선생님도 같이……!”

『맞아. 그게 무슨 소리야?』

그런 글렌의 말에 가장 크게 반응한 것은 루미아와, 뜻밖에도 남루스였다.

『글렌…… 당신은 여기서 죽으면 안 돼.』

“그럼 어쩌라고! 따라잡히는 건 기정사실이잖아?!”

『……그건.』

"한 곳에 뭉쳐있으면 단숨에 전멸당하겠지. 아무튼 우린 대항할 수단이 전혀 없으니까. 그러니 내가 여기 남아서 1초라도 시간을 벌겠어. 너희들은……."

『그것만은 안 돼! 특히 당신과 세리카는 살아남아야 한단 말야! 제발!』

"저런 무적의 불사신인 녀석을 상대로 그런 말이 나와?!"

글렌과 남루스는 격한 말싸움을 시작했다. 귀중한 시간이 계속 낭비됐다.

『당신이 미끼가 돼봤자 결국 저 애들도 따라잡혀서 살해당할 거야!』

"그럼 어쩌라는 거야! 이대로 가만히 앉아서—."

그야말로 일촉즉발의 순간—.

"……선생님."

그때까지 계속 입을 다물고 생각에 잠겼던 시스티나가 갑자기 뭔가를 결심한 듯 입을 열었다.

"어차피 못 도망칠 거라면…… 싸우죠. 다 같이. ……저 마인하고요."

한순간 글렌은 시스티나가 겁에 질린 나머지 제정신을 잃은 줄 알았다.

"우리 힘으로 저 마인을 타도하는 거예요. 전원이 살아남으려면…… 그 방법밖엔 없어요."

그녀 나름대로 최대한 용기를 쥐어짜서 한 말이었으리라.

시스티나의 어깨와 입술은 작게 떨리고 있었다.

"너, 바보 아냐?! 이길 수 있을 리가 없잖아!"

하지만 그 마인의 강대함을 잘 알고 있는 탓에 완전히 여유를 잃은 글렌은 시스티나에게 따지고 들었다.

"그래, 승산이 있었다면 다 같이 싸우고말고! 하지만 그 녀석은 심장을 총알로 꿰뚫어도, 검에 썰려도 안 죽었잖아! 그런 놈을 상대로 어떻게!"

『글렌이 말한 대로야.』

어째선지 남루스도 그 말에 동의했다.

『그 마인을 완전히 죽일 수 있는 자는 이 세상에 없어. ……유감이지만 말야. 이유는 잘 모르겠지만…… 그 녀석은 불사신이야. 몇 번을 죽여도 결코 죽지 않아.』

묘한 확신과 실감이 담긴 말투였다. 하지만 시스티나는 전혀 개의치 않고 지극히 냉정하게 말했다.

"외람되지만…… 그 마인의 불사성은…… 아마 깨트릴 수 있을 거예요."

"……뭐?"

『어?』

글렌뿐만 아니라 남루스까지 눈을 휘둥그레 떴다.

"제 추측이 정확하다면, 말이지만요……. 그 마인에게는 아마 약점이 있을 거예요."

그렇게 말한 시스티나는 등에 멘 배낭을 내리고 그 안에서 뭔가를 찾기 시작했다.

"……혹시 도움이 될까 싶어서…… 가져온 건데…… 설마 이런 형태로 도움이 될 줄은……."

시스티나가 배낭 속에서 꺼낸 것은—.

"……어? 『멜갈리우스의 마법사』……? 세리카가 가져온 책?"

"예."

의아해하는 글렌의 시선이 꽂히는 가운데 시스티나가 책장을 넘기기 시작했다. 그리고—.

글렌이 전장으로 정한 곳은…… 미궁 내부에 만들어진 공중 정원 같은 장소였다.

넓은 공간에 좁은 광장들이 다양한 높이로 솟아 있었고, 수많은 계단이 그 광장들을 미로처럼 연결했다. 지금은 물이 말라붙었지만 분수대와 그것들을 연결하는 수로가 곳곳에 있는 것을 보아하니, 예전에는 흐르는 물이 폭포와 분수를 이루는 무척 아름다운 장소였으리라 쉽게 상상이 갔다.

'뭐, 천장을 돔 형태의 돌벽으로 덮어서 하늘이 보이지 않는 게 단점이지만…… 아니, 이건 공중 정원이라기보다 지하 정원이라고 부르는 편이 타당할지도.'

"……응? 왜 그래? 글렌."

천장을 올려다보는 글렌 옆에는 세리카의 미스릴 검을 든 리엘이 서 있었다.

그리고 약간 떨어진 후방, 글렌과 리엘이 있는 광장보다 2, 3 미트라 정도 높은 위치에 있는 광장의 난간에는 약간 긴장한 분위기의 시스티나와 루미아가 대기하는 중이었다.

"아무것도 아냐. 그럼 너희들만 믿으마."

"응. 맡겨줘. 난 글렌의 검인걸."

리엘이 그렇게 대답하자 시스티나와 루미아가 고개를 끄덕였다.

이윽고 그런 일행을 향해 압도적인 기척이 다가왔다.

천천히, 천천히…….

피부가 저릴 정도로 싸늘하고 어두운 기척이 서서히 강해졌다. 그리고—.

『달아나지 않고 나와 맞서는가. 어리석은 자의 백성치고는 의연하도다…….』

마인이 글렌 일행 앞에 모습을 드러냈다. 여전히 눈이 부실 정도로 불길한 압력이 느껴졌다. 대치하기만 했는데도 무릎이 떨리고 등과 이마에 대량의 식은땀이 철철 흘렀다.

『이기지 못할 것을 알면서도, 죽일 수 없는 것을 알면서도 나에게 이를 드러낸 그 만용은 어리석다. 허나 훌륭하도다. 최소한의 자비로 고통 없는 죽음을 선사해주마…….』

저벅, 저벅, 저벅…….

마인은 광장을 연결하는 계단을 통해 글렌 일행이 진을 친 장소로 천천히 다가왔다.

압력이 절망적일 정도로 강해졌고 공포로 오그라든 심장이 비명을 질렀다. 그러나—.

“과연 그럴까? 전혀 소용없었던 건 아닐 텐데~?”

글렌은 최대한 여유 있는 척하며 밑에서 올라오는 마인을 바보 취급하는 것처럼 말했다.

“어쨌든 네 남은 목숨은 앞으로 네 번……이잖아?”

『…….』

글렌의 수수께끼 같은 발언에 계단을 오르는 마인의 걸음이…… 멈췄다.

“자…… 그럼 이 바보 같은 소동도 슬슬 끝을 내볼까?”

의기양양하게 웃은 글렌은 조금 전에 시스티나와 나눈 대화를 떠올렸다.

…….

“……일단 그 마인의 불사성과 약점을 설명하기 전에…….”

책장을 넘기다 만 시스티나가 갑자기 화제를 바꾸었다.

“저기요, 선생님. 롤랑 엘트리아는 아세요?”

갑작스러운 화제전환에 글렌은 눈살을 찌푸렸다.

“……뭐? ……아니, 알기는 아는데 지금은 그런 이야기를 할 때가…….”

“그 사람이 중요하다구요! 잘 들으세요!”

시스티나는 강하게 단언하면서 말을 계속했다.

“롤랑 엘트리아. 근세의 유명한 마도 고고학자죠. 마도 고고학의 아버지라고도 불려요. 그는 멜갈리우스의 천공성을 중심으로 고대사 연구를 거듭했고, 그가 쓴 대표작은 『멜갈리우스의 천공성』…… 그리고 『멜갈리우스의 마법사』…….”

“그래, 맞아. 전자는 너 같은 멜갈리언에게는 바이블이나 다름없는 서적. 후자는 이 나라의 아이들이라면 한 번쯤은 읽어봤을 동화지. 그자는 마도 고고학자인 동시에 동화 작가이기도 했으니까…….”

시스티나의 의도를 파악하지 못한 글렌은 어쩔 수 없이 대화에 어울려줬다.

“롤랑이 동화작가로서 쓴 작품은 세계 각지에 전해 내려오는 고대 신화와 전설과 민간전승을 독자적인 분석과 해석을 통해 편찬한 것……. 특히 그의 최고 걸작인 『멜갈리우스의 마법사』는 그 집대성…… 고대 신화의 집대성이라고 해도 과언이 아니에요. 동화인 동시에 성력전 고대사를 파헤친 참고문헌이라고도 할 수 있는 명작이죠.”

“……그게 뭐 어쨌는데?”

“최종적으로 롤랑 엘트리아는 『멜갈리우스의 마법사』를 집필해서 세상에 출간한 후……, 이웃나라 레자리아 왕국의 고대 전승을 조사하던 도중에 그 나라를 지배하는 성 엘리사레스 교회에 『이단자』라는 명목으로 체포당해…… 화형대로 끌려갔어요.”

"……!"

"죄명은 『사악한 사상의 서적을 세상에 내놓아 무고한 백성들을 현혹한 죄』. 교회는 레자리아 왕국에 퍼진 『멜갈리우스의 마법사』를 강제로 회수해서…… 태워버렸죠."

"그, 그건 너무해……. 그 책이라면 나도 어릴 때 읽은 적이 있지만…… 진짜 평범한 동화잖아? 구 교회가 화낼 만한 부분은 전혀……."

이상하게 생각한 루미아가 비통한 표정으로 맞장구를 쳤다.

"응, 아무리 생각해도 이상해. 당연히 무슨 비밀이…… 있을 것 같지 않나요?"

시스티나의 질문에 글렌은 입을 다물었다.

"다시 언급하지만 『멜갈리우스의 마법사』는…… 세계 각지에 남은 고대 문명의 전승을 참고로 쓴 거예요. 그렇다면…… 당연히 이런 생각부터 들지 않나요? 롤랑 엘트리아는…… 결코 알아서는 안 되는 고대 문명의 비밀을 알아냈고, 그것을 『멜갈리우스의 마법사』라는 책으로 써서 세상에 알린 탓에…… 살해당한 걸지도 모른다구요."

"……!"

"화형대에 오른 롤랑이 마지막으로 남겼다고 전해지는 말은…… 『교전은 만물의 예지를 관장하고, 창조하고, 장악한다. ……그러하기에 그것은 인류를 파멸로 인도하게 되리라』……. 왠지 무척 의미심장하게 들리지 않나요? 『멜갈리우스의 마법사』에는 『교전』이라 불리는 금단의 원본에 가까운 뭔가가 있을지도 모른다는…… 그런 생각이 들지 않나요?"

글렌은 잠시 그 말을 되새기는 것처럼 침묵을 고수했다.

"시시한 음모론이군. 그게 뭐? 대체 그 마인이랑 무슨 관계가 있다는 건데?"

하지만 곧 어이가 없다는 듯 웃어넘겼다.

"선생님. 지금부터가 본론이에요. 아까 그 마인은……."

시스티나는 글렌의 눈을 똑바로 바라보면서 말했다.

"왼손에 마법을 지우는 붉은 마도…… 오른손에 혼을 먹어치우는 검은 마도…… 몇 번을 죽여도 죽지 않는 불사의 마인……. 이거 어딘가에서 들어본 것 같지 않나요? 어릴 때 『멜갈리우스의 마법사』를 정말로 좋아했던 선생님이라면 틀림없이 기억하실 거예요."

시스티나는 책을 펼쳐서 글렌에게 보여주었다.

쌍도의 검사가 일만의 군세와 맞서는 구도의 삽화가 왠지 낯이 익었다. 그 삽화에, 그리고 시스티나의 지적에…… 그리운 옛 기억이 갑자기 머릿속에서 되살아났다.

"……마황인장 아르 칸!"

그림책 『멜갈리우스의 마법사』에는 주인공의 적인 『마왕』, 그리고 그를 수호하는 『마장성』들이 등장한다. 마장성이란 마왕 직속의 강대한 힘을 지닌 부하들을 뜻한다. 과거에는 인간이었지만 어떤 형태로든 인간을 그만둔 자들의 집단.

그중에서도 마황인장 아르 칸은 독특한 위치에 있는 등장 인물이었다. 마왕을 받들면서도 더욱 마왕에 적합한 인물…… 자신이 진심으로 충성을 맹세할 상대를 찾아다니며 수많은 강자와 싸움을 거듭하고 때로는 마왕에게도 이를 드러내는 특이한 인물이었다.

그리고 가장 큰 특징은 앞서 언급한 쌍마도와 과거에 사신이 아르 칸에게 내린 열세 가지 시련을 극복하고 손에 넣은 열세 번의 목숨.

그는 열세 번을 죽여야만 쓰러진다. 즉—.

"아니, 너. 바보야?! 그건 그냥 옛날이야기잖아! 하얀 고양이, 넌 그 마인이 마황인장 아르 칸이라고 말하고 싶은 거냐? 아무래도 그건……."

"저도 바보 같은 소릴 한다는 자각은 있어요! 하지만, 그렇다 쳐도 비슷한 점이 너무 많잖아요! 이게 정말로 우연이에요?! 우연치고는 너무 공교롭잖아요!"

확실히 듣고 보니 그랬다.

정말로 이걸 그냥 우연이라고 치부해도 괜찮은 것일까.

일반적으로 사물을 판단할 때 두세 가지가 일치하면 우연이지만 세 가지 이상이 일치하면 거의 필연이다. 그것을 아무런 검증도 없이 우연이라고 단정하는 건 어리석은 자들이나 할 법한 짓이었다.

그리고 시스티나의 말대로 『멜갈리우스의 마법사』는 평범한 동화가 아니었다. 고대 신화의 집대성…… 위대한 전설의 화자인 롤랑 엘트리아의 영혼 그 자체였다.

"선생님. ……이 가능성에 걸어보면 안 될까요? 상대가 그 아르 칸이라면……."

그렇다. 일반적으로 이야기속의 영웅과 반영웅(反英雄)에게는 약점이 따르는 법. 그 마인이 정말로 진짜 마황인장 아르 칸, 고대의 반영웅이라면—.

쓰러트릴 수단이, 공략법이 존재했다.

'……어쩌지?'

이건 도박이었다. 그런 가느다란 희망의 실에 매달려서 마인을 쓰러트리고 전원이 생존할 가능성에 걸어볼 것인가.

아니면 희망을 버리고 누군가를 희생해서 절망적인 도주극을 펼칠 것인가.

글렌은 학생들을 바라보았다.

시스티나도, 루미아도, 리엘도…….

뭔가를 호소하는 듯한 진지한 표정으로 그를 똑바로 바라보고 있었다.

—당신의 판단에 따르겠다고.

—어떤 결과가 기다려도 후회하지 않겠다고.

눈빛으로 그렇게 말하고 있었다.

그녀들은…… 이미 각오를 다졌다.

시스티나, 루미아, 그리고…… 리엘.

그녀들이 힘을 빌려준다면…… 함께 싸워준다면…….

"……난 그 녀석들과 약속했어. 다 같이 무사히 돌아오겠다고. ……맞아. 그러니까 난……!"

그런 그녀들 앞에서 글렌은 마침내 결단을 내렸다.

…….

'……내가 이런 아슬아슬한 도박에 목숨을 걸게 될 줄이야…….'

글렌은 마인과 대치하면서 속으로 살짝 혀를 찼다.

저 마인의 정체가 정말로 마황인장 아르 칸이라는 보장은 어디에도 없었다.

모든 것은 그저 우연…… 그 전제가 틀렸다면 글렌 일행이 마인에게 이길 가능성은 만에 하나조차 없었다.

하지만 그걸 그저 우연이라 치부하기에는 상황이 너무나도 공교로웠다.

전원이 살아남으려면…… 이 가능성에 매달릴 수밖에 없었다.

'그래……. 이야기 속에서…… 마황인장 아르 칸은 마왕을 자신의 주인으로 인정하기 위해 결투를 신청했다가 네 번을 죽었고…… 마왕을 쓰러트리기 위해 천공성에 도전한 정의의 마법사를 막는 싸움에서 세 번 죽었어. 즉…… 예전에 이미 일곱 번은 죽은 상태였지…….'

글렌은 여유 있는 표정을 가장하면서 마인을 쳐다보았다.

'그리고…… 내가 녀석의 심장을 꿰뚫은 한 발의 총알, 리엘이 날린 일격. ……이걸로 총 두 번. 저 녀석의 목숨은 원래 열셋…… 그렇다면!'

글렌은 마인을 향해 빈틈없이 권투 자세를 취하면서 자신 있게 단언했다.

"그래. 너에게 남은 목숨은 넷이야."

『…….』

"확실히 나 혼자라면 고대의 영웅님을 상대하기에는 부족한 감이 있겠지. ……하지만 말이다. 공교롭게도 난 혼자가 아니거든? 나한테는 이 녀석들이 있어."

글렌은 가슴을 펴고 엄지를 세워서 믿음직한 제자들을 가리켰다.

"이 녀석들이 있다면…… 넷이서 싸우면 넌 이길 수 있을걸? 네 남은 목숨이 고작 네 번뿐이라면…… 어떻게든 이길 수 있을 거라고. 이 망할 자식아."

자, 이젠 답을 맞혀볼 시간이다.

솔직히 상대가 그 마황인장 아르 칸일 거라는 확신은 전혀 없었다. 남은 목숨이 네 번이라는 것도 어느 정도 글렌의 희망이 섞여 있으리라.

그래도 그 증거를 얻기 위해 글렌은 혼신의 연기를 펼쳤다.

속으로는 벌벌 떨면서, 당장에라도 도망치고 싶은 걸 참으면서 허세만으로 얼마든지 상대를 네 번 죽일 수 있다고 확신하는 태도를 가장했다.

글렌은 권투 자세를 취한 채 가볍게 스탭을 밟았다. 마인의 오른쪽으로 천천히 원을 그리듯 이동하며 생각에 잠겼다.

'내가 네 남은 목숨이 넷이라는 걸 확신하고 공격할 틈을 노리는…… 것처럼 보일까? 제발…… 그렇게 좀 받아들여라!'

글렌 일행이 저 마인을 네 번이나 죽이려면 모든 수단을 다 동원해야 하는 총력전이 될 것이다. 그걸로 마인을 쓰러트리지 못한다면 최악의 전개가 벌어지리라.

확신이 필요했다. 저 마인을 네 번 죽이면 쓰러트릴 수 있다는 확신이…….

'……부탁이니까…… 먹혀라! 허세! 그 불사의 횟수 제한을 입증할 수 있는 반응을 나에게 보여다오! 제발……!'

『…….』

입을 다문 마인은 마치 값을 매기는 것처럼 글렌을 흘겨보았다.

한동안 주위를 납덩어리 같은 무거운 침묵이 지배했다.

글렌은 위가 뒤집어지다 못해 찢어질 정도로 긴장했다.

'으, 큰일 났다……. 식은땀이……! 젠장…… 이대로 있다간 연기라는 게 들통나겠어!'

이마에 맺힌 식은땀이 뺨을 타고 흘러내리려는 순간—.

『좋다. 나의 진정한 주인조차 모르는 비밀을 그대들이 어찌 안 건지 모르겠다만…… 실컷 발버둥 쳐보도록. 어리석은 자의 민초들이여. 머릿수의 힘으로 훌륭히 나를 네 번, 죽여보아라.』

마인이 쌍마도를 겨누며…… 결정적인 말을 실토했다.

"……윽?!"

먼저 배짱을 부린 것은 글렌이었다. 이야기 속에서처럼 『정면 대결을 선호』하는 마인인 점도 천만다행이었다.

"하! 처음부터 그럴 생각이었거든? ……사람 깔보다가 나중에 울지나 마시지."

여유와 자신감을 가장한 표정 뒤에서 글렌은 환희에 젖었다.

'좋았어어어어어어! 확정! 저 자식은 아르 칸이 맞아! 이거라면 간신히 싸워볼 만해!'

그건 그렇다 치고 롤랑 엘트리아는…… 대체 어떤 인물이었을까.

그는 고대 문명을 탐구한 끝에 대체 무엇을 본 것일까.

그리고 마장성, 그들은 이야기 속에만 나오는 존재가 아니었던 것일까?

……하지만 지금은 그런 생각을 할 때가 아니었다.

"자, 가자! 리엘! 시스티나! 루미아!"

"응. 맡겨만 줘!"

글렌과 리엘은 용수철처럼 좌우로 산개했다.

"엄호하자!"

"응!"

후방의 시스티나와 루미아도 마인을 향해 왼손을 내밀었다.

"우오오오오오오오오오오오오오오오오오오오!"

"이이이이이야아아아아아아아아아아아아아아아아아압!"

그리고 글렌과 리엘이 거친 기합을 내지르며 마인을 향해 돌진했다.

『……와라.』

마인은 깊이 자세를 숙였다.

그리고 처절한 싸움이 시작되었다.

"흡!"

글렌은 마인의 오른쪽을 노리며 날아들었다.

"이야아아아압!"

리엘은 마인의 왼쪽을 노리고 짓쳐 들었다.

좌우의 동시 공격.

그 움직임은…… 그야말로 질풍신뢰. 마치 땅 위를 질주하는 벼락이 교차하는 것 같았다.

"쓰읍!"

루미아의 『감응 증폭력』을 더해서 미리 마력을 인챈트해 둔 글렌의 주먹이—.

"이이이이야아아아아아아압!"

리엘이 세리카에게서 빌린 미스릴 검이—.

강렬한 기백과 함께 진공을 가르며 마인을 향해 날아들었다.

물론 둘 다 루미아의 능력을 더한 백마 【피지컬 부스트】로 신체 능력을 극한까지 상승시켰기 때문에 이미 인간이 보일 수 있는 움직임의 범주를 벗어나 있었다.

『흥…….』

하지만 마인의 쌍도는 우아하고 날카롭게 반응했다.

시야를 수없이 가르는 붉고 검은 곡선의 궤적.

마인은 오른손의 마도로 글렌의 주먹을, 왼손의 마도로 리엘의 검을…… 인간의 영역을 초월한 공격을 태연히 막고, 빗겨내고, 쳐내고, 흘려 넘겼다.

주먹과 마도가, 검과 마도가 몇 번이나 날카로운 충격음과 마력의 불꽃을 흩뿌리면서 맞부딪쳤다.

"우오오오오오오오오오오오!"

"하앗!"

쉬지 않고 더욱 더 주먹을 연타하는 글렌, 참격을 난무하는 리엘.

때로는 동시에, 때로는 시간차를 두고 몇 번이나, 몇 번이나, 몇 번이든 계속.

하지만 인외의 마인은 그 모든 공격을 담담하고 냉정하게 전부 흘려버렸다.

글렌이 날린 라이트 스트레이트를 몸을 젖혀서 피한 순

간, 리엘이 머리 위에서 떨군 일격을 검으로 막아냈다.

틈을 주지 않고 글렌이 선풍처럼 휘두른 레프트 잽을 흘려 넘기는 동시에 리엘이 반동으로 휘두른 은색의 폭력을 튕겨냈다.

마치 춤을 추는 듯한 검무.

횟수를 앞세워서 공격하는 근대 검술이나 힘과 속도로 상대를 압살하는 기사 검술과 달리, 모든 동작이 원을 그리는 듯한 마인의 검무는 적이지만 넋을 잃을 정도로 아름다웠다.

격렬한 난타전으로 발생한 검압과 권압이 피할 곳을 찾아 주위에 폭풍처럼 휘몰아쳤다.

"흡!"

"얍!"

글렌과 리엘은 타이밍을 맞춰서 마인이 오른손의 도로 글렌을, 왼손의 도로 리엘을 상대할 수밖에 없는 절묘한 위치를 확보하며 공세를 취했다.

이것이 글렌과 리엘이 초월적인 기교를 자랑하는 마인과 싸우기 위한 최소 조건이었다.

마인이 오른손에 든 마도 소·루트의 상대를 글렌이 담당하고, 왼손에 든 마도 위·자이어의 상대를 리엘이 담당한다.

일단 마인과 이 상태를 유지하지 못하면 승부조차 되지 않았다.

아무리 루미아의 능력을 더한 마력으로 주먹을 강화했다

고는 해도 글렌이 왼손의 마도와 접촉하면 그 마력이 전부 소멸할 것이다.

리엘이 한 자루의 미스릴 검을 아무리 휘둘러봤자 오른손의 마도를 상대하기에는 속도가 부족한 탓에 조금이라도 칼날과 닿으면 그걸로 끝장이었다.

상처만 입지 않으면 문제없는 오른손의 마도를 상대할 수 있는 건, 마력으로 강화한 두 주먹으로 싸우기 때문에 공격 횟수로 소·루트의 속도에 대응할 수 있는 글렌뿐.

닿기만 해도 마력이 사라지는 왼손의 마도를 상대할 수 있는 건 세리카에게서 빌린 미스릴 검 덕분에 위·자이어의 영향을 받지 않는 리엘뿐.

그래서 글렌은 반드시 오른쪽에서 공격했고 리엘은 왼쪽에서만 공격했다.

거기다 글렌이 마도사였을 때 함께 싸우면서 길러온 연계 능력 덕분에 마인과 간신히 동수를 이룰 수 있었다.

하지만 이 전법은 마인이 싸우는 도중에 왼손과 오른손의 도를 바꿔 든다면 속수무책인 약점이 있었지만—.

'아니야, 그럴 리는 없어! 하얀 고양이의 정보에 따르면!'

…….

"무리잖아. 그 전법은……. 아니, 나랑 리엘이라면 아마 그런 식으로 싸우는 건 가능하겠지만…… 싸우는 도중에 놈이 좌우의 도를 바꿔들기라도 하면 그대로 끝이잖아……."

"아뇨. 아마 괜찮을 거예요. 『칸 사이클』이라는 일련의 서사시가 있다는 건 아세요? 고대의 전승 중에서도 아르 칸과 관련된 일화를 주로 모아놓은 거라 롤랑도 『멜갈리우스의 마법사』를 집필할 때 참고했다던데……."

마인과 싸우기 전, 작전 회의 중에 시스티나가 말했다.

"『밤하늘의 처녀』가 아르 칸에게 준 두 자루의 마도는 오른손에 소·루트를 왼손에는 위·자이어를…… 즉, **정해진 손으로 들지 않으면 그 능력을 발휘하지 못해요**. ……적어도 전승에서는 그렇게 전해지고 있어요."

"그렇다는 건……?"

"싸우는 도중에 좌우의 도를 갑자기 바꿔들지는 않겠죠. 선생님과 리엘이 각각 정해진 마도를 상대하기에 지극히 유리할 거예요!"

…….

『……음!』

"하핫! 답답한가 보네? 싸우기 불편하지? 짜샤!"

글렌은 마인에게 주먹을 날리면서 외쳤다.

몇 번을 공격해도 글렌의 앞을 막는 것은 오른손의 마도.

리엘을 노리는 것은 왼손의 마도였다.

마인이 그렇게 대응할 수밖에 없는 위치에서 리엘과 연계 공격을 펼치고 있기 때문이다.

이 상황을 벗어나려면 단숨에 좌우의 도를 바꿔드는 것뿐이지만—.

"어디 도를 바꿔들어 보시지! 아앙?! 얼른!"

『…….』

담담하게 글렌과 리엘의 공격을 막는 마인에게서 희미한 짜증 같은 감정이 전해졌다.

하지만 마인이 도를 바꿔들 낌새는…… 없었다.

이것만큼은 고대 문명 마니아인 시스티나의 공적이라 볼 수 있었다.

'하지만 전부 막히고 있단 말씀이지! 제기랄!'

숨 쉴 틈도 없을 정도의 연계와 연격으로 마인을 몰아세우면서 글렌은 이를 악물었다.

『…….』

마인은 글렌과 리엘의 연계 공격을 그저 담담한 태도로 계속 흘려 넘길 뿐이었다.

가볍게 휘두르는 쌍도는 어마어마한 무게가 실린 리엘의 검격을 전혀 개의치 않았다.

그뿐만 아니라…… 빈틈이라고 칠 수도 없는 두 사람의 연계에서 발생한 찰나의 간격을 포착하자마자, 글렌에게는 발차기를 날리고 리엘을 칼자루로 찍었다.

"우아아아악?!"

"아윽?!"

두 사람은 그 충격으로 성대하게 날아가더니 바닥을 굴렀다.

'아뿔싸! 도에 의식을 집중하느라 다른 방향에서 날아오는 공격에는 대비하지 못했어!'

하지만 어쩔 수 없었다. 다른 방향에서 날아올 공격까지 의식했다간 마인의 도를 완전히 막아낼 수 없었기 때문이다.

"컥…… 커헉?! 뭐야, 이 위력은! 너, 바보 아냐?!"

"……아……아파……. 콜록!"

놀라울 정도로 무거운 일격.

동방에서는 경기공이라고 불리는 마술, 백마 【보디 업】으로 육체를 강화한 덕분에 둘 다 물리적인 충격에는 상당한 내성을 지녔을 텐데도 몸이 산산이 부서지는 듯한 충격에 몸을 제대로 가눌 수조차 없었다.

마인은 그런 빈틈을 놓치지 않았다. 먼저 가장 골치 아픈 상대라고 판단한 리엘을 향해 마치 순간 이동이라도 한 것 같은 신속한 움직임으로 접근한…… 순간—.

"《사나운 뇌제여·극광의 섬창으로·꿰뚫어라》! 《츠바이》! 《드라이》!"

세 줄기의 전격— 흑마 【라이트닝 피어스】가 마인의 머리 위로 쏟아졌다.

후방의 높은 곳에 진을 친 시스티나의 주문이었다.

시스티나는 글렌과 리엘을 엄호하기 위해 【피지컬 부스트】

의 설정을 변경해서 근력과 체력 상승을 버리고 동체 시력과 반사 속도만 강화했다.

그리고 루미아는 그런 시스티나의 왼손에 자신의 손을 포개고 능력을 발동. 그렇게 강화된 주문의 위력은 그야말로 어마어마했고 타이밍도 최고였다.

지나친 전류량이 공기를 이온화시켰고, 그렇게 발생한 플라스마 때문에 파랗게 빛나는 전격이 리엘에게 접근하는 마인을 노리며 초고속으로 날아갔다.

『참으로 교활하구나!』

마인은 백스탭으로 첫 번째 공격을 피했다.

이어지는 두 번째, 세 번째 뇌격은 왼손의 마도를 날카로우면서도 매끄럽게 휘둘러서 소멸시켰다.

마력의 잔재가 빛의 입자로 산화하며 사라지는 순간—.

"선생님! 리엘! 《자비의 천사여·머나먼 그 대지에·그대의 위광을》!"

루미아가 양손을 들고 낭랑하게 주문을 영창했다.

백마 【라이프 웨이브】— 원거리에서 치유 마술을 날리는 고등 힐러 스펠.

파동으로 변한 치유의 빛이 내려와 글렌과 리엘의 몸을 부드럽게 감쌌다.

"……미안, 덕분에 살았다!"

"응, 이젠 움직일 만 해."

고통이 누그러진 틈에 글렌과 리엘이 자세를 고쳤고—.

“하아아아아아아아아아아아아아아아아앗!”

“이이이이이이이야아아아아아압!”

다시 전광석화 같은 속도로 마인에게 달려들었다.

이처럼 글렌 일행은 고도의 연계를 통해 간신히 마인을 억누르고 있었다. 하지만 이건 표면적인 것에 불과했다.

그렇게 판단한 이유는—.

『흠…… 어리석은 자들도 제법이군…….』

마인이 글렌 일행의 공격을 막으면서도 그런 혼잣말을 중얼거렸기 때문이다.

‘빌어먹을! 이 자식…… 이러니저러니 해도 이 싸움을 즐기고 있구만!’

즐길 여유가 있다는 건 다시 말해, 아직 진심을 드러내지 않았다는 뜻이다.

‘사람 깔보기는……! 하지만 그렇게 깔보는 사이에 속공으로 결판을 내주마!’

글렌이 노리는 건 초 단기 결전이었다.

마술사가 자신보다 격이 높은 상대에게 역전승을 노릴 때는 기습으로 단기 결전을 노리는 것이 일반적이었다.

장기전은 절망적으로 불리하다. 싸움이 길어질수록 밑천이 드러나기 때문이다.

‘넌 상대의 실력이 자신보다 아래고, 목숨은 아직 네 번이

나 남았다고 생각하겠지만!'

글렌은 파공성을 울리며 짓쳐 드는 칼날 폭풍을 주먹으로 막으면서 생각했다.

'처음 세 번까지라면 높은 확률로 널 죽일 방법이 있다고!'

글렌은 마인의 언동과 거동을 살피며 세 번의 기회를 발견했다.

먼저 첫 번째…… 지금이야말로 기회라고 판단한 순간—.

"리엘!"

"응!"

『음?!』

글렌과 리엘이 갑자기 잔상조차 남을 정도의 속도로 자리를 바꿨다.

이걸로 왼손의 마도 앞에는 글렌이, 오른손의 마도 앞에는 리엘이 선 형태가 되었다.

"이거나 먹어라!"

글렌은 자리를 바꾸는 동시에 권총을 뽑았다.

도의 간격으로부터 아슬아슬하게 벗어난 곳에서 손이 보이지도 않는 속도로 총구를 겨누었지만—.

『내버려 둘 줄 아느냐.』

카앙!

마인은 왼손의 마도를 휘둘러서 권총의 옆면을 때렸고 글렌의 조준이 어긋났다.

"치잇!"

글렌은 백스텝으로 거리를 벌리고 다시 마인을 조준하며 방아쇠를 당겼다. 하지만 격철이 공허한 금속음만 울릴 뿐, 총알은 발사되지 않았다.

『흥…….』

그 모습을 확인한 마인이 검을 들고 달려오는 리엘에게 몸을 돌린 순간, 글렌의 왼손이 날카롭게 움직이며 오른손으로 겨눈 권총의 격철을 젖혔다.

단 한 번의 뇌성을 울리며 발사된 세 발의 탄환.

글렌의 트리플 샷— 오른손의 엄지, 왼손의 엄지, 왼손의 새끼손가락으로 단숨에 격철을 세 번 젖히자 총구에서 거의 동시에 탄이 배출되었다.

그 세 발은 정확히 마인이 오른손에 든 도의 한 부분을 집중해서 노렸다.

세 배의 물리 충격으로 기습을 받은 마인의 오른손에서 도가 저멀리 날아갔다.

『아닛?!』

"……일단 하나."

"이이이야아아아아아아아아아아아아압!"

글렌이 의기양양하게 웃는 것과 동시에 열풍처럼 휘두른 리엘의 검이 마인을 날려 버렸다.

'그래. 넌 총이라는 무기가 뭔지 몰랐어. ……그리고 고맙

게도 처음 봤을 때 성질을 착각해주기까지 했지.'

마인은 총을 『폭렬 마술로 납탄을 날리는 무기』라고 착각했다.

그래서 왼손의 위·자이어에 닿으면 무용지물이 될 거라고 판단했다. 글렌이 그렇게 유도했다.

실제로는 글렌의 총은 『뇌관을 기폭제로 삼아서 터트린 화약으로 납탄을 날리는 무기』였다.

그 과학적인 사격 원리는 위·자이어의 영향을 받지 않는다.

그리고 첫발을 일부러 장전하지 않고 불발된 것처럼 보이게 해서 마인을 완전히 속여 넘기기도 했다.

총의 존재를 아는 근대 마술사에게는 절대로 통하지 않는 방법이겠지만…… 이 마인이 상대라면 상당히 높은 확률로 단 한 번만 통하는 방법이었다.

왜냐하면 이 마인은…… 총이 없는 시대, 그야말로 신화로 일컬어지는…… 아득히 먼 옛날. 이야기 속의 등장인물이었기 때문이다.

『칫.』

그리고 리엘의 검으로 간단히 하나의 목숨을 잃은 마인은 튕겨 날아간 도를 주우려고 신속하게 이동했다.

"그래. 도를 놓치면 넌 반드시 먼저 그걸 주우러 가겠지. 그건 네 무용과 긍지의 증거…… 그것이야말로 너의 이야기니까! 책에도 그렇게 적혀 있었어!"

글렌이 외쳤다.

"하얀 고양이! 네가 예상한 대로다! 시작해!"

"알고 있어요! 《위대한 바람이여》!"

마인의 손이 도에 닿는 것보다 먼저 시스티나가 날린 【게일 블로】가 바닥에 떨어진 도를 한층 더 멀리 날려버렸다.

『음……?! 교활하구나……!』

"으아아아아아아아아아아아아아앗!"

그리고 리엘이 검을 세워 들고 맹견처럼 마인을 쫓아갔다.

하지만 마인은 검을 주우려 한 탓에 자세가 무너져 있었다.

"받아라!"

몸을 날린 글렌, 선회하는 총구, 총성, 패닝, 총성.

글렌이 권총의 실린더에 남은 마지막 총알을 발사했다.

그 공격을 도약하면서 피한 마인의 자세가 한층 더 크게 무너졌고…….

"《—·그 여로를 비추어라》!"

그 타이밍을 노리고 시스티나와 동시에 영창을 시작한 루미아의 주문이 완성되었다.

백마【세인트 파이어】.

흩뿌린 향유에 인화한 성염이 시스티나의 【게일 블로】를 타고 폭풍처럼 휘몰아쳤다.

압도적인 열기에 집어삼켜진 마인은 몸을 주춤거렸다.

이 정화 주문이 마인에게 통할지는 알 수 없었다.

그러니 이건 미끼…… 찰나의 눈속임이었다.

진짜는—.

"이이이야아아아아아아아아아아아아아아아아아아아아아압!"

한순간 소용돌이치는 폭염 때문에 완전히 시야가 차단된 마인의 눈 앞에, 검을 세워 든 리엘이 불꽃을 좌우로 가르며 맹렬하게 뛰어들었다.

제아무리 마인이라도 두 차례에 걸쳐서 자세가 무너지고 시야까지 막힌 상황에서는 피할 재간이 없었다.

『……큭?!』

마인도 정면으로 도를 들어 간신히 검을 막았지만…… 리엘은 압도적인 완력으로 마인의 방어를 완전히 돌파했다.

리엘의 온 힘을 다한 일격을 정통으로 맞은 마인은 다시저 멀리 날아갔다.

"……이걸로 둘……!"

그리고 다음에 마인이 어떤 공격으로 나설지는 정확히 예상할 수 있었다. 책에도 나왔다. 그자는 몇 번의 목숨을 잃고 궁지에 몰리자…… 마술을 쓰기 시작했다.

신화에서 이르길 이 마인은 적수를 찾기 어려운 무인인 동시에 절대적인 힘을 지닌 마술사(반칙이라고! 반칙!)라고 한다. 단지 마술보다 검으로 싸우는 것을 더 선호할 뿐…….

예상대로 공중에서 자세를 바로잡은 마인이 착지한 순간—.

『《■■■—》.』

전에도 들었던 기묘한 울림의 주문을 영창했다.

그러자 마인의 머리 위에 마치 태양처럼 밝게 빛나는 광열 구체가 형성되기 시작했다. 옛날이야기 속에서 수만의 적을 단숨에 태워버렸다고 일컬어지는 신의 불이었다.

'진짜 터무니없는 이야기지만…… 주문을 영창했다는 건 즉, 『마술』이라는 셈이지!'

그것이 마술이라면—.

"쓰게 냅둘까 보냐아아아아!"

이번에야말로 글렌은 망설임 없이 수많은 혈문자(血文字)가 적힌 광대의 아르카나를 뽑아 들고…… 오리지널 【광대의 세계】를 발동했다.

전에는 판단을 그르치는 바람에 쓰는 걸 망설였지만 지금은 오히려 안 쓰길 잘했다는 생각이 들었다.

덕분에 마인은 이쪽에 『마술 발동 자체를 봉쇄하는 마술』이 있다는 건 꿈에도 모를 테니까.

'문제는 저 자식의 마술에 내 『광대의 세계』가 먹히느냐는 건데…… 제발 통해라!'

그 부분은 도박이었지만, 도박의 승자는—.

『《—■■■■》……아니?!』

—글렌이었다.

마술의 발동이 봉쇄되자 머리 위에서 형태를 이루던 작은 태양이 소멸했다.

그와 동시에 리엘이 마인을 향해 단숨에 접근했다.

"이이이이이이이이이야아아아아아아아아아아아아아압!"

동요하는 마인이 왼손에 들고 있는 도를 노리고 아래에서 위로 검을 올려쳤다.

『크윽?!』

이번에는 리엘을 경계했는지 도를 놓치지 않았지만 어마어마한 충격에 왼손이 크게 뒤로 젖혀졌다.

"《—섬창으로·꿰뚫어라》!"

글렌이 펼친 【광대의 세계】를 신호로 미리 주문을 영창했던 시스티나가 그 틈을 노리고 【라이트닝 피어스】를 날렸다.

『커억?!』

루미아의 증폭을 받은 푸른 뇌격이 어둠을 날카롭게 가르며 뒤로 젖혀진 마인의 왼쪽 가슴을 완전히 관통했다.

글렌이 마술을 봉인하고 리엘이 시간을 버는 사이에 루미아의 보조를 받은 시스티나가 숨통을 끊는다.

무서울 정도로 완벽히 작전대로 흘러간 전개에 글렌은 흐뭇한 미소를 지었다.

이 중요한 타이밍에 시스티나도 평소에 글렌과 함께 한 수행의 성과를 충분히 발휘해줬다.

"……이걸로, 셋이군."

『으으음……! 네놈! 지금 무슨 짓을 한 게냐?!』

온몸을 파직거리며 돌아다니는 전류 속에서 마인이 답답

한 듯 신음을 흘렸다.

“미안하군. ……사실 난 『상대의 마술만 원거리에서 일방적으로 봉쇄하는 마술』을 쓸 줄 알 거든. ……뭐, 치트는 피장파장이지?”

글렌, 일생일대의 허풍이었다.

오리지널 【광대의 세계】는 그런 편리한 마술이 아니었다. 『자신을 중심으로 한 일정 효과 범위 안의 마술 발동을 봉쇄』. ……따라서 글렌과 리엘도 마술을 쓸 수 없는 상황이었다.

그런 가운데 시스티나가 주문을 쓸 수 있었던 건 오로지 그녀가 글렌보다 높은 곳…… 지금 【광대의 세계】의 효과 범위를 벗어난 곳에 있었기 때문이다.

원래 【광대의 세계】는 높은 곳에서 마술 저격 지원을 받기 위해 위쪽으로는 효과 범위를 낮게 설정한 마술이었다. 게다가 글렌은 카드 표면에 혈문자로 즉흥 개변 술식을 덧써서 효과 범위를 한층 더 낮추기까지 했다.

그래서 글렌 일행은 마인이 자신들보다 높은 곳에 있기 어려운 장소…… 즉, 이 장소를 싸움의 무대로 선택한 것이었다.

『……설마 어리석은 자의 송곳니가 그런 영역까지 도달했을 줄은……!』

하지만 그런 성질을 눈곱만큼도 모르는 마인은 간단히 속아 넘어갔다. 자신의 마술은 봉쇄된 상황에서 시스티나의 마술에 간단히 세 번째 목숨을 잃은 것도 그런 착각을 한층 더 가속시켰다.

앞으로 마인은 시스티나와 루미아의 지원 마술이 계속되는 한은 알아서 마술 사용을 자제할 것이다. 설령 글렌보다 높은 곳에 있더라도…….

마인에게 마술을 쓰지 못하게 하는 것, 이번 전투에서는 그것이 가장 중요했다.

전승에 따르면 아르 칸은 태양의 마술로 일만의 군세를 단숨에 불태워 죽였다고 한다. 지금까지가 전승대로였으니 그 일화 또한 사실이리라.

고작 한 소절 영창으로 그런 주문을 쓴다면 온갖 방어 주문과 카운터 주문도 소용없었다.

이쪽의 마술 방어를 아무렇지 않게 날려버리고…… 바로 게임오버다.

"자…… 이제 하나뿐이지? 기분이 어때? 형씨."

지금까지의 탁월한 전과에 글렌은 의기양양하게 웃었다.

상대가 실력을 발휘하기 전에 단숨에 결판을 내는 것. 그것이 바로 자이언트 킬링의 묘미였으니까.

『……좋다. 그대들을 내 적수로 인정하겠노라.』

도를 든 마인의 분위기가 변했다.

조금 전까지는 전투를 즐기는 것 같았던 기질이 자취를 감췄다.

지금까지도 결코 방심한 건 아니었겠지만…… 자신과 대치한 자들이, 자칫하면 자신을 사냥할지도 모르는 예상을 뛰어넘은 강적이라고 재인식한 것이리라.

시작한 지 아직 몇 분밖에 지나지 않았는데도, 글렌은 전투가 클라이맥스에 돌입했음을 직감했다.

"……시스티나, 루미아, 리엘…… 지금부터가 진짜다. 부탁하마."

글렌의 말에 소녀들이 고개를 끄덕였다.

"간다아아아아아아!"

"이야아아아아아아아아아아아아아아아아아아압!"

마인을 향해 글렌과 리엘이 맹렬하게 돌진했다.

맞부딪치는 충격과 충격. 다시 사투가 펼쳐졌다.

……마인은 무시무시한 강적이었다.

그런데도 이 순간 글렌은 약간 상황을 낙관하고 있었다.

아무튼 지금은 자신들이 훨씬 더 유리했다.

마인에게서 오른손의 마도를 빼앗고, 마술을 봉인하고, 많은 마력을 낭비시켰다.

마인에게 남은 무기는 왼손의 마도 위·자이어뿐. ……이 상황에서 그 능력은 글렌 일행에게 큰 위협이 되지 못했다.

한편, 자신들은 아직 크게 다치지도 않고 건재했다. 덤으로 지형마저 유리했다.

그리고 그런 상황에서 마인의 목숨을 세 개나 순조롭게 빼앗았으니 남은 목숨은 하나뿐.

이길 수 있다. 충분히 가능하다.

자연스럽게 그런 생각이 드는 건 어쩔 수 없었다.

글렌뿐만 아니라 근세를 살아가는 마술사라면 누구나가 그렇게 확신했을 것이다.

그러나—.

전승에서, 전설에서, 신화에서 반영웅으로서 이름을 떨친다는 것이 어떠한 의미인지.

글렌 일행은 머지않아 알게 되리라.

글자 그대로, 뼈저리게…….

…….

"……응……?"

문득 피부로 전투의 기척을 느낀 세리카가 눈을 떴다.

아래쪽에서 금속음과 고함이 들렸다.

"……여기는…… 어디……?"

세리카가 누운 장소는 난간처럼 보이는 곳이었다.

돔 형태의 천장이 가깝게 보였다.

"으아아아악?!"

"선생님?!"

난간 밑에서 누군가의 비명이 들렸다.

'……무슨…… 무슨 일이 벌어진 거지……?'

세리카는 몸을 끌면서 난간을 붙들고 비틀비틀 일어섰다.

그리고 아득히 먼 아래…… 다수의 광장과 계단이 복잡하게 이어진 장소를 내려다보았다.

"……아?!"

그런 세리카의 눈에 들어온 광경은—.

글렌은 멍하니 생각했다.

순조롭게 마인의 목숨을 세 번이나 빼앗고 승리를 확신했지만…….

그 후로 대체 얼마나 오랫동안 싸운 것일까.

그야말로 무한한 시간이 지난 것 같기도 하고, 아주 짧은 시간이었던 것 같은 기분도 들었다.

아무튼 단 한 가지, 확실하게 말할 수 있는 것은—.

글렌 일행이 현재 완벽한 궁지에 몰렸다는 것뿐이었다.

『……용케도 날 여기까지 몰아붙였구나. ……자랑스러워해도 좋다.』

마인은 아직도 건재했다.

위풍당당하게 글렌 일행 앞에서 자신의 두 다리로 똑바로 서 있었다.

"……치잇?!"

하지만 바닥에 한쪽 무릎을 꿇은 글렌은 온몸이 너덜너덜했다. 치명상은 없지만 보기에도 처참한 꼬락서니였다.

"……으……."

솔선해서 마인의 공격을 받은 리엘도 똑같이 만신창이였다. 바로 조금 전에 의식을 잃고 검을 놓친 채 엎드려 있었다.

이제는 둘 다 루미아의 원격 치유 마술로는 회복이 따라가질 못했다.

그 치유 마술도 효과가 약했다. ……거의 치유 한계까지 도달한 것이리라.

"콜록, 콜록…… 무슨…… 저런 녀석이 다 있지……?!"

"……하아…… 하아…… 하아……."

글렌과 리엘의 후방에 있는 시스티나와 루미아도 마나 결핍증상을 보였다.

앞으로 더 마술을 썼다간 목숨이 위험할지도 몰랐다.

'……빌어먹을. ……강해!'

시야를 가리는 피와 땀을 닦은 글렌은 비틀비틀 일어서면서 이를 악물었다.

글렌 일행은 신화의 마인을 상대로 확실히 선전했다.

앞으로 한 걸음. 단 하나의 목숨.

하지만 그 한 걸음이 절망적일 정도로 멀었다.

마인이 지닌 무인으로서의 기량은, 저력은 글렌 일행의 상상을 아득히 뛰어넘었다.

'……그래, 그러고 보니 그랬어! 이 녀석은 궁지에 몰린 다음부터 굉장했지! 책에도 그렇게 적혀 있었다고! 빌어먹을!'

그것은 멜갈리우스의 마법사에 수록된, 어느 적국의 국왕이 책략을 동원해서 아르 칸의 마술을 봉인하고 마도소·루트까지 빼앗은 일화였다.

마황인장 아르 칸의 패배. 누구나가 그렇게 예상했다.

그러나 아르 칸은 천을 넘는 왕의 정예를 상대로 왼손의 도 한 자루만으로 마지막까지 싸웠다. 사흘 밤낮에 걸친 싸움 끝에 천인 베기를 달성하고 적대자인 국왕까지 처단했다.

글렌 일행은 기이하게도 비슷한 상황을 재현하고 만 것이었다.

전승에서 이르길…….

—그자에게는『밤하늘의 처녀』가 내린 가호 있으니.

—그자가 궁지에 몰릴 때는 운명의 손길이 그자를 보호하리라.

—그것을 타파할 수 있는 자는 그자의 운명보다 강한 자. 즉, 마왕일지니.

'……그런 부분까지 똑같을 필요는 없잖아!'

아무튼 마인은 글렌 일행의 맹공을 끊임없이, 담담하게, 냉정하게, 허점을 드러내지 않고 마지막까지 막아냈다. 더는 손을 쓸 수단이 없었다.

그리고—.

『……옳거니. 그랬던 건가. ……완전히 속았군.』

그 순간 대체 뭘 눈치챈 건지 갑자기 마인이 하늘 높이 도약해 거리를 벌렸다.

가벼운 발소리를 내며 난간으로 뛰어 올라가 착지했다.

“……윽?!”

마인이 도착한 곳은 글렌 일행보다 높은 곳…… 【광대의 세계】가 통하지 않는 위치였다.

『훗…… 안색이 변했구나, 어리석은 자여. ……역시 그랬던 거군.』

‘아뿔싸!’

글렌은 이를 악물었다.

아마도 마술 봉쇄, 고저 차의 비밀을 눈치챈 것이리라.

‘그야 그렇겠지. ……높은 곳에 있는 하얀 고양이와 루미아는 실컷 마술을 써댔는데 우리는 아무리 기회가 있어도 마술을 한 번도 안 썼으니……. 뭔가 이상하다고…… 언젠가는 눈치채는 게 당연해!’

마인이 그 사실을 눈치채기 전에 결판을 내야 했지만…… 이미 늦었다.

글렌 일행의 절망으로 물든 시선을 받으면서 마인이 낭랑하게 선언했다.

『……잔재주와 허언만으로 나를 여기까지 몰아붙인 것 칭찬해주마. ……그대는 어리석은 자의 백성이지만…… 틀림없는 강자였다! 상으로 고통 없는 죽음을!』

그리고 마인이 주문을 영창했다.

세 번째로 마인의 머리 위에 출현한 초고열 광구.

눈에 보일 정도로 강대한 에너지가 모이는 저 마술이 발동하기만 하면 이 일대를 단숨에, 모조리, 무차별적으로 불태울 거라는 건 쉽게 상상이 갔다.

애당초 신화에서도 일만의 군세를 단숨에 불태운 불꽃인 것이다. 시스티나도, 루미아도, 이젠 그 광경을 망연자실하게 지켜볼 수밖에 없었다.

그리고—.

『얌전히…… 죽어라!』

"젠장! 그렇게 둘까 보냐아아아아아아아아아아아아아아!"

마인이 그 마술을 해방하려는 순간, 글렌이 목숨을 건 돌격을 감행했다.

늦었다는 걸 알면서도 마인을 향해 계단을 뛰어올랐다.

『참으로 끈질기구나! 만절(晩節)을 더럽히지 마라, 어리석은 자여!』

갑자기 마인의 왼팔이 채찍처럼 날카롭게 휘었다.

파공성을 울리며 아래로 투척한 마인의 도.

그것이 진공조차 가르며 글렌을 향해 똑바로 날아갔다.

"……앗?!"

당연히 지금의 글렌에게는 그 공격을 피할 여력이 없었다.

"선생님?!"

"싫어어어어어어어어어어어어어어어어어!"

소녀들의 비통한 절규가 울려 퍼졌다.

그 순간—.

'글렌!'

더 높은 곳에서 상황을 지켜보던 세리카가 지극히 냉정한 손놀림으로 **그것**을 꺼냈다.

낡은 회중시계 형태의 마도기 『라 틸리카의 시계』.

지금의 세리카에게 마지막으로 남은, 진정한 비장의 수단.

세리카가 반사적으로 거기에 감춰진 비술 중의 비술을 발동하려 한 순간—.

『그만둬, 세리카.』

"……!"

갑자기 눈앞의 풍경이 변했다.

……정신을 차리고 보니 세리카는 어느새 지하 미궁이 아닌 완전히 다른 장소에 서 있었다.

이 장소는…… 낯이 익었다.

피처럼 붉게 물든 하늘. 메마른 공기.

불에 탄 황야가 지평선 끝까지 아득하게 펼쳐진 불모의 대지.

모든 변화가 사멸한 시간이 멈춘 세계.

아아, 잊을 수도 없다.

4백 년 전, 자신이 가장 먼저 눈을 뜬 장소…… 모든 것이 시작된 땅이었다.

『아니야. 여긴 당신의 정신세계야. 세리카.』

세리카의 눈앞에는 이형의 날개를 가진 소녀가 서 있었다.

『여긴 꿈과 현실의 틈새. 의식과 무의식의 경계. ……그 안에 만들어진 당신의 영지. 당신의 영혼에 뿌리를 내린 심상 풍경을 투영한 당신의 내면세계. 따라서 외부세계에서 흐르는 시간과는 격리된 세계. 안심해. 여기서 보낸 시간은 외부세계에서는 찰나에 불과하니까.』

"……누구냐, 넌. 루미아 틴젤……? 아니, 그 녀석은 아니군……."

세리카는 겁먹는 기색도 없이 루미아와 똑 닮은 소녀에게 정체를 물었다.

『나는…… 남루스.』

"무명(남루스)? 아, 네가 애들을 구해줬다는 그? 하하하! 요전에는 우리 아들내미들이 아무래도 신세를 진 모양인데……."

세리카는 과장스럽게 어깨를 으쓱이며 뒷말을 이었다.

"그보다 무슨 용건이 있어서 날 이런 세계로 끌고 온 거지? 아무리 외부세계와 시간의 흐름이 다르다고 해도 그 녀석들이 위험한 상황인 건 마찬가지야. ……그러니 내가 속이

편할 것 같아?"

『그만둬, 세리카. 그 마술을 쓰는 건.』

남루스는 담담한 말투로 세리카에게 말했다.

『그보다…… 도망쳐. 당신만이라도.』

언뜻 냉혹한 말투인 것 들리지만 어딘지 모르게 애원하는 듯한 울림이 섞여 있었다.

『다행히 당신의 뒤에는 위층으로 가는 통로가 있어. 거기로 도망치면…… 뒷일은 내가 어떻게든 해줄게. 이제 내 힘은 얼마 남지 않았지만…… 당신만이라도, 내가…….』

"사양하겠어."

세리카는 단언했다.

『……무, 무슨 소리야? 당신, 지금 자신이 어떤 상태인지 파악한 거 맞지?』

"맞아, 내 영혼…… 에테르체는 아주 너덜너덜해. 그 이상한 도 때문에."

『그럼…… 지금 그 마술을 쓰면 어떻게 될지 당신도 알잖아.』

"그래, 위험하겠지. 이건 내 영혼에 상당한 부담을 주는 마술이니까……."

세리카는 회중시계를 만지작거리면서도 자신의 상태를 지극히 냉정하게 판단했다.

"……난…… 이제 두 번 다시 마술을 못 쓰지 않을까?"

『그걸 알면……!』

남루스는 보기 드물게 거친 감정을 드러냈다.

"하지만 아무래도 상관없어."

『……?!』

"고작 마술을 잃는 정도로 글렌을 구할 수 있다면…… 엄청 싼 대가지."

세리카가 별것 아니라는 듯 말하자 남루스는 할 말을 잃었다.

『……당신…… 틀림없이 후회할 거야…….』

"그야 후회하겠지. 이 영역까지 도달하는데 몇백 년이 걸린 줄 알아? 그걸 전부 무위로 돌리는 거라고. ……후회하는 게 당연해. 난 성인군자가 아니니까."

하지만 말하는 내용과는 반대로 세리카는 마치 성자 같은 시원스러운 표정을 짓고 있었다.

『……그럼 어째서? 당신에게는 그 무엇보다 우선해서 달성해야 할 사명이 있을 터. 앞으로 마술 없이 그걸 어떻게 성취할 건데?』

"어떻게 네가 그걸 아는지 묻고 싶다만…… 뭐, 지금은 그럴 때가 아니겠지."

세리카는 밝게 웃으면서 대답했다.

"간단해. 마술보다, 사명보다, 후회보다 소중한 게 있으니까."

『……뭐야 그게?』

남루스는 눈살을 찌푸렸다.

『……미리 말해두겠는데 지금은 당장 기억이 안 나니까 그런 소리가 나오는 거야. 당신의 사명은, 당신의 존재의의를 건, 당신의 모든 것이라구?』

“……그렇겠지. 왠지 그럴 것 같았어.”

그래서 자신은 이유도 모른 채 무턱대고 찾아다녔다.

그것도 4백 년간이나…… 정말로 바보 같은 이야기였다.

『지금은 기억나지 않아도 당신은 나중에 반드시 사명을 떠올리고, 자신의 정체를 떠올리고 사명을 달성하려 할 거야. 그때 마술을 못 쓰면 대체 어쩔 건데? 마술이 없으면 당신은 사명을 이루지 못해. ……이건 전부 당신을 위해서 하는 말이야. 당신은…….』

“관계없어. 난 그 녀석과 함께…… 지금을 살아갈 거니까. 그야…….”

세리카는 웃었다. 망설임 없는, 구김살 없는 미소로—.

“그야 난…… 그 녀석의 가족이니까.”

『……?!』

“아직도 떠올리지 못한 내 사명…… 응, 맞아. 네 말대로야. 분명 나에게 엄청 소중한 거였겠지. ……하지만.”

『…….』

“난 글렌을 좋아해. 이런 날 가족이라고 인정해준 그 녀석이 좋아. 내 방만함을 있는 그대로 받아들여 주고, 내 고독을 치유해준 그 녀석을 위해서라면 나는…….”

성자가 오랜 수행 끝에 체득한 것 같은 망설임 없는 선언을 들은 남루스는…… 잠시 침묵을 고수했다.

『당신은 옛날부터 그랬어. ……왜 항상 가시밭길만 걸으려는 거야?』

이윽고 남루스는 포기한 것처럼 탄식했다.

『이젠 더 할 말이 없네. 적어도…… 내 남은 힘을 당신에게…… 그리고 당신이 앞으로 걷게 될 고난과 역경으로 가득한 길 끝에서…… 부디 평안과 행운이 있기를…….』

그리고 남루스는 가느다란 손가락으로 허공에 신비한 형태의 인장을 그렸다.

『……이 세계에서 가장 저주받은 존재인 당신에게, 이 세계에서 가장 더럽혀진 존재인 내가 축복을.』

그리고 세리카의 가슴 한가운데를 쿡 찔렀다.

뭔가 희미한 힘이 흘러들어오는 듯한 감각이 느껴졌다.

"고맙다. 뭐랄까…… 틀림없이 처음일 텐데…… 너하곤 처음 만난 것 같은 기분이 안 드네. 기억을 잃기 전에…… 어디선가 만난 적 없나?"

『……조만간 알게 될 거야. 공허(세리카).』

"그래, 그렇겠지. 왠지 그럴 것 같아. ……또 만나자. 무명(남루스)."

그리고 세리카의 시야가 서서히 흐려지면서 새하얗게 물들었다.

…….

"오리지널 【나의 세계】— 발동!"

세리카는 현실에 귀환하자마자 『라 틸리카의 시계』에 달린 스위치를 눌렀다.

철컥!

그 순간—.

세계가 정지했다.

세계가 색을 잃고 모노톤의 세계로 변모했다.

글렌도, 마인도, 리엘도, 시스티나도, 루미아도. 이 자리에 존재하는 모든 존재가 마치 조각상처럼 정지하고 색을 잃었다.

머리 위의 태양도, 지금 바로 글렌의 목젖을 관통하려는 마인의 도조차 그에게 닿기 직전에 허공에 꿰맨 것처럼 고정되었다.

이 잿빛 세계에서 색을 잃지 않고 움직일 수 있는 것은 세리카뿐.

이것이야말로 세리카 아르포네아를 대륙 최고봉인 셉텐데의 자리까지 올려준 궁극의 비술.

오리지널 【나의 세계】— 시간 정지 마술이었다.

시간의 정지란 모든 변화의 정지. 세리카와 세리카에게 속한 존재만이 그 정체의 섭리에서 벗어날 수 있는— 그녀만의 세계.

자, 가자. 파티의 피날레다.

'……글렌…… 난 말이다…….'

"……5(펀프)."

세리카는 숫자를 세면서 바닥을 박차고 난간에서 뛰어내렸다.

그러자 경치가 세찬 물결처럼 아래에서 위로 흘러났다.

'……역시 너와 만나서 정말 다행이라고…… 생각해…….'

"……4(피어)."

착지와 동시에 용수철처럼 달리고, 달리고 또 달렸다.

시스티나와 루미아 옆을 날아가는 새처럼 스쳐 지나갔다.

그리고 또 도약해서 난간의 철책을 뛰어넘었다.

'……그래, 맞아. ……사실은 예전부터 알고 있었어. ……우리는 가족이라는걸. ……이제 난 고독하지 않다는 걸.'

"……3(드라이)."

머릿속을 스쳐 지나가는 그리운 나날과 함께 세리카는 질주했다. 리엘의 옆을 지나치는 김에 바닥에 떨어진 미스릴 검을 주워들고—.

'……너와 함께 보낸 나날이 영원을 살아가는 나에게 용기를 줬어. ……네가 앞을 향해 나아가는 모습이 영원을 살아가는 나에게 힘을 준 거야…….'

광장을 지나 마인에게로 이어지는 계단을 단숨에 뛰어올랐다.

이미 한계를 넘은 몸이 비명을 질렀다.

아프다고, 괴롭다고, 멈추라고 절규했다.

그러나—.

'하지만 난 응석꾸러기니까…… 네가 나날이 멀어져 가는 게, 역시 쓸쓸해서…… 조금이라도 네 옆에 가까이 있고 싶어서…… 후훗, 조금은 간섭하는 걸 참아야겠는데 말이지.'

몸은 이토록 괴로운데…… 어째서 마음은 이토록 따스한 것일까.

'……사람은 모두 혼자서 자신의 길을 걸어가. ……그래도 혼자지만 고독하지는 않아. ……고독하지 않으니까 혼자서 걸어갈 수 있는 거야. ……다들, 마찬가지였어…….'

행복과 전능감에 감싸인 세리카는 한없이 달려갔다.

'……난 이제 괜찮아. ……난 이미 구원받았어. ……너에게, 그 무엇과도 바꿀 수 없는 걸 받았으니까. ……이제 나 자신을 잃지 않을 거야…….'

"……2(츠바이)."

계단을 올라가는 도중에 글렌에게 달려가면서—.

'그러니까 이번에는 내가 너를…… 설령 뭔가를 잃는 한이 있어도……!'

"……1(아인스)."

전력으로 글렌의 목젖까지 날아온 도를 검으로 후려쳤다.

시간이 멈춘 탓에 도는 꿈적도 안 했고 소리조차 나지 않았다.

하지만 세리카는 개의치 않고 그대로 글렌을 추월하며 허리 근처에서 검을 겨누고 마인을 향해—.

'……하하! 후회라니…… 아까는 왠지 쑥스러워서 그런 식으로 말했지만…….'

마지막 힘을 쥐어짜 내어 땅을 박차고, 피를 토하면서, 다리가 꼬이면서도 마인에게 달려가—.

'그래도…… 난, 아마…….'

"……0(눌)!"

그 순간 앞으로 내민 검끝의 은광이 세리카의 시야를 하얗게 태웠다.

—이 날의 선택을 후회하는…… 일은 없지 않을까?

…….

"어……?"

글렌은 한순간 무슨 일이 일어난 건지 이해하지 못했다.

지금 당장 자신의 목을 꿰뚫으려고 날아왔던 도가 갑자기 성대한 금속음을 내면서 궤도를 바꾸더니 저 멀리 날아갔고—.

"……0(눌)!"

푹!

갑자기 계단 앞에서 나타난 세리카가 마인의 가슴에 검을 찔러 넣고 있었다.

"……쿨럭! ……콜록! ……하아…… 하아……."

세리카는 그대로 괴로운 얼굴로 바닥에 무릎을 꿇었다.

"하아…… 그래, 맞아……. 후회할 리가 없지……."

눈을 감고 고개를 숙이며 그렇게 중얼거리는 세리카의 얼굴은…… 한없이 평온했다.

『네 번째……. 후후…… 설마 내가 패배할 줄은…….』

한편, 검에 찔린 마인은 천천히 뒤로 물러났다.

천천히…… 온몸에서 검은 연기를 피우면서 천천히—.

『이 몸은 **본체의 그림자**에 불과하나…… 설마 어리석은 자의 송곳니에 당할 줄이야…….』

방금 뭔가 불길한 말이 들렸지만 지금의 글렌에게는 따질 여유가 없었다.

『그렇군……. 공허(세리카)…… 역시 당신이야말로…… 내가 주인으로 섬기기에 합당하구려…….』

"시꺼……. 난 너 같은 하인은 절대로 사양이다. ……다른 곳을 찾아봐."

쌀쌀맞게 거부당했는데도 마인은 어째선지 환희에 젖은 기색으로 어깨를 떨었다.

그리고 고개를 내려 글렌 일행을 차례대로 훑어보더니 드높이 외쳤다.

『마지막에 공허(세리카)의 도움을 받았다고는 하나…… 훌륭했다. 어리석은 자의 아이들이여! 용케도 이 나를 끝까지 죽였구나! 나는 그대들에게 최대의 찬사를 내리노라!』

그리고 크게 양팔을 펼친 마인은 온몸에서 피어오르는 검은 연기를 한층 더 강하게 내뿜고 소멸하기 시작했다.

『언젠가 또 검을 겨뤄보자꾸나! 강한 어리석은 자의 아이들이여! 고귀한 문의 저편에서 나는 그대들을 기다리겠노라! ……작별이다!』

그리고 어디선가 돌개바람이 불어오더니 마인은 먼지 한 톨 남기지 않고, 마치 처음부터 환상이었던 것처럼 완전히 소멸했다.

두 자루의 마도도, 마인의 존재를 가리키는 모든 것이 흔적도 없이 사라졌다.

침묵과 정적이 주위를 지배했다.

"……끄……끝난…… 건가……?"

"그런 것 같군……."

이 갑작스러운 종막에 글렌은 망연자실한 목소리로, 세리카는 나직하게 중얼거렸다.

"후우~ 뭐가 뭔지 잘 모르겠지만…… 살았다……."

힘이 빠진 글렌이 깊은 한숨을 내쉰 순간—.

세리카의 몸이 크게 흔들리더니 계단 밑으로 떨어졌다.

"세리카?!"

반사적으로 계단을 뛰어오른 글렌이 떨어지는 그녀를 황급히 받았다.

"야! 정신 차려! 세리카! 대체 왜 그래?!"

"하하…… 괜찮아. 죽지는 않을 테니까……."

세리카는 글렌의 품속에서 축 늘어진 채 힘없이 중얼거렸다.

"……하지만…… 왠지…… 좀 지쳤어……."

그리고 글렌에게 응석을 부리듯 그의 가슴에 머리를 문댔다.

"……미안……. 잠시만…… 이대로……."

"야, 무슨……?"

당황하는 글렌을 내버려 둔 채 마치 잠이 드는 것처럼 의식의 끈을 놓았다.

이제는 움직이지 않는 낡은 회중시계가 세리카의 손에서 떨어졌다.

하지만 허둥지둥하는 글렌과 반대로 고른 숨소리를 내는 세리카의 얼굴은—.

마치 어린애처럼 천진난만하고—.

무척 행복해 보였다.

종 막 그녀가 있을 곳

멀리 떨어진 산들의 능선과 광활한 초원이 타오르는 주황색으로 물드는 저녁.

페지테로 천천히 향하는 마차 안에서—.

"……대모험이었네."

"응……. 정말로…… 한때는 어찌 되나 싶었는데……."

창가에서 마주 보듯 앉은 루미아와 시스티나가 조용히 대화를 나누었다.

"그래도 다행이야. ……다들, 무사해서."

"……유적을 탐색한 건 엄청 좋은 경험이었지만, 으으…… 이제 이런 건 두 번 다시 사양할래. ……좀 더 안전한 유적을 탐색하고 싶어……."

루미아는 자신의 무릎을 베고 몸을 웅크린 채 잠든 리엘의 머리를 쓰다듬었고, 시스티나는 한숨을 내쉬었다.

다른 좌석을 둘러보자 카슈, 기블, 세실, 웬디, 테레사, 린……. 다들 피곤한지 자리에 등을 기댄 채로 잠들어 있었다.

글렌 일행의 귀환을 믿고 하루 내내 야영장에서 기다려준 동료들…….

루미아는 그들과 살아서 다시 만났으니 정말로 다행이라고 생각했다.

"……뭐…… 그건 그렇다 치고……."

시스티나가 불만스러운 점이라도 있는지 뺨을 부풀렸다.

조금 전부터 가끔 마차 밖에 있는 마부 석이 신경 쓰이는 모양이었다.

그 모습을 본 루미아는 의미심장하게 웃었다.

"왜 그래? 시스티. ……혹시…… 질투해?"

"……에엑?!"

시스티나는 지적을 받자 몸을 움찔거리면서 반응했다.

"누! 누가 누구를 질투한다는 거야! 난 그냥……."

그리고 황급히 말을 쏟아냈다.

"응, 응. 시스티의 기분은 아주 잘~ 알지만…… 지금은 두 분만 있게 해드리자. 응?"

"그, 그러니까 아니래두! 아, 진짜! 나도 피곤해! 잘래!"

시스티나는 토라진 표정으로 자리에 깊숙이 몸을 기대고 눈을 감았다.

"……?"

그 소리에 눈을 뜬 리엘이 평소보다 더 가늘게 뜬 졸린 눈으로 주위를 두리번거렸다.

"……웅……."

하지만 그대로 다시 루미아의 무릎 위에 머리를 떨어트렸다.

"후훗……."

루미아는 그런 두 사람을 부드럽게 지켜보았다.

마차의 마부 석.

때는 빛과 어둠이 뒤섞이는 해 질 녘. 밤기운이 섞이기 시작한 황금색 초원 세계의 한복판에서 글렌과 세리카는 딱 달라붙어 앉아 있었다.

"……….."

"……….."

글렌은 고삐를 쥐면서, 세리카는 자신의 두 무릎을 양팔로 끌어안은 자세로 글렌의 어깨에 머리를 기대고—.

두 사람은 말없이 평온한 마차의 흔들림을, 시원한 바람을 느끼고 있었다.

주위는 편안한 적막이 감돌았다.

이렇게 옆에 있기만 해도 속마음을 전부 털어놓은 듯한…… 그런 시간.

마술 같은 게 없어도…… 두 사람의 시간만 멈춘 것 같았다.

"……저기, 글렌……."

갑자기 세리카가 꿈을 꾸는 듯한 표정으로 중얼거렸다.

"왜?"

"……아니야. 아무것도."

"……뭐야 그게……."

어이가 없다는 듯 글렌이 탄식하자 세리카는 쿡쿡 웃었다.

"참 나…… 제법 여유가 있어 보이네?"

"딱히 그렇지도 않아. 역시 무모한 짓을 했으니까……."

세리카는 별것 아닌 것처럼 말했다.

"그…… 뭐냐, 너…… 역시 이제 마술은……?"

글렌은 줄곧 물어보고 싶었던 질문을 간신히 입에 담았다.

그때, 모든 것이 끝난 후에 글렌은 사정을 들었다.

영혼이 심하게 훼손당한 상태에서 그런 대마술을 썼으니 앞으로 두 번 다시 마술을 못 쓰게 될 수도 있다는 건…… 글렌도 어렴풋이 예상하고 있었다.

글렌이 그런 최악의 대답을 각오하고 있자—.

"응…… 글쎄다? 나도 뜻밖이긴 한데……."

세리카는 잠시 눈을 감고 몸 상태를 확인한 후에 말했다.

"지금 상태로 봐선…… 앞으로 오랫동안 다양한 영적 치료를 받을 필요가 있겠지만…… 마술을 전혀 못 쓰는 일은…… 아마 없을 것 같군."

"……진짜?! 거짓말은 아니겠지?"

"그래, 기적이야. 운도 좋았어. 아니면 오지랖이 넓은 누구 덕분이겠지."

세리카의 의미심장한 발언에 글렌은 고개를 갸웃했다.

"하지만 어느 쪽이든 예전처럼 마술을 제한 없이 쓰는 건…… 아마 무리일 거다. ……앞으로 내가 마술을 쓸 때마다 제한이나 한계 같은 게 따라붙겠지."

"그런가……."

글렌은 힘없이 어깨를 늘어트렸다.

최악의 결과는 피했지만 역시 그 사실이 글렌의 어깨를 무겁게 짓눌렀다.

"왜? 역시 책임감을 느껴?"

"그야 뭐……. 내가 널 데려가지 않았으면 이런 일은……."

"너도 참 바보구나. 이번 일은 거의 전적으로 내 자업자득이잖아."

툭.

글렌의 어깨에 머리를 기댄 세리카가 그대로 그의 뺨에 가벼운 박치기를 날렸다.

"그리고 내가 지하 미궁 탐색을 계속했으면…… 결국 언젠가는 그 마인과 대치했을 거야. ……혼자서. ……어떤 의미로는 네 덕분에 목숨을 건진 셈이지."

"……."

글렌은 잠시 입을 다물다가 갑자기 세리카에게 이런 질문을 했다.

"저기…… 넌…… 앞으로도 네 정체와 사명을 계속 찾아다닐 셈이야? 네 불로 체질의 수수께끼를 해명하기 위해서…… 계속 그 지하 미궁에 도전할 거냐고."

그렇게 묻는 글렌의 머릿속에 떠오른 것은…… 그 지긋지긋한 지하 미궁을 나올 때 남루스와 나눈 마지막 대화였다.

—가까스로 마인을 격퇴한 후 글렌 일행은 다시 남루스의 안내를 받으며 지하 미궁 안을 이동했다.

이윽고 여기 들어올 때 본 것과 똑같이 생긴 모노리스가 있는 방에 도착했다.

남루스의 말에 따르면 이런 모노리스는 지하 미궁 여기저기에 널려 있는 모양이었다.

루미아의 능력을 받은 글렌이 남루스가 시키는 대로 모노리스를 조작하자 갑자기 빛의 문이 허공에 열렸다.

이 문은 타움의 천문 신전에 있는 그 대 플라네타륨실로 연결됐다고 한다.

아아, 이제야 돌아갈 수 있겠구나.

시스티나가, 루미아가, 리엘이 의기양양하게 문으로 들어갔다. 마지막으로 푹 잠든 세리카를 업은 글렌이 문으로 들어가려 한 순간—.

『……할 말이 있어, 글렌.』

남루스가 작은 목소리로 글렌에게 귓속말을 건넸다.

"……뭔데? 얼른 안 들어가면 문이 닫힐텐데……."

『괜찮아. 시간에 여유를 두고 열었으니까. ……그보다 잘 들어. 중요한 이야기야.』

어쩔 수 없이 걸음을 멈춘 글렌에게 남루스가 말했다.

『……글렌……. 가까운 장래에…… 당신은 한 번 더 그 타움의 천문 신전을 세리카와 함께 찾아오게 될 거야…….』

"뭐어? 웃기지 마. 두 번 다시 올까 보냐. 이젠 진절머리가 난다고."

남루스는 지긋지긋하다는 듯 대답하는 글렌을 무시하며 말을 계속했다.

『그리고…… 당신은 커다란 선택을 강요받을 거야. 당신은, 당신에게 둘도 없는 존재들을 저울 위에 올려야만 해…….』

"……네가 무슨 예언자냐."

글렌은 한숨을 내쉬고 말했다.

"남루스. 난 이러니저러니 해도 너한테는 감사하고 있어. 정체는 불명이고, 루미아랑 똑같이 생긴 주제에 더럽게 건방지고, 왠지 꺼림칙하고, 아무것도 안 가르쳐주고, 가끔 입을 연다 싶으면 뭔가 영문 모를 의미심장한 소리만 하고……. 열 받지만…… 그래도 넌 우리를 도와줬어. 그 점은 진짜 고맙게 생각해……."

글렌은 「하지만 말이다」라고 말을 이었다.

"슬슬 적당히 좀 하라고. ……이상한 소리로 사람을 현혹한는 건……."

하지만 남루스는 그런 글렌을 완전히 무시하더니 마지막에는 일방적으로 말했다.

『만약 그런 미래를 피하고 싶거든…… **그녀가 떠올리게 하**

지 마.』

"뭐어? 대체 뭘? 애초에 그녀라는 게 누군데? 세리카? 아니면……."

어느새 남루스의 모습은 글렌의 눈앞에서 자취를 감춘 후였다.

"난…… 이제 위험한 일은 좀 참아줬으면 싶다만……."

글렌은 남루스와의 대화를 애써 잊으려고 노력하며 말했다.

이런 꼴을 당해도, 마술을 잃어도 세리카는 자신의 정체와 사명에 집착하면서 계속 답을 찾아다닐지도 몰랐다.

남루스의 말은 처음부터 믿지 않았지만—.

"……괜찮아. 안심해."

그런 글렌의 불안감을 씻어주려는 것처럼 세리카가 태연하게 단언했다.

"이제 자아 찾기는 그만뒀어. 이런 상태로는 무리일 테고."

"세리카……?"

"그리고…… 더는 그렇게 할 필요도 사라졌어. 나에게는…… 함께 있어 줄…… 서로를 지탱해줄 가족이 있으니까. 나는 지금 이대로도 충분해. ……그렇지?"

세리카는 마치 어리광을 부리는 것처럼 웃었다.

"……아, 응. ……그럴, 지도……."

"애당초 가족에게 걱정을 끼칠 만한 일은 안 하는 편이 낫잖아?"

"칫……. 그, 그걸 이제야 알았냐? 나 원 참……."

왠지 쑥스러워진 글렌은 코웃음을 치면서 시선을 피했다.

동요하는 얼굴이 약간 붉게 달아올랐다.

"아~ 그치만 장래에 누군가랑 네가 결혼해서 집을 나가면 쓸쓸해지겠지~. 가끔이라도 좋으니까 만나러 와줬으면~. 엄마가 쓸쓸해서 죽을지도~. 쓸쓸한 걸 참다못해 지하미궁에 돌격할지도 모르는데~."

"그게, 무슨, 소리야! 이 멍청아!"

평소처럼 글렌을 놀린 세리카는 한차례 웃었다. 그리고—.

"저기, 글렌……."

"……왜?"

"고맙다……."

"……생뚱맞게 무슨."

그것으로 끝.

두 사람은 대화 없이 서로 몸을 기대고 바람을 느꼈다.

석양이 천천히 능선으로 가라앉자…… 밤의 장막이 두 사람을 감싸 안기 시작했다.

이윽고 전방의 가도 위에 묘하게 그리운 환상의 성이 모습을 드러냈다.

두 사람은 그대로 페지테에 도착할 때까지 줄곧…… 편안한 침묵에 잠겨 있었다.

■작가 후기

안녕하세요, 히츠지 타로입니다.

『변변찮은 마술강사와 금기교전』 6권이 발매되었습니다.

편집부 및 출판 관계자 여러분, 그리고 이 『변변찮은』을 지지해주신 독자 여러분께 무한한 감사를. 정말 감사합니다!

6권이라. 이야~ 마침내 여기까지 왔네요.

표지에 나온 대로 이번 6권은 전에 나온 단편집에 이어서 세리카가 주역이었습니다.

이 『변변찮은』이라는 이야기를 구상하면서 사실 가장 중요한 인물 중 하나였던 세리카에게 마침내 본격적인 초점이 맞춰지는 권이라고 볼 수 있겠네요. 그리고 드디어 이 이야기를 구성하는 퍼즐 조각이 전부 나온 전환점이기도 했습니다.

루미아의 비밀이란? 제국 왕가란? 하늘의 지혜연구회란? 금기교전이란? 고대 문명이란? 그리고 세리카의 비밀은? 이런 퍼즐 조각들이 대체 어떤 그림을 그리게 될지…… 따스한 눈으로 지켜봐 주시면 감사하겠습니다.

앞으로도 아무쪼록 잘 부탁드리겠습니다.

……뭐, 그건 그렇다 치고.

저, 요즘 갑자기 이런 생각이 들곤 하는데요.

『변변찮은』이 이런 이야기였던가?(희번득)

이, 이상하네……. 원래 판타지아 대상 투고 단계에서는 변변찮은 교사가 평소에는 귀여운 여학생들과 노닥대다가 가끔 진심을 발휘하면 『씨익?』『꺄~☆ 선생님!』 하는 이야기 아니었나? 천공성이라든가, 금기교전이라든가, 음모라든가, 고대 문명이라든가, 그런 나중에 붙은 듯한 중2병 설정은 요만큼도 없었는데!

『이대로는 다음 권을 내기가 곤란할 것 같네요. 저희로선 시리즈물을 고려하고 있습니다만.』

분명 『변변찮은』 1권을 출판하게 됐을 때 편집자님에게 그런 말을 듣고―.

어떤 식으로 이야기를 발전시킬지 방침을 정하지 못해서 난감해하던 도중에 이제 두 번 다시 보지 않겠다고 마음속으로 맹세했던 『흑역사서』의 봉인을 무심결에 풀었는데―.

……응, 전적으로 내 잘못이네.(각혈)

히츠지 타로

후기
후아암
머리카락을 푼
글렌 군.
꽁지머리가
없으니 누군지
잘 모르겠네요!

■역자 후기

안녕하세요, 역자 최승원입니다.

이야~ 이번 권에는 진짜 떡밥이 어마어마하게 많이 나왔네요.

시공간 전이 마술, 어리석은 자, 문지기, 땅의 백성, 천인, 마황인장, 마장성, 그리고…… 마왕.

게다가 작가님께서도 후기에서 언급하셨지만 저번 단편집에 이어서 실제로는 다크호스였던 세리카가 전면으로 드러난 권이기도 했습니다. 저번 권 후기에서도 살짝 언급했지만, 개인적으로 저는 세리카를 보면서 뭐랄까…… 왠지 타이틀만 거창한 허당? 막상 필요할 때는 쓸모가 없는 설정만 먼치킨? 뭐, 대충 이런 인상을 품고 있었습니다만 이번 권에서는 그런 야박한 평가를 단번에 뒤집어줄 정도로 종횡무진 활약했네요. 사실 공인 최강 캐릭터치곤 심하게 굴린 게 아닐까 싶기도 했습니다만, 전 그런 부분은 이미 작가님의 스타일이라고 생각하고 포기했습니다. 하하.

그리고 이번 권에서는 마침내 글렌 파티가 정식 첫선을 보였네요. 사실 글렌이나 리엘은 그렇다 쳐도 루미아나 시스티나를 볼 때마다 대체 애네를 언제 키워서 써먹나 싶었는데 의외로 빨리 활약할 기회가 와서 조금 놀랐습니다. 특히 시스티나의 성장은 정말 감개무량했네요. 개인적으로는 최종 전투 파트에서 작전을 구상하고 결국 전설의 반영웅인 아르 칸의 목숨을 한 번 빼앗은 부분이 가장 통쾌했던 것 같습니다. 여러분! 우리 아이가 이렇게 달라졌어요!

그리고 파티원들의 역할을 RPG식으로 대입해보면 글렌은 만능 잡캐, 리엘은 탱커 겸 극공형 전사, 시스티나는 보조형 마법사, 루미아는 힐러 겸 버퍼일 것 같습니다만 음, 왠지 전반적으로 공격력이 좀 부족한 듯한…… 아! 알베르트가 있었네요! 그러고 보니 알베르트도 참가했었다면 아르 칸 전에서는 세리카가 전혀 나설 필요 없이 정리가 됐을지도 모르겠습니다. 나중에 이 정식 파티로 또 아르 칸과 붙어 봐도 재미있을 것 같네요. 실제로 퇴장할 때 뭔가 의미심장한 말을 남겼으니 한 번 기대해봅니다.

그럼 앞으로도 이 시리즈를 함께 해주시길 바라며 이만 짤막한 후기를 마칩니다.

변변찮은 마술강사와 금기교전 6

1판 1쇄 발행 2017년 7월 10일
1판 3쇄 발행 2018년 4월 24일

지은이_ Taro Hitsuji
일러스트_ Kurone Mishima
옮긴이_ 최승원

발행인_ 신현호
편집국장_ 김은주
편집진행_ 최은진 · 김기준 · 김승신 · 원현선 · 김솔함 · 권세라
편집디자인_ 양우연
국제업무_ 정아라 · 고금비
관리 · 영업_ 김민원 · 이주형 · 조인희

펴낸곳_ (주)디앤씨미디어
등록_ 2002년 4월 25일 제20-260호
주소_ 서울시 구로구 디지털로 26길 111 JnK디지털타워 503호
전화_ 02-333-2513(대표)
팩시밀리_ 02-333-2514
이메일_ lnovelpiya@naver.com
L노벨 공식 카페_ http://cafe.naver.com/lnovel11

ISBN 979-11-278-4195-9 04830
ISBN 979-11-86906-46-0 (세트)

값 6,800원